REFRANES

O PROVERBIOS

CASTELLANOS TRA-
duzidos en lengua
Francesa.

PROVERBES ESPAGNOLS

TRADVICTS EN FRANÇOIS,
par CESAR OVDIN, *Secretaire*
Interprete du Roy.

Reueus, corrigez & augmentez en ceste
seconde edition, par le mesme.

A PARIS,
Chez MARC ORRY, ruë S. Iaques,
au Lyon Rampant.

M. DCIX.

A L
MVY ILLVSTRE
Y GENEROSO SEÑOR
EL SEÑOR HENRICO
de Binau, a Treben, Bretingen
y Ramſtorff.

S EÑOR,
  Dize el refran, que quien
poco ſabe preſto lo reza, y
aſſi por ſer yo del numero de los
inorantes, eſcuſado ſera alagar-
me en palabras, pues entiendo que
el vſar mucho dellas, en alabar lo
que de ſuyo ſe alaba, no carece de
liſonja, y a eſta buena dueña no la
conoſco, ni la trate, en todo el
tiempo que he biuido entre los
hombres, de modo que no aurà

paraque yo me canſe, en contar a-
qui los meritos y virtudes de V. Sª,
que por ſer en gran numero ſe hazen muy bien conocer: Solamente
eſto le ſabre dezir, que a tanto me
tiene obligado el fauor de vn Prin-
cipe de Alemaña, que no puedo
hazer menos, que ofrecer a perſonas de la miſma nacion, no ſolo el
pobre trabajo de mis manos, ſino
tambien a mi propia perſona, ſi va-
liera algo, y por eſta razon eſcogi
a V. Sª. por parecerme mas a pro-
poſito, paraque me haga merced
de aceptar a eſte librito, no por a-
mor del, ni de quien ſe lo preſenta,
ſino en conſideracion, de que por
aqui conoſcera el mundo, quan
buena acogida hallan las ſciencias
y virtudes, entres los de ſu patria.
Suplico pues a V. Sa. no deſdeñe la
voluntad con que ſe lo preſento,

aſegurandome que amparado con ſu fauor, no ſera mal recebido, de los que ſe deleytan enel eſtudio de las lenguas, y que juntaméte quedara defendido, de los que quiſieren calumniarlo, pues V.Sª. como muy dieſtro en eſta ſciencia y exercicio,ſabra boluer por el:Confiandomé pues deſſo, y por no contrauenir a lo que arriba prometi, de no ſer prolixo, o por mejor dezir importuno, yo acabare ſin acabar de ſer

De V. Sª. Illre.

Humill. Seruidor que ſus manos beſa.

CESAR OVDIN.

á iij

A LOS LETORES.

SALIO otra vez, a luz este librito de Refranes, no sin faltas, tanto en la interpretacion de los simples vocablos, como en el sentido, y inteligencia de las cosas, reforme algunas que por inorancia, o poca experiencia auian passado, y podra ser tambien que en esta segunda salida, no caresca del todo dellas, y por esso suplico a los que sabran mas que yo, o por lo menos que las sabran mejor conocer, me auisen de las que hallaren, para que con la gracia de Dios en otra tercera edició, yo las enmiende. Llamelos flores, por parecerme entonces quadrarles el nombre, pues las auia cogido en vn lindo y muy deleytoſo jardin, y tales en efeto eran y lo han ſido para mi haſta agora , y aſſi fue a la del berro andar porque no me entreuaron la mia. Viendo pues que en alguna manera con ſu buena fragancia auian contentado a muchos, por no hazer como el perro del ortelano, que no come las verças ni las dexa comer a otro, penſe que trocandoles el nombre, tambien ſe auia de trocar la calidad , y aſſi en lugar de flores los llamaremos frutos , perſuadiendome que no haurà de ſer el ſabor dellos, menos agradable al guſto de los vnos, de lo que fue el olor al olfacto de los otros, y tambien porque parece conforme a razon , que la flor aya de preceder al fruto , y pues podra acontecer que algunos pareſcan vn poco

verdes y agrios a algunas perſonas, auiſolas que dexen aquellos
que tales les pareceran, pues tienen en que eſcoger, como de peras en tabaque, y tomen los mas
guſtoſos, que de todo ay como en
botica, y conſideren que aſſi como
en los vanquetes eſplendidos y
ſumptuoſos, ay diuerſos manjares
y que los guſtos no ſon todos v-
nos, aurà tambien aqui vna gran-
diſſima diuerſidad de guiſados, y
de muy diferentes ſabores, y para
todo genero de perſonas, deſde las
mayores haſta las menores, porque los ay para Reyes, Principes,
Señores, oficiales, labradores, tambien para Eccleſiaſticos, y otros de
qualquiera dignidad o grado que
fueren. Yo añadi a los preceden-
tes, vn ramito que deſgaje del arbol primero, en el qual auia como

quatrocientos refranes, los quales no me parecieron tan malos, que no merecieffe fer tambien prefen-tados a efta mefa, como por entre-pafto, y para la poftre yo efcogi de entre otras, vnas pocas coplillas, como las que llamamos en nueftra lengua Francefa, *Quatrains*, y que parecen en alguna manera corref-ponder a los del Señor de Pybrac, traduxe las fimplemente fin hazer verfos, porque por vna parte, yo no quiero atreuerme a mas que mis flacas fuerças pueden llegar, que es interpretar fenzillamente y como puedo las cofas, y por otra no quiero parecer Poeta porque no nafci tal, allende que traduzir verfos enverfos, es impoffible dar-los bien a entender, folo me con-tento que fepan, que yo enfeño lo poco que fe de las lenguas fimple-

mente, y por reglas de Grammati-
ca, que es en efeto el vſo dellas, y
aſſi ſuplico otra vez a todos, reci-
ban de grado eſta mi buenavolun-
tad, laqual no acabara haſta que
yo pueda,de esforçaſe,para,con la
gracia de Dios, ſeruir a todos los
virtuoſos.

ADVERTISSEMENT
SVR LES TRADVCTIONS,
aux cenſeurs, & pareillement à certains mauuais traducteurs.

SSEZ *de fois ie me ſuis trouué parmy des perſonnes, non de petite qualité: où i'ay ouy diſcourir des traductions. Les vns diſoient qu'il n'y a pas grand honneur à traduire, puiſque ce n'eſt que rapporter ce qu'vn autre a dit : mais s'il m'euſt eſté permis, ie leur euſſe volontiers demandé, ſi tout ce qui ſe met par eſcrit, principalement au temps où nous ſommes, eſt creu au iardin de ceux qui le traictent, & m'aſſeure qu'ils euſſent eſté bien empeſchez à reſoudre ceſte queſtion, car ſi on eſpluchoit*

bien vn œuure, de qui que ce ſoit, on trou-
ueroit que tout ce qu'il contient, auroit eſté manié & remanié vne infinité
de fois, par d'autres. Et meſmes com-
bien de gros volumes voyons nous,
qui ne ſont que rapſodies, non pas
que le trauail en ſoit à meſpriſer, parce que ceux-là bien ſouuent, releuent
d'vne grande peine pluſieurs perſonnes, qui n'ont le loiſir de fueilleter
beaucoup de liures, & peut eſtre auſſi n'ont le moyen d'en achepter, tellement que, ſi ce qui eſt ainſi ramaſſé de
pluſieurs endroicts, n'eſt point à reje-
cter, pourquoy ne fera-on cas de ce
qui eſt traduict? & ſi nous voulons
bien conſiderer, dequoy ſeruent les
traductions, la ſaincte Eſcriture n'a
elle pas eſté tranſlatee pluſieurs fois,
& en pluſieurs & differentes langues?
Si doncques on ne s'addonnoit à traduire, que feroient pluſieurs qui ne ſça-

uent autre langue, que la leur naturel-
le. Quoy consideré, il me semble,
que ie ne peux estre beaucoup repris, si
i'ensuy tant de gens de bien, qui ont tas-
ché de communiquer à leur nation, ce
que d'autres ont escrit, & mesme-
ment que i'en ay assez de subiect, e-
stant ma profession d'enseigner le peu
que i'ay ramassé des langues estrangeres, à des personnes qui me font l'honneur de m'appeller pour cest effect, &
à la mienne volonté, que quelques liures nouuellement traduicts d'Espagnol en nostre langue Françoise, par
des traducteurs moins experts qu'il ne
seroit de raison, eussent passé par les
mains de quelques personnes vn peu
mieux entenduës, car plus vident ocu-
li quàm oculus, afin que de si lour-
des fautes qui y sont, eussent esté
aucunement couuertes, mais la bonne
opinion que quelquesfois nous auons de

nous meſmes, nous fait oublier. Et la
metamorphoſant en preſumption, elle eſt
cauſe d'autres eſtranges metamorphoſes,
comme a fait vn quidam, qui a tourné
Mona, qui eſt vn ſinge, ou vne guenon
en Religieuſe, vne hache en vn flambeau,
& plus de cinq cens autres auſſi ridicules
fautes, en vn ſeul volume. Et a bien fait
d'auantage, car il a baillé au mulet,
auſſi bien qu'à l'aſne, la faculté de pouuoir
engendrer: mais qu'il prenne la qualité
duquel il voudra des deux, parce qu'elle
luy conuiendra fort bien, car en effect
ce ne ſont que meſmes beſtes. Et ne diray-je point d'vn autre, qui a interpreté
en l'addition, au Memorial de Grena-
de (Autheur veritablement tres-di-
gne, & le plus elegant qui ait iamais eſcrit en langue Caſtillane) ces mots
Huella y raſtro, qui ſignifient, la piſte
& la trace, il en a fait vn hoyau & vn
raſteau, & certainement il ſeroit digne

que pour amande, on luy en mist l'vn ou
l'autre en la main, & qu'on luy fist vn
peu exercer, afin qu'estant à l'estude il ap-
prist à douter, & non pas à presumer: Et
l'autre meriteroit d'estre vn peu baffoüé
par des Religieux, puisque de Mona, il
en fait vne Nonne, au lieu de Monne.
Ne diray-je rien d'vn autre qui a interpreté, Descubrir la celada, ouurir l'ar-
met? non, ie m'en tairay, de peur de des-
couurir l'embusche, & de chapeletes, en
a fait des gabãs, mais il ne s'est pas trompé
en la matiere, ains seulement en la forme,
car les chapeaux & les gabans sont ordinairement de feultre: toutesfois au mesme endroit le texte Espagnol dit de menuda paja, si ce n'estoit qu'on fist des
manteaux de natte, comme à Quaresme-
prenant. I'ay encor remarqué entre autres negligences, vne phrase, qui dit,
el cargo en que te soy, & l'interprete le met, la charge que ie t'apporte, au

lieu de dire, l'obligation que ie t'ay, mais
ny ce traducteur, ny beaucoup d'autres,
n'en voudroient point auoir à perſonne,
ſinon à leur fantaſie, vray eſt qu'il y a
bien des choſes difficiles à traduire : mais
il faut y apporter du iugement, & ne ſe
point trop fier à ſes forces. C'eſt aſſez dit,
de peur que ie n'encoure le nom de meſdi-
ſant, car bien ſouuent, veritas odium
parit, & ſi cela auoit touſiours lieu, les
Predicateurs en reprenant le peuple, ſe feroient beaucoup d'ennemis, mais ie ſuis au
contraire, deſireux de ſeruir à tout le
monde, comme i'eſpere de touſiours faire,
tant que Dieu me fera la grace de viure.

REFRANES

REFRANES

O PROVERBIOS
CASTELLANOS TRA-
duzidos en lengua
Francesa.

PROVERBES ESPAGNOLS
TRADVICTS EN FRANÇOIS
par CESAR OVDIN, *Secretaire*
Interprete du Roy.

BODA ni a baptismo no vayas
sin ser llamado. *A nopce ny à ba-*
ptesme, n'y va pas sans y estre ap-
pellé.

A buen comer o mal comer,
tres vezes beuer. *A bien à manger ou mal à man-*
ger, il faut boire trois fois.

Abaxanse los adarues, y alçanse los mula-
dares. *Les murs s'abaissent, & les fumiers se haussent.*
i. les grands deuiennent petits, & les petits s'agran-
dissent.

Abad auariento, por vn bodigo pierde ciento. *Abbé auaricieux, pour vn pain d'offrande en*
perd cent: Contre les riches taquins qui pour espar-
gner peu laissent perdre beaucoup.

A

A barua muerta, poca verguença. *A barbe morte, peu de honte .i. peu de respect au mort.*

Abeja y oueja, y piedra que trebeja, y pendola tras oreja, y parte enel ygleja, dessea a su hijo la vieja. *Abeille & ouaille, & pierre qui va. i. mould, & plume derriere l'oreille, & part en l'Eglise, desire ou souhaitte la vieille à son fils. Il y a Ygleja pour Yglesia, mais c'est pour la consonance des autres mots, car ce n'est pas bien dit.*

A bocado haron, espolada de vino. *A morceau restif, esperon de vin. Espolada, signifie le coup d'esperon, & espuela, c'est l'eperon.*

Abrenuncio Satanas, mala capa lleuaras. id est, si quieres biuir bien seras pobre. *Renonce à Satan, & tu porteras mauuaise cape.*

Absencia enemiga de amor, quan lexos del ojo, tan lexos del coraçon. *Absence est ennemie d'amour: loin de l'œil, loin du cœur.*

A buey viejo, cencerro nueuo. *A vieil bœuf sonnette neufue.*

A burra vieja, cincha amarilla. *A vieille asnesse, sangle iaulne. Le François dit: A vieille mule, frein doré.*

A buena fee, y sin mal en bestia. id est, sin mal engaño. *En bonne foy, & sans mal engin.*

A buen entendedor, breue hablador. *A bon entendeur, bref parleur. Le François dit: A bon entendeur demy mot.*

Abril y Mayo, la llaue de todo el año. *Auril & May, sont la clef de toute l'annee.*

Abril frio, pan y vino. *Auril froid, c'est pain & vin.*

A barua de necio, aprenden todos a rapar. *A*

barbe de fol, on apprend à raire.

A beſtia loca, recuero modorro. *A beſte folle,
aſnier endormy: parce que deux eſtourdis enſemble, ne
ſe peuuent gueres bien accorder.*

A buſcarla ando, la mala de la rueca, y no la
hallo. *Ie la vay chercher, celle qui eſt malade de la
quenouille, & ie ne la trouue pas. Contre les pareſſeux.*

A cada ollaza, ſu coberteraza. *A chaſque grã-
de marmitte, ſon grand couuercle.*

A cabo de cien años, todos ſeremos ſaluos.
Au bout de cent ans, nous ſerons tous à ſauueté.

A cueſta te ſin cena, y amaneceras ſin deuda.
*Couche toy ſans ſouper, & tu te trouueras au matin
ſans debte. Cela s'entend pour le ſouper ſeulement, &
ſert d'aduertiſſement à ceux qui veulent faire bonne
chere, & n'ont dequoy payer leur eſcot.*

A carne de lobo, diente de perro. *A chair de
loup, dent de chien. Le Franc. dit: A bon chat bon rat.*

A cado necio agrada ſu porrada. *A chaſque fol
plaiſt ſa maſſue. Le Franc. dit, Marotte.*

A celada de vellacos, mejor es el hombre por
los pies, que por las manos. *A vne embuſcade de
meſchans, l'homme vaut mieux par les pieds que par
les mains. i. il vaut mieux fuyr que de ſe defendre.*

A cauallo comedor, cabeſtro corto. *A cheual
grand mangeur, luy faut bailler vn licol court: Contre
les gourmands.*

A cauallo nueuo, cauallero viejo. *A cheual
neuf, vieil caualier.*

A chico mal, gran trapo. *A petit mal, grand
drappeau.*

A chico caudal, mala ganancia. *A petit fond,
petite gaigne.*

Achacas al Viernes, por no le ayunar. *Tu trouues subiect au Vendredy, pour ne le pas ieusner.*

A clerigo hecho de frayle, no le fies tu comadre. *A vn Prestre fait d'vn Moine, ne luy fies pas ta commere. i. ne luy baille pas en garde.*

A cartas cartas, y a palabras palabras. *A lettres lettres, & paroles à paroles.*

A canas honrradas, no ay puertas cerradas. *Aux Vieillards honorables, il n'y a point de portes closes.* Canas *signifie les cheueux blancs.*

A casa de tu tia, mas no cada dia. *A la maison de ta tante, mais non pas tous les iours.*

A casa de tu hermano, no iras cada serano. *A la maison de ton frere, tu n'iras pas tous les soirs. Pour ces deux Prouerbes cy-dessus le François dit : Il ne faut pas tant baiser s'amie qu'on l'ennuye.*

A casas viejas, puertas nueuas. *A vieilles maisons, portes neufues.*

A cuentas viejas, barajas nueuas. *A vieux contes, nouuelles disputes.*

A calça corta, agujeta larga. *A courtes chausses, longues esguillettes.*

A cada malo su dia malo. *A chaque meschant son mauuais iour.*

A cada puerco su sant Martin. *A chaque pourceau sa sainct Martin. Le Prouerbe François est plus beau, qui dit : A chaque sainct sa chandelle.*

A cauallo dado, no le miren el diente: *A cheual donné, il ne luy faut pas regarder en la bouche.*

A cabo de cien años, los Reyes son villanos, y a cabo de ciēto y diez, los villanos son Reyes. *Au bout de cent ans les Rois sont vilains: & au bout de cent & dix les vilains sont Rois.*

A cada qual da Dios frio, coma anda vestido. *A vn chacun Dieu luy donne du froid, selon*
qu'il est vestu. Dieu donne du froid selon la robbe.

Acogi al raton en mi agujero, y tornoseme
heredero. *I'ay retiré la souris en mon trou, & elle*
est deuenuë mon heritiere.

Açotan a la gata, si no hila nuestra ama. *L'on*
fouette le chat, si nostre maistresse ne file. Le Franç.
Tel en patit qui n'en peut mais.

A chico paxarillo, chico nidillo. *A petit oi-*
seau petit nid. Le Fran. A petit mercier petit pa-
nier.

Acomete quien quiera, el fuerte espera. *Qui*
que ce soit attaque, le courageux attend.

Acudid al cuero con aluayalde, que los años
no se van en balde. *Accourez à la peau auec du*
blanc ou ceruse, car les annees ne se passet pas en vain.
Il s'entend de la peau du visage.

A cuero tiesto, piezgo enhiesto. *A l'oudre*
pleine, le petit bout dressé.

A dineros pagados, braços quebrados. *Ar-*
gent receu, les bras rompus : c'est à dire qu'on ne tient
compte de faire la besongne quand on est payé par ad-
uance.

A dos pardales, en vna espiga, nunca ay liga.
Entre deux moineaux à vn espic, il n'y a point de li-
gue. Le Fran. Deux chiens ne s'accordent point à vn
os.

A do vas duelo? a do suelo. *Où vas-tu dueil? où*
i'ay de coustume.

A do yra el buey, que no are? *Où ira le boeuf,*
qu'il ne laboure?

A do sacan y no pon, presto llegan al hon-

don. *Là où l'on prend & ne met rien, bien tost on at-*
taint au fond.

Ado penfays que ay tocinos, no ay eftacas.
Là où vous pensez qu'il y ait du lard, il n'y a pas feu-
lement des cheuilles : On eftime tel bien riche, qui n'a
pas du pain à manger.

Ado no ay, no cumple bufca. *Où il n'y a rien,*
il n'y faut rien chercher. Le Fran. dit: Le Roy y perd
fon droiᵗt.

Adoba tu paño, paffaras tu año. *Raconftre ton*
drap, & tu passeras ton annee. i. radoube tes vieux
habits.

Adonde vas mal? adonde mas ay. *Où vas tu*
mal? là où il y en a d'auantage. Le Fran. Mal fur mal
n'cft pas fanté.

A do las dan, ay las toman. *Là où on les donne*
on les prend.

Al fin loa la vida, y a la tarde loa el dia. *A la*
fin loüe la vie, & au foir loüe le iour.

Afanar afanar, y nunca medrar. *Trauailler tra-*
uailler, & iamais ne profiter. i. fe tuer pour neant.

Afficion ciega razon. *L'affection aueugle la rai-*
fon.

A fuer de Aragon, a buen feruicio mal galardon. *A la maniere d'Arragon, à bon feruice mau-*
uais guerdon.

A fuerça de villano, hierro en medio. *A for-*
ce de vilain, le fer entre deux.

Afeyta vn cepo, parecera mancebo, *Accouf-*
ftre & pare vn tronc, & il femblera vn ieune adolef-
cent. Cepo llama el Portugues al palo : Cepo en
Portugais eft vn bafton. Le Fran. Pare vn buiffon &
il fera baron.

A galgo viejo, echar le liebre no conejo. *A*
vn vieil leurier, luy faut ietter vn lieure, & non pas
vn lapin: Car il est malaisé à tromper.

Agosto y vendimia, no es cada dia. *Aoust*
& vendange, ne sont pas tous les iours

Agua fria y pan caliéte, nunca hizieron buen
vientre. *Eau froide & pain chaud, ne firent iamais*
bon ventre.

Agua al higo, y a la pera vino. *Eau à la figue*
& du vin à la poire.

Al higo vino, y al agua higa. *A la figue du vin,*
& à l'eau faut faire la figne.

Agua de sierra, y sombra de piedra. *Eau de ro-*
che, & ombrage de pierre: l'vn & l'autre est frais.

Agua fria sarna cria, agua roja sarna escosca.
Eau froide fait venir la gale, eau chaude chasse la gale.
Escosca n'est pas vn mot bien approuué ny vsité.
Roja signifie rouge, & icy s'entend metaphorique-
ment, comme l'on entend vn fer chaud pour vn fer
rouge, aussi veut-il dire eau chaude par eau rouge.

Aguja calumbrienta, no entraras en mi her-
ramienta. *Aiguille rouillee, tu n'entreras pas parmy*
mes outils.

Agora que tengo oueja y borrego, todos me
dizen en hora buena esteys Pedro. *A ceste heu-*
re que i'ay brebis & aigneau, tout chacun me dit: Bien
vous soit Pierre. Borrego est vn aigneau d'vn an.

A gran priessa gran vagar. *A grande haste grād*
loisir fust. Porque todo lo demasiado no puede
durar mucho, y va a parar en lo contrario: *parce*
que tout ce qui est excessif ou violent n'est pas de lon-
gue duree, & se va rendre à son contraire, qui est le re-
pos.

Al gran artoyo, passar postrero. *A grand ruis-seau, faut passer le dernier. Le Fran. En pont, planche & riuiere, valet deuant maistre derriere.*

A gran subida, gran descendida. *A grande montee, grande descente.*

Agua coge con harnero, quien se cree de ligero. *Celuy puise de l'eau auec vn crible, qui croit de leger: parce qu'il ne trouue rien.*

Agua de por san Iuan, quita vino y no da pan. *Eau à la sainct Iean, oste le vin, & ne done point de pain.*

Agua de Março, peor que la mancha enel paño. *Eau de Mars est pire que la tache au drap.*

Agua trotada, tanto val como ceuada. *Eau trottee vaut antant que l'auoine. Ceuada est proprement de l'orge, car on en baille aux cheuaux en Espagne au lieu d'auoine.*

Agua de Mayo, pan para todo el año. *Eau de May, c'est du pain pour toute l'annee.*

Agua sobre agua, no vale sayo ni capa. *Eau sur eau, ne sert de rien saye ny manteau.*

Agua sobre agua, ni cura ni laua. *Eau sur eau, ne cure ny laue.*

Agua de Henero, todo el año tiene tempero. *Eau de Iannier, tient toute l'annee la saison.*

Agosto madura, Setiembre vendimia. *Aoust meurit, & Septembre vendange.*

A hambre no ay mal pan. *A la faim, il n'y a point de mauuais pain.*

A hija casada, salen nos yernos. *A la fille mariee nous viennent des gendres.*

Al Ynuierno lluuioso, Verano abundoso. *A Hyuer pluuieux, Esté plantureux.*

Ahorrar para la vejez, ganar vn marauedi y beuer tres. *Espargner pour la vieillesse, gaigner vn liard & en boire trois.* Marauedi *est enuiron vn double tournois.*

A juezes Galicianos, con los pies en las manos. *Aux Iuges de Galice, auec les pieds aux mains.* Subaudi, de aues presentadas. *Ce Prouerbe se pra-ctique aussi bien en Gaule qu'en Galice.*

Al que tiene muger hermosa, o castillo en frontera, o viña en carrera, nunca le falta guerra. *A celuy qui a belle femme, chasteau en fron-tiere, ou vigne en grand chemin, iamais guerre ne luy defaut.*

Al matar de los puercos, plazeres y juegos, al comer de las morcillas, plazeres y risas, al pa-gar de los dineros, pesares y duelos. *Au tuer des pourceaux, plaisirs & ieux, au manger des boudins, plaisirs & risees, au payer des deniers fascheries & douleurs.*

Al hombre mayor, dale honor. *Au plus grand, fais luy honneur.* i. *à l'homme aagé.*

Al hombre pobre, ninguno le acomete. *L'hô-me pauure, personne ne l'attaque.* i. *ne luy dit mot, ains est abandonné de chacun.* Pauper vbique ja-cet.

Al conejo ydo, el consejo venido. *Le connil eschapé, le conseil venu. Le Fran. Il n'est pas temps de fermer l'estable, quand les cheuaux sont desrobez.*

A la cabeça, el comer la endereça. *La teste, le manger la redresse. Le Fran. Mal de teste veut re-paistre.*

Alabate cesto, que vender te quiero. *Loue toy panier, car ie te veux vendre: Contre les vanteurs.*

A la burla, dexarla quando mas agrada. *La raillerie se doit laisser, lors que plus elle aggrée.* Porque muchas vezes se torna en veras : *Parce que biē souuēt elle se tourne à faire à bō escièt.* But la signifie ieu de paroles ou autremēt qui n'est pas à bō escièt.

Alla va la lengua, do duele la muela. *La langue va, là où la dēt fait mal. Muela est vne grosse dēt.*

A la bestia cargada, el sobornal la mata. *Vne beste chargee, la surcharge la blesse. Matar ne veut pas dire seulement tuer, mais blesser ou escorcher comme fait la selle ou le bast.*

A la mal casada, miralde a la cara. *A la mal mariee, regardez luy au visage. Parce que vous y verrez de la ioye ou de la tristesse, selon le contentement qu'elle aura.*

Alla nos veremos, enel corral de los pellejeros. *Nous nous reuerrons pardelà, en la court des pelletiers. Le Franc. Nous nous reuerrons tous chez le pelletier.*

Al gusto dañado, lo dulce le es amargo. *Au goust depraué, le doux luy est amer.*

A las burlas assi ve a ellas, que no te salgan a veras. *Aux moqueries vas y de telle sorte qu'elles ne se tournent point à bon escient.*

Al medico, confessor, y letrado, no le ayas engañado. *Le medecin, le confesseur, & l'aduocat, ne les trompes pas, c'est à dire ne leur cele pas la verité de ton affaire.*

A la casta, pobreza le haze hazer feeza. *A la chaste, panureté luy fait faire vilanie.*

A los ojos tiene la muerte, quien a cauallo passa la puente. *Celuy a la mort deuant les yeux, qui passe vn pont à cheual. Cela se doit entendre d'vn pont* qui n'a point de garde fols.

Al ruin mientras mas le ruegan, mas fe eftiē-
de. *Le mefchant, plus on le prie, plus il s'eftend. i. plus*
il faict le mauuais.

A la buena juntate con ella, y a la mala ponle
almohada. *A la bonne, accoftes toy d'elle, & à la*
mauuaife, mets luy vn oreiller. i. laiſſe la là fans l'in-
quieter.

A la vaſija nueua, queda el reſabio de lo que
ſe echo enella. *Au vaiſſeau neuf, demeure le reſſen-*
timent ou l'odeur de ce que l'on a mis dedans. Quo
ſemel eſt imbuta recēs ſeruabit odorē teſta diù.

Al perro y al parlero, dexa los enel ſendero.
Le chien & le babillard, laiſſe les au ſentier. i. ne les
inquiete point.

Al gato por ſer ladron, no le eches de tu man-
ſion. *Le chat pour eftre larron, ne le chaſſe de ta mai-*
ſon. i. encor qu'il ſoit larron: d'autant qu'il chaſſera
bien aux ſouris.

Al pobre no es prouechoſo, acompañarſe
con el poderoſo. *Au pauure il n'eft vtile de s'accō-*
pagner du puiſſant. i. chacun ſa ſorte.

Al buen amigo, con tu pan y con tu vino. *Le*
bon amy, auec ton pain & ton vin. i. ſe peut traiter
ſans faire de grands frais.

Al buen conſejo, no ſe halla precio. *Au bon*
conſeil, il ne ſe trouue point de prix. i. ne ſe peut aſſez
priſer.

A las vezes lleua el hombre, a ſu caſa con que
llore. *Quelquesfois l'homme remporte à ſa maiſon de-*
quoy pleurer. i. tout ne vient pas touſiours à ſonhait.

Al que da el capon, da le la pierna y el alō. *A*
celuy qui dōne le chapō, preſente luy la cuiſſe & l'aile.

Al reues me la vesti, andese assi. *Ie l'ay vestue*
à l'enuers, qu'elle demeure ainsi.

A la moça que ser buena, y al moço que el
officio, no les puedes dar mayor beneficio. *A*
la fille, l'estre bonne, & au garçon vn mestier, tu ne
leur sçaurois faire vn plus grand benefice.

A la noche chichirimoche, y a la mañana
chichirinada. *Au soir force caquet, au matin la bel-*
le rien qui soit. Ces deux dictions ne se peuuent bien
expliquer, & se rapportét au commun dire des Fran-
çois, que les paroles du matin ne ressemblent pas à cel-
les du soir.

Aldeana es la gallina, y come la el de Seuilla.
La poulle est du village, & celuy de Seuille la mange.
Seuille est icy entendue pour quelque ville que ce soit.

Al que mal biue, el miedo le sigue. *Celuy qui*
mal vit, la crainte le suit.

Al yerno y al cochino, vna vez el camino.
Au gendre & au cochon, monstre leur le chemin vne
fois.

A la muger y a la gallina, tuerce le el cuello y
dar te ha la vida. *A la femme & à la poulle tors luy*
le col, & elle te donnera la vie: c'est à dire, que la fem-
me t'obeira, & tu mangeras la poule.

Al enemigo si bueluc la espalda, la puente de
plata. *A l'ennemy s'il tourne le des, fais luy vn pont*
d'argent.

Al villano dadle el dedo, tomara la mano.
Au vilain donnez luy le doigt, il prendra la main.

Al que mal hizieres, no le creas. *A celuy que*
tu auras offensé, ne le croy pas : car il se pourra venger
vn iour que tu n'y penseras pas.

Al herrero con baruas, y a las letras con ba-

bas. *Au forgeron auec barbe, & aux lettres auec ba-*
ues, C'eſt à dire, qu'il faut faire eſtudier les enfans de
bonne heure, car il n'eſt plus temps quand la barbe
vient.

A la larga, el galgo a la liebre mata. *A la longue,*
le leurier tue le lieure,

Al mas ruin puerco, la mejor bellota. *Au plus*
meſchant pourceau, le meilleur gland. Le Fr. *A vn*
bon chien n'eſchet iamais vn bon os.

Al viejo nunca le falta que contar ni al Sol
ni al hogar. *Au vieillard il ne luy manque iamais*
que conter, ny au Soleil ny au fouyer.

A la boda de Dõ Garcia, lleua pan en la capi-
lla. *A la nopce de Dor Garcia, porte du pain au ca-*
puchon de la cappe. Que nadie tenga confiança
en la hazienda de otro, por rico que ſea. i. *Que*
perſonne ne ſe fie aux moyens d'autruy, pour riche
qu'il ſoit.

Al cuco no cuques, y al ladron no hurtes. *Au*
coucou ne reſponds, & au larron ne deſrobe pas. Ce
mot Cuques, ſe peut entendre pour reſpondre au coucou, par ſa meſme voix, & ſembleroit auoir en l'inſi-
nitif Cucar, s'il eſtoit en vſage.

Al no ducho de bragas, las coſturas le matan.
A celuy qui n'eſt accouſtumé à porter brayes, les cou-
tures le bleſſent. Brayes, ce ſont des chauſſes.

Alla vayas mal, do te pongan buen cabeçal.
Va t'en mal, là où on te mette vn bon cheuet. i. *là où*
on aye le moyen de te bien penſer.

Al bien buſcallo, y al mal eſperallo. *Le bien il*
le faut chercher, & le mal il le faut attendre.

Alquimia prouada, tener renta y no gaſtar
nada. *Alquimie eſprouuee, auoir des rentes & ne*

rien despendre.

Al buen pagador, no le duelen prendas. *Au bon payeur, il ne luy fait point mal de bailler gages.*

A la vulpeja dormida, no le cae nada en la boca. *Au renard endormy, il ne luy tombe rien en la gueule.*

Al tiempo del higo, no ay amigo. *Au temps des figues, il n'y a point d'amy.* i. *au temps de la prosperité où l'on a abondance de tout, on ne cognoist personne.*

Al agradecido, mas de lo pedido. *A celuy qui n'est point ingrat, donne luy plus qu'il ne demande.*

A las baruas con dineros, honrra hazen los caualleros. *Aux barbes qui ont de l'argent, les chevaliers leur font honneur.*

Almuerza con rufian, come con carpintero, y cena con recuero. *Desieune auec le rufien, disne auec le charpentier, & soupe auec le muletier.*

A la ramera y a la lechuga, vna temporada les dura. *A la putain & à la laitue, vne saison leur dure.* i. *durent vn peu de temps.*

A la moça y la parra, alçarle la falda. *A la fille & à la vigne, luy faut haulser le pan.*

A la muger y a la picaça, lo que dirias en la plaça. *A la femme & à la pie, ce que tu dirois en la place.* i. *Dis leur ce que tu voudrois dire deuant tout le monde.*

Alazan tostado, antes muerto que cansado. *Alzan brusté, plustost mort que lassé.*

Alla van leyes, do quieren Reyes. *Là vont les Loix, où veulent les Rois.*

Al hombre harto las cerezas le amargan. *Vn homme qui est saoul, trouue les cerises ameres.*

Cerezas, *ce sont proprement guines, qui sont plus douces que les cerises.*

Al cuerro y al queso, compralo por peso. *Le cuir & le fromage, achete les au poids.*

A la puta y al juglar, a la vejez les viene mal. *A la putain & au basteleur, à la vieillesse mal leur vient. Iuglar, c'est vn bouffon, & vn ioueur de farces.*

Al verano tauernera, y al ynuierno panadera. *En Esté tauerniere, & en Hyuer boulengere.*

Alegrias antruejo, que mañana seras ceniza. *Allegresse Caresme-prenant, car demain tu seras cendre. i. le plaisir se passera bien tost.*

Al mal capellan, mal sacristan. *Au mauuais chapelain, mauuais sacristain. Tel maistre, tel vallet.*

Al hazer temblar, y al comer sudar. *A la besongne trembler, & en mangeant suer.*

Al que mal haze, nunca le falta achaque. *A celuy qui faict mal, iamais ne luy manque de suiet ny d'occasion. Qui faict mal, c'est à dire qui veut faire du mal. Achaque signifie aussi excuse & pretexte.*

Al hierro el orin, y la embidia al ruin. *Au fer la rouille, & l'enuie au meschant.*

Algo ageno no haze heredero. *Quelque chose de l'autruy ne passe à l'heritier.*

Al delicado, poco mal y bien atado. *Au delicat, peu de mal & bien lié. i. enueloppé.*

Al buen varon, tieras agena su patria le son. *A l'homme de biè, les terres estrangeres sont sa patrie. i. au courageux. Omne solum forti patria est, &c.*

Alcarauan çancudo, para otros consejo, para si ninguno. *Alcarauan tortu, pour d'autres a du conseil, & pour soy n'en a nul. Alcarauan c'est le Butor autrement nommé Galerand.*

A la gallina,aprietale el puño,y apretar te ha
el culo. *A la poulle, ferre luy le poing, & elle te fer-*
rera le cul. i. *fi tu ne luy donnes à manger elle ne pon-*
dra point d'œufs.

Al principio o al fin,Abril fuele fer ruin. *Au*
commencemèt ou à la fin Auril a de couftume d'eftre
mauuais.

Al poftrero muerde el perro. *Le dernier le*
chien le mord. Le Fr. dit: Le dernier,le loup le man-
ge.

Al quinto dia veras, que mes auras. *Au cin-*
quiefme iour tu verras quel mois tu auras. i. *au cin-*
quiefme de la Lune tu cognoiftras le refte.

A las malas lenguas, tixera. *Aux mauuaifes*
langues,fant des cifeaux. i. *pour les rongner.*

Al hombre ofado , la fortuna le da la mano.
A l'homme hardy , fortune luy tend la main. Auda-
ces fortuna iuuat timidófq; repellit.

A las nueue,echate y duerme. *A neuf heures*
couches toy & dors.

Al niño y al mulo,enel culo,fub. hieras,y ne
en la cabeça,ni en otra parte. *L'enfant & le mu-*
let ,frapes-les fur le cul, & non pas en la tefte,ny au-
tre part.

Al buen dia abrele la puerta , y para el malo
te apareja. *Au bon iour ouure luy la porte,& pour le*
mauuais appareille toy. fub. *s'il vient.*

A la muerte,no ay cofa fuerte. *Contre la mort*
il n'y a chofe forte.

Algun dia fera la fiefta de nueftra aldea. *Quel-*
que iour fera la fefte de noftre village.

Allega te a los buenos,y feras vno dellos. *Ac-*
cofte toy des gens de bien , & tu en feras du nombre.

Cum

Cum sancto sanctus eris, &c.

Al hombre venturero, la hija le nace primero. *A l'homme auantureux, la fille luy naist la pre-*
miere. Parce qu'elle est desia grande quand les garçons
viennent, & les aide à esleuer.

Al mal camino darle priessa. *Au mauuais che-*
min il se faut haster: afin d'en sortir bien tost.

Al desdichado, poco le val ser esforçado.
Au malheureux, peu luy vaut d'estre courageux.

Al niño su madre, castiguele, limpiele y har-
te. Quiere dezir. No la ama sino la madre, que
lo hara con mas diligencia y voluntad. *Le petit*
enfant que sa mere le chastie, le nettoye & le saoule. Il
veut dire. Non pas la nourrice, mais la mere, qui le se-
ra auec plus de diligence & de volonté.

Al moço nueuo, pan y hueuo, andando el año
el pan y el palo. *Au garson nouueau, du pain & vn*
œuf, & l'annee s'auãçant, du pain & du baston. sup.
donnez luy.

Al moço que le sabe bien el pan, pecado es el
ajo que le dan. *Au garson qui trouue le pain bon,*
c'est peché de l'ail qu'on luy donne. i. *Il ne faut pas*
trop delicatement traicter les valets.

A la par es, negar y tarde dar. *C'est tout vn re-*
fuser, & tard donner.

A lo que puedes solo, no esperes a otro. *A ce*
que tu peux faire tout seul, n'attens personne pour
t'aider.

Al buey por el cuerno, y al hombre por el
vierbo. *Le bœuf par la corne, & l'homme par la pa-*
role. sub. *se lient.* Verba ligant homines tauro-
rum cornua funes.

Al aſno, y al mulo, la carga al culo. *Al'aſne &*
au mulet, la charge ſur le cul. 1. *faut mettre.*

Al cauallo has de mirar, que a la yegua no
has de catar. *Il faut regarder au cheual, & non pas*
prendre garde à la iument. i. *à la mere qui l'a porté ſi*
elle a quelque ſi.

Al cabo del año, mas come el muerto que el
ſano. *Au bout de l'an, le mort mange plus que celuy*
qui eſt ſain. Por las ofrendas. *C'eſt pour les offran-*
des du ſeruice qu'on fait au bout de l'an.

Al mar por ſal. *Il faut aller à la mer querir du*
ſel. i. *là où eſt l'abondance d'vne choſe, il y en faut al-*
ler querir.

Al marido, amalo como amigo, y temelo como a enemigo. *Ton mary, aime le comme amy, & le*
crains comme ennemy.

A las vezes do caçar penſamos, caçados que-
damos. *Quelquesfois où nous penſons prendre, nous*
demeurons pris. Caçar *ſignifie chaſſer & pren-*
dre.

Algo es el queſo, pues ſe da por peſo. *C'eſt*
quelque choſe que le fromage, puis qu'il ſe donne par
poids.

Alla me lleue Dios a morar, do vn hueuo vale
vn real. *Que Dieu me meine demeurer, là où vn œuf*
vaut vne realle. Porque es ſeñal de tierra rica. *Car*
c'eſt ſigne d'vne ville riche, d'autant que là où le peu-
ple abonde, l'argent y eſt plus frequent.

Al hombre mezquino, baſtale vn rocino. *A*
l'homme malheureux, ce luy eſt aſſez qu'vn rouſſin. i.
au miſerable peu de choſe luy ſuffit pour l'accommo-
der.

Alcança, quien no cansa. *Celuy obtient ou vient à bout de son dessein, qui ne se lasse.* i. *qui persiste.*

Al que yerra, perdonale vna vez, mas no despues. *A celuy qui faut, pardonnes luy vne fois, mais non plus apres.*

A la moça con el moço, y al moço con el boço. Entiende, los has de casar. *La ieune fille auec le ieune garson, & le ieune garson auec le poil follet.* i. *faut marier la ieune fille auec vn ieune homme, & le ieune homme ne doit pas attēdre trop tard d se marier.*

Al peligro con tiento, y al remedio con tiempo. *Au peril auec discretion, & au remede de bonne heure & à temps.* sub. *faut aller.*

Al llamado de quien le piensa, viene el buey à la melena. *A la voix de celuy qui le pense, le bœuf vient au ioug. On sert de bonne volonté à celuy de qui on a receu du bien.*

Alla se me põga el Sol, do tengo el amor. *Que la nuict me prenne, là où sont mes amours.*

Al rico no prometas, y al pobre no faltes. *Au riche ne promets rien, & au pauure ne luy manque pas. Parce que l'vn te pourra contraindre, & tu fais tort à l'autre.*

Alta mar y no de viento, no promete seguro tiempo. *La mer haute & non du vent, ne promet pas asseuré temps: haute, c'est à dire enflee.*

Ama a quien no te ama, y responde a quien no te llama, andaras carrera vana. *Aimes qui ne t'aime pas, responds à qui ne t'appelle, tu iras la carriere vaine.* i. *tu perdras ta peine.*

Amores dolores y dineros no pueden estar

secretos. *Amours, douleurs & deniers, ne peuuent estre secrets.*

Amanse su saña, quien por si mismo se enga-ña. *Appaise sa furie, qui soy-mesme se trompe.*

A mocedad ociosa, vejez trabajosa. *A ieunes-se oisiue, vieillesse penible.*

Amores nueuos oluidan viejos. *Amours nou-uelles font oublier les vieilles.*

Amor mesonero, quantas veo tantas quiero. *Amour d'hostellerie, autant que i'en voy, autant i'en aime. i, on en change tous les iours.*

Amor de niño, agua en cestillo. *Amour de pe-tit enfant, c'est eau en vn petit panier.*

Ama con amigo, ni la tengas ni la des a tu ve-zino. *Seruante qui a vn amy, ne la tiens pour toy, ny ne la donne à ton voisin.*

Amistad de yerno, sol de inuierno. *Amitié de gendre, c'est le Soleil d'Hyuer: Qui dure peu.*

Amigo de todos y de ninguno, todo es vno. *Amy de tous & de nul, c'est tout vn.*

Amigo de vno, enemigo de ninguno. *Amy d'vn & ennemy de nul. i. faut auoir vn bon amy, & point d'ennemy si l'on peut.*

Amigo quebrado, soldado, mas nunca sano. *Amy rompu, peut bien estre souldé, mais n'est iamais sain. Il le faut garder d'vn ennemy reconcilié.*

Amar y saber, no puede ser. *Aimer & sçauoir, cela ne peut estre. D'autant que si on sçauoit les imper-fections de celuy ou celle qu'on aime, peut estre que l'a-mour ou l'amitié cesseroient.*

Amor de padre, que todo lo otro es ayre. *A-mour de pere, car tout autre n'est que du vent.*

A muertos y a ydos, no ay amigos. *Aux morts & aux partis, il n'y a point d'amis.*

A manos lauadas, Dios les da que coman. *Aux mains lauees, Dieu leur donne de quoy manger. i. à ceux qui font bien.*

Amengua de pan, buenas fon tortas. *A faute de pain, les gasteaux font bons.*

A mengua de carne, buenos fon pollos con tocino. *A faute de chair, les poulets au lard font bons.*

A mal hablador, difcreto oydor. *A vn mauuais parleur, difcret efcoutant.*

Amigo por fu prouecho, la golondrina en el techo. *Amy pour fon profit, c'eft l'airondelle au toict.*

Amigo del buen tiempo, mudafe con el viento. *L'amy du bon temps. i. de fortune, fe change auec le vent.* Dum fueris fœlix, multos numerabis amicos; Tempora fi fuerint nubila, folus eris.

Amor de monja, y fuego de eftopa, y viento de culo, todo es vno. *Amour de religieufe, feu d'eftoupe, & vent de cul, c'eft tout vn.*

A muger tomada, y a cabeça quebrada, nunca faltan rogadores. *A femme prife, & à tefte rompue, iamais ne manque de prieurs. i. d'importuns rechercheurs.*

Andando gana la hazeña, que no eftandofe queda. *Le moulin gaigne en allant, & non pas en rien faifant.*

A nueuo negocio, nueuo confejo. *A nouuel affaire nouueau confeil.*

Anguila empanada, y lamprea efcabechada. *Anguille en pafte, & lamproye en faulfe noire.* Efcabeche, *c'est comme du ciné.*

Año de nieues, año de bienes. *Annee de neiges, annee de biens: d'autres disent* mieſſes, *pour* bienes, *& signifie moiſſons.*

Antes de casar, ten casas en que morar, y tierras en que labrar, y viñas en que podar. *Deuant que de te marier, ayes maisons où demeurer, des terres ou puiſſes labourer, & des vignes à tailler.*

Antes barba blanca para tu hija, que no muchacho de crencha partida. *Pluſtoſt vne barbe blanche pour ta fille, que non pas vn ieune gars auec la greue partie en deux.* i. *les cheueux de la greue de la teſte.*

Antes de la hora gran denuedo, venidos al punto, venidos al miedo. *Deuant l'heure grande hardieſſe & aſſeurance, mais eſtans venus au point, venus à la peur.*

Animo vence guerra, que no arma buena. *Le courage gaigne la victoire, & non pas les bonnes armes. Toutesfois elles y sont bien requises.*

Anda el majadero de otero en otero, y viene a quebrar en el hombre bueno. *Le pilon va de butte en butte, & en fin vient à rompre sur l'homme de bien.* i. *le malheur tombe touſiours sur les bons.*

Andar toda la noche, y amanecer en casa. *Aller toute la nuict, & au matin se trouuer à la maison.* i. *faire de bonnes resolutions sans effect.*

Antes ciegues que mal veas. *Sois pluſtoſt aueugle que de voir mal.*

Antes que cases mira que hazes, que no es ñudo que deshazes. *Deuant que tu te maries, regarde bien que tu fais, car ce n'est pas vn nœud que tu desſaces.*

Antes moral que almendro. *Pluſtoſt meurier qu'amendier. Le meurier eſt eſtimé le plus ſage de tous les arbres: d'antant qu'il fleurit le plus tard, & au contraire l'amandier fleurit le premier de tous, & partant plus ſubieſt à l'incommodité du temps.*

Ande me yo caliente, y riaſe la gente. *Que ie ſois bien chaudement, & que le monde s'en rie tant qu'il voudra.*

Anda a tu amo a ſabor, ſi quieres ſer ſeruidor. *Fais au gré de ton maiſtre, ſi tu veux eſtre ſeruiteur.*

Ante Reyes o grandes, o calla, o coſas gratas habla. *Deuant les Rois ou les grands, ou te tais, ou bien parle de choſes agreables.*

Antes que conoſcas, ni alabes ni cohondas. *Deuant que tu cognoiſſes, ny ne loües, ny ne confonds. i. ne deſpriſe pas.*

Andamos a las verdades, como hazen las comadres. *Nous allons aux veritez, cōme ſont les commeres.*

Ante la puerta del rezador, nunca eches tu trigo al Sol. *Deuant la porte d'vn diſeur de patenoſtres, ne mets pas ton bled pour ſeicher au Soleil. i. ne te fies pas à luy, car il eſt hipocrite.*

Antes di que digan. *Dis pluſtoſt que l'on diſe. i. qu'on parle mal de toy.*

Anda el hombre a trote, por ganar el capote. *L'homme va au trot, pour gaigner le capot.*

Año de lande, año de landre. *Année de glands, année de peſte. Gland ſe dit autrement* bellota.

Antes perdere la ſoldada, que tātos mādados haga. *Pluſtoſt ie perdray la ſolde, que ie face tant de commandemens.*

Antes quebrar que doblar. *Pluſtoſt rompre que doubler, ou plier.*

Anda cada oueja con ſu pareja. *Chaſque brebis va auec ſa pareille.*

A otro perro con eſſe hueſſo. *A vn autre chien auec cet os.*

Antes al ruyſeñor que cantar, que à la muger que parlar. ſup. faltara. *Pluſtoſt au roſſignol que chanter, que non pas à la femme dequoy parler. i. manquera.*

Año de eladas, año de paruas. *Année de gelées, année de bleds.* Parua *ſignifie vne airée de bled que l'on met en la grange pour batre.*

A otro mercado vaya, do meior venda ſu hilaza. *Qu'il voiſe à vn autre marché, où il vêde mieux ſa filace. Le Fr. Qu'il voiſe ailleurs vendre ſes coquilles.*

A olla que hierue, ninguna moſca ſe atreue. *A vne marmite qui boult, mouſche ne s'y attaque. i. Il ne ſe faut pas frotter à vn homme qui eſt en cholere.*

A padre guardador, hijo gaſtador. *A pere eſpargnant, fils deſpenſier.*

A pan duro, diente agudo. *A pain dur, dent aiguë.*

A pan de quinze dias, hambre de tres ſemanas. *A pain de quinze iours, faim de trois ſepmaines.*

A probreza no ay verguença. *A pauureté n'y a point de honte. Neceßité n'a point de loy.*

Apartate de mi, dare por mi y por ti: eſto dize vn arbol a otro. *Recules toy de moy, & ie donneray pour moy & pour toy: ce dit vn arbre à l'autre. Il ne* faut pas planter les arbres trop drus.

A palabras locas, orejas fordas. *A paroles folles, oreilles fourdes.*

A preffurofa demanda, efpaciofa refpuefta. *A demande haftiue, refponfe tardiue.*

A perro viejo, nunca cuz cuz. Porque fe va tras fu dueño, y no es menefter llamarle como al nueuo, que fe pierde fi no le llaman. *Au vieil chien ne luy dis point tété. Parce qu'il fuit fon maiftre, & n'eft befoin l'appeller comme vn ieune, qui fe perd fi on ne l'appelle.*

A puñadas, entran las buenas hadas. *A poignees, entrent les bonnes deftinees.*

Aprouechate del viejo, y valdra tu voto en confejo. *Sers toy du vieillard, & ta voix aura lieu au confeil. Aprouecharfe, veut dire faire fon profit, vfer, fe feruir.*

Aprende llorando, reyras ganando. *Apprends en pleurant, & tu riras en gaignant.*

A puerta de caçador, nunca gran muladar. *A porte de chaffeur, n'y a iamais grand fumier. Parce que celuy qui s'addonne à la chaffe n'eft pas ordinairement grand laboureur.*

A par de rio, ni compres viña, ni oliuar, ni caferio. *Aupres d'vne riuiere, n'acheptes vigne ny iardin d'oliuiers, ny maifon.*

A poco pan, tomar, primero. *A peu de pain, faut prendre des premiers.*

A poco dinero, poca falud. *A peu d'argent, peu de fanté, ou peu de falut.*

Aprende por arte, y iras adelante. *Apprens par art, & tu iras deuant, ou en auant.*

Aprendiz de Portugal, no fabe cofer y quiere cortar. *Apprentif de Portugal, qui ne fçait pas couldre, & veut tailler.*

Aprende baxa y alta, y lo que el tiempo tañere ello dança. *Apprends la baſſe & la haute, & ce que le temps ſonnera, danſe le. i. Il ſe faut accommoder au temps.*

A quien dan no efcoge. *Celuy à qui on donne ne choiſit pas.*

A quien vela, todo fe le reuela. *A celuy qui veille, tout ſe reuele.*

A quien cierne y amaſſa, no le hurtes hogaça. *A celuy qui faſſe & peſtrit, ne luy defrobe point de foüace: car il ſçait bien le conte de ſes pains.*

A quien no le fobra el pan, no crie can. *Celuy qui n'a point de pain plus qu'il luy en faut, qu'il ne nourriſſe point de chien.*

Aquel es tu amigo, que te quita de ruydo. *Celuy-là eſt ton amy, qui t'oſte de bruit. i. d'affaire.*

A quien mala fama tien, ni accompañes ni quieras bien. *Celuy qui a mauuaiſe renommee, ne l'accompagne, ny ne luy vueilles bien.*

Aquel pierde venta, que no tiene que venda. *Celuy perd ſa vente, qui n'a rien à vendre.*

A quien ha mordido la culebra, guardeſe de ella. *Celuy qui a eſté mordu de la couleuure, qu'il ſe garde d'elle.*

A quien has de dar de cenar, no te duela darle a merendar. *A celuy que tu dois donner à ſouper, ne te faſches pas de luy donner à gouſter.*

A quien Dios quiere biẽ, la perra le pare puercos. *A celuy que Dieu aime bien, la chienne ſait des* cochons. i. tout luy vint à souhait.

Aquellos son ricos que tienen amigos. *Ceux-là sont riches qui ont des amis.*

A quien no tiene nada, nada le espanta. *Celuy qui n'a rien, rien ne l'espouuante.*

A quié dizes tu poridad, a esse das tu libertad. *A qui tu dis ton secret, à iceluy tu donnes ta liberté.*

A quien no le basta espada y coraçon, no le bastaran coraças y lançon. *A qui ne suffit l'espee & le cœur. i. le courage: ne luy suffiront la cuirasse & la lance. Lançon est vne grosse lance, ou demie picque.*

Aquella es bien casada, que no tiene suegra ni cuñada. *Celle-là est bien mariee qui n'a belle-mere, ny belle-sœur. D'autant que persöne ne la controlle.*

Aquella aue es mala, que en su nido caga. *Cet oiseau est meschant, qui chie en son nid. Le bon oiseau ne fait point d'ordure en son nid.*

A quien haze casa o se casa, la bolsa le queda rasa. *A celuy qui fait vne maison, ou qui se marie, la bourse luy demeure rase. i. vuide ou plate.*

Araña quien te arañó? otra araña como yo. *Araignee qui t'a faite? vne autre araignee cöme moy.*

A Rey muerto, reyno rebuelto. *A Roy mort, Royaume reuolté, ou troublé.*

Arde verde por seco, y pagan justos por pecadores. *Le verd brusle pour le sec, & les iustes payent pour les pecheurs. Les bons patissent pour les mauuais.*

Arreboles a todos cabos, tiempo de los diablos. *Nuees rouges de tous costez, c'est vn temps de diables.*

Arreboles al Oriëte, agua amaneciente. *Nuees rouges à l'Orient, eau le matin venant.*

Ara bien y hondo, cogeras pan en abondo.
Laboure bien, & profond, & tu recueilliras du bled en
abondance.

Ara con elada, y mataras la grama. _Laboure_
par la gelee, & tu feras mourir l'herbe. Grama c'eſt le
chiendent, herbe des prez.

Arrendadorcillos, comer en plata, morir en
grillos. _Petits rentiers, ou admodiateurs, manger en_
vaiſſelle d'argent, & mourir les fers aux pieds.

A rio buelto, ganancia de peſcadores. _A ri-_
uiere troublee ou tournee, c'eſt le gain des peſcheurs.
Le Fr. Il fait bon peſcher en eau trouble.

Armas y dineros, buenas manos quieren. _Les_
armes & les deuiers, requierent de bonnes mains. C'eſt
à dire pour en bien vſer.

A ruyn, ruyn y medio. _A meſchant, meſchant_
& demy.

A ſan Clemente, alça la mano de ſimiente. _A_
la ſainct Clement, oſte la main de la ſemence.

A ſaluo eſta el que repica. _Celuy qui ſonne le toc-_
ſeing eſt à ſauueté.

Aſſi es el marido ſin hecho, como la caſa ſin
techo. _Ainſi eſt le mary ſans effect, comme la mai-_
ſon ſans toict.

Aſſi ſe hazen los milanos flacos, viendo los
pollos, y deſſeandolos. _Ainſi deuiennent maigres_
les milans, voyant les poulets, & les deſirans. Contre
les auares & auides.

Aſille de los compañones, porque nos ſuelte
de los cabeçones. _L'empoigner par les couillons, afin_
qu'il nous laſche le collet. C'eſt bien tenir vn homme
quand on le prend par là.

Aſſaz es ſeñal mortal, no querer ſanar. *C'eſt
aſſez grand ſignal de mort, ne vouloir pas guerir.*

Aſſentar el pie llano, o de cueſta, el ſeſo mue-
ſtra. *Aſſeoir le pied à plain, ou de coſté, monſtre le ſens
ou iugement. i. l'addreſſe de la perſonne.*

Aſno lerdo, tu diras lo tuyo, y deſpues lo ageno. *Aſne ſot & lourdaut, tu diras le tien, & puis celuy d'autruy.*

Aſſi acontecen coſas rezias, como yr a la plaça, y venir ſin orejas. *Ainſi arriue-il des choſes faſ-
cheuſes, côme d'aller à la place, & reuenir ſans oreilles.*

Aſſentays os a meſa pueſta, con vueſtras manos lauadas, y poca verguença. *Vous vous aſſeez à
table miſe, auec les mains lauees, & peu de honte. Contre les eſcornifleurs & chercheurs de repeuë franche.*

A ſu amigo, el gato ſiempre le dexa ſeñalado.
*Le chat laiſſe touſiours ſon amy marqué. Parce qu'en ſe
iouant il l'eſgratigne.*

Aſſaz puede poco, quien no amenaza à otro.
*Aſſez peu de puiſſance a, celuy qui ne ſçait menacer vn
autre.*

Aſno ſea quien a aſno bozea. *Aſne ſoit-il qui
contre vn aſne crie. i. Celuy eſt bien aſne, qui diſpute
contre vn ignorant opiniaſtre.*

Aſno coxo y hombre roxo, y el demuño todo
es vno. *Vn aſne boiteux, vn homme rouſſeau, & le
diable, c'eſt tout vn.*

Aſſi dixo la zorra de las vuas, no pudiendo-
las alcançar, que no eſtauan maduras. *Ainſi dit
le renard des raiſins, n'y pouuant atteindre, qu'ils n'e-
ſtoient pas meurs. Le Fr. Ainſi dit le renard des meures.*

Aſſi ſe cria el huerto, como el cuerpo. *Ainſi ſe nourrit ou ſe traicte le iardin, comme le corps.*

Aſno de muchos, lobos le comen. *L'aſne de pluſieurs, les loups le mangēt. i. perſōne n'en tiēt cōpte.*

Aſſienta culo y henchiras huſo. *Aſſieds toy ſur ſon cul, & tu empliras ton fuſeau.*

A tu criado, no le hartes de pan, no pedira queſo. *Ton valet ne le ſaoule pas de pain, & il ne demandera point de fromage.*

A tu meſa ni a la agena, no te ſientes la bexiga llena. *A ta table, ny à celle d'autruy, ne t'y aſſieds pas la veſſie pleine. i. piſſe deuāt que de te mettre à table.*

A tu por tu como en tauerna. *A toy pour toy comme en la tauerne. Chacun y eſt pour ſon argent.*

A torrezno de tocino, buen golpe de vino. *A vn morceau de lard roſti, vne bonne fois de vin.*

A todo ay maña, ſino à la muerte. *A tout il y a adreſſe ou remede, ſors qu'à la mort.*

A tuerto o a derecho, nueſtra caſa haſta el techo. *A tort ou à droit, noſtre maiſon iuſques au toict. ſub. pleine.*

A tu Rey no ofendas, ni te metas en ſus rentas. *N'offence point ton Roy, ny ne te mets point en ſes rentes.*

A toda Ley, biua nueſtro Rey. *A toute Loy, viue noſtre Roy. i. tel qu'il ſera.*

Ata corto, pienſa largo, hierra ſomero, ſi quieres andar cauallero. *Lie ou attache court, penſe long ou à loiſir, & ferre hault, ſi tu veux eſtre caualier. i. eſtre bien monté.*

A ti lo digo hijuela, entiendelo tu mi nuera. *Ie le dis à toy ma fille, entens le toy ma bru.*

A tu amigo, ganale vn juego, y beuele luego.
A ton amy, gaigne luy vn ieu, & le boy incontinent.
i. boy auec luy le gain du ieu.

A tu hijo, buen nombre y oficio. *A ton fils vn*
bon nom. i. renom, & vn meftier.

A tu amigo dile la mentira, fi te guardare poridad, dile la verdad. *A ton amy dis luy vne men-*
fonge, & s'il te garde le fecret, dis luy la verité.

Aun aora comen el pan de la boda. *Encor à ce-*
fte heure ils mangent le pain de la nopce.

Aunque viftays a la mona de feda, mona fe
queda. *Encor que vous veftiez le finge de foye, touf-*
iours demeure finge. Mona *fignifie auffi la gue-*
non.

Aue de cuchar, nunca en mi coral. *Oifeau au*
bec large, ie ne le veux en ma court.

Aue de cuchar, mas come que val. *Oifeau au*
bec large, mange plus qu'il ne vaut.

Aue muda no haze aguero. *Oifeau muet ne fait*
point d'augure. Contre les babillards.

Aue de tuyo, no befaras a tu vezino enel culo.
Vn Oifeau de ton propre, & tu ne baiferas pas ton
voifin au cul. i. *fi tu as dequoy tu te pafferas bien de*
luy.

A vn traydor dos aleuofos. *A vn traiftre deux*
defloyaux.

Aunque manfo tu fabuefo, no le muerdas e-
nel beço. *Encor que ton limier foit doux, ne le mords*
pas en la babine.

Aunque compuefta la mentira, fiempre es
vencida. *Encor que la menterie foit bien paree, elle eft*
toufiours vaincuë.

Aunque malicia efcurefca verdad, no la puede apagar. *Encor que malice offufque verité, elle ne
la peut efteindre.*

Aue por aue, el carnero fi bolaffe. *Oifeau pour
oifeau, le mouton s'il voloit.*

Aun no es nafcido y ya eftarnuda. *Il n'eft pas
encor né, & ja il efternue.*

Aurora ruuia, o viento o lluuia. *Aurore rouge
denote pluye ou vent.*

Aunque feas prudente viejo, no defdeñes el
confejo. *Encor que tu fois prudent vieillard, ne def-
daignes pas le confeil.*

Auiades de madrugar mas, para tomar la paxara enel nido, durmiftes os hallaftes le vazio.
*Vous vous deuez leuer plus matin, pour prédre la me-
re au nid, vous vous eftes endormy, & vous l'auez
trouué vuide. Paxara eft le feminin de Paxaro, que
nous ne difons pas en François: noftre Prouerbe dit,
Prendre la mere au nid.*

A vendimia mojada, la cuba prefto aliuiada.
*A vendange moüillée, le tonneau eft bien toft allegé.
Parce que le vin n'eft pas de garde.*

Ayudandofe tres, para pefo de feys. *Trois s'ai-
dans l'vn l'autre, font fuffifans pour le faix de fix, e-
ftans feparez. Virtus vnita fortior.*

Algun dia mande tanto Pedro como fu amo.
*Quelque iour Pierre commádera autant que fon mai-
ftre.*

A nueuas neceffidades, nueuos confejos. *A
nouuelles neceffitez, nouueaux confeils.*

Aquel no haze poco, que fu mal echa a otro.
Celuy-là ne fait pas peu, qui baille fon mal à vn autre.

Aquel

Aquel va mas sano, que anda por lo llano.
Celuy-là va plus sain, qui va par le plain.

Ayer vaquero, oy cauallero. *Hier vacher, au-*
iourd'huy cheualier.

Ay tiene la gallina los ojos, do tiene los hueuos. *La poulle a les yeux, là où sont ses œufs.*

Aya ceuo enel palomar, que palomas ellas se
vernan. *Qu'il y ait de la pasture au pigeonnier, que*
les pigeons y viendront bien.

Ay te duele, ay te dare. *Là il te fait mal, c'est là*
que ie te frapperay.

Ayuda al escarauajo, y dexaros ha la carga.
Aidez à l'escharbot, il vous laissera sa charge.

Ayer luzia mi cara, oy plegada, mañana sera
liada. *Hier reluisoit ma face, auiourd'huy elle est*
pliee. i. ridee, demain elle sera empacquetee. i. ense-
uelie. De la breuedad de la vida.

Ay que trabajo vezina, el cieruo muda el penacho cada año, y vuestro marido cada dia. *Hé*
que de peine ma voisine, le cerf change de cornes tous
les ans, & vostre mary tous les iours. Penacho c'est
le bois du cerf.

Azeite y vino, y amigo antiguo. *Huile & vin*
& amy ancien: c'est vne bonne prouision.

Azeyte de oliua, todo mal quita. *Huile d'oli-*
ue oste tout mal: parce qu'elle est bonne à toute chose,
& s'vse en beaucoup de medicamens.

Azeytuna, vna es oro, dos plata, y la tercera
mata. *L'oliue, vne c'est or, deux c'est argent, & la*
troisiesme tuë.

C

B

BAldon de señor y de marido, nunca es çaherido. *Blasme ou iniure de seigneur ou de ma-*
ry, n'est iamais reprochee. Parce que le seigneur & le
mary ont toute puissance.

Baruero, o loco, o parlero. *Barbier, ou fol, ou*
babillard.

Barua de tres colores, no la traen sino tray-
dores. *Barbe de trois couleurs, il n'y a que les trai-*
stres qui la portent.

Barba remojada', medio rapada. *Barbe trem-*
pee, est à demy rasee.

Barro y cal, encubren mucho mal. *La terre*
& la chaux, cachent beaucoup de mal. Barro, c'est de
l'argile ou terre à Potier.

Barriga caliente, pie durmiëte. *A pance chau-*
de, pied endormy. Quand on est bien saoul on ne veut
rien faire.

Bendito sea el varon, que por si se castiga, y
por otro non. *Benit soit le personnage, qui de soy se*
chastie, & n'est chastié par autre. Le Fran. Bonne do-
ctrine met en luy, qui se chastie par autruy.

Bendita sea la puerta, por do sale la hija muerta *Benite soit la porte, par où sort la fille morte.*

Bendita aquella casa, que no tiene corona rapada. *Benite celle maison, qui n'a point de couronne*
razee. i. où il n'y a point de Prestre.

Bestia que anda llano, para mi me la quiero,
no para mi hermano. *Beste qui va vnimët. i. dou-*
cement, ie la veux pour moy, & non pas pour mon

frere.

Beuer a cobdo alçado, hasta ver las armas del mal logrado. *Boire à coulde haulsé, iusques à voir les armes du malheureux. i. iusques au fond du gobelet, où sont ordinairement les armes de celuy qui l'a fait faire.*

Bezerro manso mama a su madre, y a otras quatro. *Le Veau doux tette sa mere, & quatre autres de plus.*

Bezerra mansa, mama de su madre y de la agena. *Genisse douce, tette sa mere & celle d'vne autre. La douceur est vne chose agreable à tout le monde.*

Bezo malo, tarde es dexado. *La mauuaise accoustumance se quitte tard.*

Bien sabe el fuego, cuya capa quema. *Bien sent le feu, de qui la cape brusle.*

Besos amenudo, mensajeros son del culo. *Les baisers drus, font les messagers du cul. Drus signifie frequens.*

Bien se lo que digo, quando pan pido. *Ie sçay bien ce que ie dis, quand ie demande du pain.*

Bien canta Martha, despues de harta. *Bien chante Marthe, apres qu'elle est saoule.*

Bien sabe el sabio que no sabe, el necio piensa que sabe. *Bien sçait le sage, qu'il ne sçait pas, mais le sol pense bien sçauoir.*

Bien perdido y conocido. *Bien perdu & cogneu. Le Fran. On ne sçait que vaut la chose, iusques à tant qu'on l'ait perdue.*

Bien vengas mal, si vienes solo. *Tu sois le bien venu mal, si tu viens seul. Le Fran. Vn malheur ne vient iamais seul.*

C ij

Bien se laua el gato, despues de harto. *Bien se laue le chat, apres qu'il est saoul.*

Bien ama, quien nunca oluida. *Bien aime, qui iamais n'oublie.* Le Fran. *Qui bien aime, tard oublie.*

Bien sabe la vulpeja, con quien trebeja. *Bien sçait le renard, auec qui il se iouë.*

Bien aya quien a los suyos parece, *Bien vienne à celuy qui ressemble aux siens.* i. *à ses pere & mere.*

Bien ayuna quien mal come. *Bien ieusne qui mal vit.* i. *qui a mal à manger & qui fait pauure chere.* Le Fran. *Assez ieusne qui mal vit.*

Bien sabe la rosa, en que mano posa. *Bië sçait la rose, en quelle main elle se repose.*

Bien perdido y conocido. *Bien perdu & cogneu.* Le Fran. *On ne sçait que la chose vaut, iusqu'à tant qu'on l'ait perdue.*

Biuamos claros, si quiera bien adeudados. *Viuons clairement, au moins bien apparentez ou alliez. Clairement veut dire en gens illustres, & vertueusement afin qu'on nous cognoisse. Adeudado signifie apparenté ou allié, & aussi endebté: tellement qu'il y peut auoir icy vn equiuoque.*

Biua la gallina con su pepita. *Viue la poulle auec sa pepie.* i. *quelque mal qu'elle ait.*

Bien sabe el asno, en cuya cara rebuzna. *L'asne sçait bien, à la face de qui il brait: d'autres disent casa, au lieu de cara, & lors il y auroit, en la maison, au lieu de, à la face.*

Bien parece el lindero, entre mi y mi compañero. *Bien seante est la borne entre moy & mon* compagnon. i. *il fait beau voir ce qui est à soy separé de l'autruy, quelque amy qu'il soit.*

Blanca con frio, no vale vn higo. *La blanche auec le froid, ne vaut pas vne figue. Le Fran. Gens blancs sont volontiers tendres.*

Boca de miel, manos de hiel. *Bouche de miel, mains de fiel.*

Boca broçosa, cria muger hermosa. *Bouche .... nourrit la belle femme. Broçosa peut deriuer de broça, qui veut dire meslage & confusion: comme seruir de toda broça, estre à tout faire, seruir de tout: & de là, boca broçosa pourroit signifier vne bouche qui s'accommode à toute viande, & qui n'est point delicate.*

Boca pajosa, cria cara hermosa. *Bouche .... nourrit la belle face. Pajosa vient de paja, qui signifie de la paille: ainsi boca pajosa, signifiera vne bouche qui n'est autrement friande, & qui à vn besoin mangeroit de la paille.*

Bordon y calabaça, vida holgada. *Bordon & calebace, c'est vne vie reposee. i. sans trauail ni souci, comme celle des pelerins. Prouerbe pour les gueux & pelerins, qui toute leur vie vot de porte en porte, & de ville en ville.*

Bocado comido, no gana amigo. *Morceau qui est mangé, ne fait point d'amy.*

Bolsa sin dinero, digole cuero. *Bourse sans argent, ie l'appelle cuir. Sur ce mot cuero, il y a vne belle allusio, car il signifie du cuir, & vne peau de bouc où se met le vin & l'huile d'oliue, qui autrement se dit odre, & aussi se dit pour iniure à vn yurongne.*

Bofeton amagado, nnuca bien dado. *Soufflet*

menacé, ne fut iamais bien donné. Amagar *signifie*
faire mine de frapper ou donner.

Bocado de mal pan,ni lo comas,ni lo desa tu
can. *Morceau de mauuais pain, ne le manges pas, ny*
ne le bailles à ton chien.

Boca con duelo , no dize bueno. *Bouche auec*
dueil ne dit point bon.   Ceste diction bueno , *signifie*
aussi se porter bien, comme estoy bueno, ie me porte
bien.

Boftezo luengo,hambre o fueño. *Baaillemēt*
long,signifie faim ou sommeil.

Buena es la gallina, que otro cria. *Bonne est la*
poulle,qu' vn autre nourrit.

Buena tela hila,quien fu hijo cria. *Celle-là file*
vne bonne toile,qui nourrit son enfant.

Buena fama,hurto encubre. *Bonne renommee,*
cache ou couure le larcin.

Buena vida,padre y madre oluida. *La bonne*
vie , pere & mere oublie. i. *la bonue chere & le bon*
temps,nous fait oublier nos parens.

Buena vida,arrugas tira. *La bonne chere oste les*
rides.

Buen alçado pone en fu feno,quien fe caftiga
en mal ageno. *Bon.......... met en son sein , qui se*
chaftie au mal d'autruy. Le Fran .Bonne doctrine met
en luy,qui se chaftie par autruy. Alçado, *signifie re-*
leué, & pris en fubftantif il signifie ce qu'on a trouué
& releué de terre.

Buena olla y mal teftamento. *Bonne marmite*
& mauuais teftament. Le Fran .Grand chere & petit
teftament, les Preftres font trop riches.

Buena es la Trucha,mejor el Salmō,bueno es

elfaualo, quando es de fazon. *Bône eft la Truitte, meilleur eft le Saulmon, bône eft l'Alofe, quand elle eft en faifon.*

Buena es la nieue, que en fu tiempo viene. *Bonne eft la neige, qui vient en fa faifon.*

Buenas palabras y ruynes hechos, engañan fabios y locos. *Bonnes paroles & mauuais faicts, trompent les fages & peu diferets.* Loco, *veut dire* fol.

Bueno es el endurar, a quien fe efpera hartar. *Bon eft d'endurer, à celuy qui efpere fe faouler. L'efpoir du gain eft vn grand foulagement au labeur.*

Bueno de combidar, malo de hartar. *Bon à femondre, mal aifé à faouler.*

Buen comer trae mal comer. i. a los prodigos. *Bon manger ameine mal manger, c'eft à fcauoir aux prodigues: car en fin ils meurent de faim.*

Buen pie y buena oreja, feñal de buena beftia. *Bon pied & bonne oreille, c'eft figne d'vne bonne befte.*

Buen amigo es el gato, fino que rafcuña. *Bon amy eft le chat, horfmis qu'il efgratigne.*

Buena es la tardança, que haze la carrera fegura. *Bon eft le retardement, qui fait la carriere affeuree. La carriere. i. le grand chemin.*

Buen principio, la mitad es hecho. *Bien commencé, c'eft à moitié fait.*

Buey fuelto bien fe lame. *Vn bœuf lafché fe leche tout à fon aife: il n'eft que d'eftre libre.*

Buñolero folia fer, boluime a mi menefter. *Faifeur de bignets ie foulois eftre, ie fuis retourné à mon meftier.*

C iij

Burlaos con el aſno, daros ha en la barua con el rabo. *Iouez vous auec l'aſne, il vous donnera de ſa queuë à trauers du nez. Barua c'eſt le menton.*

Buey viejo ſulco derecho. *Vieil bœuf fait le ſeillon droit. Le Fran. Il n'eſt chaſſe que de vieux limiers: autres diſent, de vieux chiens.*

Burlaos con el loco en caſa, burlara con vos en la plaça. *Iouez vous auec le ſol en la maiſon, il ſe iouera auec vous en la place.*

Buſcays cinco pies al gato, y el no tiene ſino quatro. *Vous cherchez cinq pieds au chat, & il n'en a que quatre. Le Fran. Chercher cinq pieds en vn mouton.*

Buſcaldo amigo, mas ſi fuera perro, ya os huuiera mordido. *Cherchez le mon amy, mais ſi c'eſtoit vn chiē, il vous euſt deſia mordu. Le Fr. ſi c'eſtoit vn loup, il vous ſauteroit au col.*

Buſcar pan de traſtrigo. *Chercher du pain meilleur que de froment. i. chercher vne choſe impoſſible à trouuer.*

Buenas ſon mangas deſpues de Paſqua. *Les manches ſont bonnes Paſques eſtans paſſees: & ce d'autant qu'il fait ſouuent froid apres Paſques.*

C.

Cabello luengo y corto el ſeſo. *Longs cheueux courte ceruelle. Seſo veut dire l'entendement. Seſos au plurier, ſignifie la ceruelle.*

Cacete, peſquete, nunca haras buen caſete: que el caçador y el peſcador, nunca es buen caſero: i. *le chaſſeur ny le peſcheur, ne ſont iamais bonne maison.*

Cada hormiga tiene su ira. *Chafque fourmy a fa cholere. i. il n'y a fi petit animal qui ne fe reffente quãd en l'offenfe.*

Cada cuba huele, al vino que tiene. *Chafque tonneau fent le vin qui eft dedans.*

Cabrito de vn mes, rezental de tres. *Chevreau d'vn mois, vn aigneau de trois.*

Cada qual en su corral, deffea tener caudal. *Chafcun defire en fa court, auoir de la denree.*

Cacarrear y no poner hueuo. *Caqueter & ne pondre point d'œufs. i. parler fans effect.*

Cada carnero de su pié cuelga. *Chafque moutõ eft pendu par fon pied.* Que nadie ha de eſtar colgado de otro, ſino penſar que ſe ha de valer el a ſi miſmo: *que perfonne ne doit dependre d'vn autre, ains penfer qu'il faut s'aider foy-mefme.*

Cada vno eſtienda la pierna, como tiene la cubierta. *Chafcun eftende la iambe, felon la couuer-ture qu'il aura.*

Cada vno dize de la feria, como le va en ella. *Chafcun parle de la foire felon qu'il luy va en icelle: c'eft à dire, felon la bonne ou mauuaife vente de fa denree.*

Cabritilla que ſuele mamar, prure le el pala-dar. *Cheurette qui a accouftumé de teter, le palais luy demange. l'yurongne aime le vin.*

Cada buhonero alaba ſus cuchillos. *Chaf-mercier loue fes coufteaux.*

Cada coſa en su tiempo, y nabos en Aduiĕto. *Chafque chofe en fon temps, & des naueaux en l'Ad-uent.*

Cada qual siente el frio como anda vestido.
Chascun sent le froid, selon qu'il est vestu.

Cada cabello, haze su sombra enel suelo.
Chasque cheueu fait son ombre en terre.

Cada qual hable en lo que sabe. *Que chascun
parle de ce qu'il scait.* Ne sutor vltra crepidam.

Callar y obrar, por la tierra y por la mar. *Se
taire & besongner, par terre & par mer.*

Calle el que dio, hable el que tomo. *Se taise
celuy qui a donné, & parle celuy qui a receu.*

Casa en canton, y viña en rincon. *Maison en
coing ou carrefour, & Vigne en recoin ou angle.*

Cagajones y membrillos, todos somos ama-
rillos. *Crottes de merde & coings, tous sommes iau-
nes. Plusieurs se trompent à la couleur, prenans souuent vne chose pour vne autre.*

Casa cumplida en la otra vida. *Maison accom-
plie, en l'autre vie.*

Casa de padre, viña de abuelo. *Maison de pere, & vigne de grand pere.*

Casa en plaça, los quicios tiene de plata. *Maison en place, a les gonds d'argent.* Por el aparejo del
vender y comprar a tiempo, *pour la commodité de
vendre & acheter à propos.*

Casa labrada, y viña plantada. *Maison bastie,
& vigne plantee. i. fait bon trouuer ou acheter.*

Casa en que biuas, vino que beuas, tierras
quantas veas. *Maison pour ta demeure, du vin pour
ta boisson, & des terres tant que ta veuë peut porter.*

Casar casar, suena bien y sabe mal. *Marier marier, sonne bien & sent mal. i. a mauuais goust.*

Casar y compadrar, cada qual con su ygual.

Se marier & faire comperage, chacun auec son pareil.

Callar y ojos, tomaremos la madre y los pollos. *Se taire & ouurir les yeux, nous prendrons la mere & les petits.*

Cauallo que no sale del establo, siempre relincha. *Cheual qui ne sort point de l'estable, tousiours hennit.*

Cauallo que buela, no quiere espuela. *Cheual qui vole, ne veut point d'esperon.*

Canta la rana, y no tiene pelo ni lana. *La grenoüille chante, & si n'a ny poil ny laine. Le pauure ne laisse pas de se resiouir en sa pauureté, la prenant en patience.*

Can que mucho lame, saca sangre. *Vn chien qui leche beaucoup, tire du sang.*

Cauallo houero, a puerta de albeytar, o gran cauallero. *Cheual aubere, à la porte du mareschal, ou grand caualier. Albeytar, est celuy qui guerit les cheuaux, & non celuy qui les ferre, qui s'appelle* herrador.

Calenturas otoñales, o muy luengas o mortales. *Fieures autönelles, ou fort lögues, ou mortelles.*

Castigar vieja, y espulgar pellon, dos deuaneos son. *Chastier vne vieille, & espuceter vn pelisson, deux folies ce sont.*

Cauame en poluo y biname en lodo, y darte he vino hermoso. *Besches moy en poussiere, & me bine en sange, & ie te donneray vn beau vin.*

Cargado de hierro, cagado de miedo. *Chargé de fer, & conchié de peur.*

Carne carne cria, y peces agua fria. *La chair nourrit. id est. engendre de la chair, & le poisson de l'eau froide : parce qu'il est humide & n'est pas de bonne nourriture.*

Caro cuesta el arrepentir. *Cher couste le repentir.*

Caldo de nabos, ni le viertas, ni le des a tus hermanos. *Bouillon de nauets, ne le respands pas, ni ne le donnes à tes freres.*

Cada oueja con su pareja. *Chasque ouaille auec sa pareille : on pourroit adiouster deuant Ande, aille ou voise.*

Cada mosca tiene su sombra. *Chasque mousche a son ombre.*

Casar y mal dia, todo en vn dia. *Se marier & auoir vn mauuais iour, tous deux en vn iour. Pour les mal-mariez, ou pour la peine qu'on a le iour des nopces.*

Castiga al que no es bueno, y aborescer te ha luego. *Chastie ou corrige le meschant, & il te hayra incontinent.*

Cauallo que ha de yr a la guerra, ni le come el lobo, ni aborta la yegua. *Chenal qui doit aller à la guerre, le loup ne le mange pas, ni la iumēt n'auorse de luy.* Que lo que esta ordenado de Dios, es forçoso que se cumpla, y no ay impedimiento que lo pueda estoruar. *Car ce qui est ordonné de Dieu, il est force qu'il s'accomplisse, & n'y a aucun empeschement qui le puisse destourner. Le Fran. Ce qui est à pendre n'est pas à noyer.*

Cada ollero su olla alaba, y mas el que la tiene quebrada. *Chasque potier loue son pot, & plus celuy à qui il est cassé. Contre ceux qui louent ce qui est à eux, ou eux mesmes.*

Cantarillo que muchas vezes va a la fuente,
o dexa la aſa, o la frente. *Vn petit pot qui va ſou-*
uet à la fontaine, il y laiſſe l'anſe ou le front. i. la gueu-
le. Le Fran. Tant va le pot à l'eau qu'il briſe.

Calenturas de Mayo, ſalud para todo el año.
Fiebures de May, ſanté pour toute l'annee.

Cada gallo canta en ſu muladar. *Chaſque coq*
chante ſur ſon fumier. Otros añaden, El bueno,
enel ſuyo y enel ageno. *Autres adiouſtent, le bon,*
ſur le ſien & ſur celuy d'autruy. i. chante.

Callate y callemos, que ſendas nos tenemos.
Tais toy & nous taiſous, car toutes deux nous nous
tenons.

Cayoſele el pan en la miel. *Son pain luy eſt tom-*
bé dans le miel. i. il luy eſt mieux arriué qu'il ne pen-
ſoit.

Cauallo rucio rodado, antes muerto que cá-
ſado. *Cheual gris pommelé, pluſtoſt mort que laſſé.*

Cae en la cueua, el que otro a ella lleua. *Ce-*
luy tombe en la foſſe, qui y conduit vn autre.

Camino de Roma, ni mula coxa, ni bolſa flo-
ʌa. *Chemin de Rome, ny mule boiteuſe, ny bourſe pla-*
te. Floxa ſignifie foible & mal garnie.

Caſa el hijo quando quiſieres, y la hija quando pudieres. *Maries ton fils quand tu voudras, &*
ta fille quand tu pourras.

Caſate y veras, perderas ſueño, nunca dormiras. *Maries toy & tu verras, tu perdras le ſommeil,*
iamais tu ne dormiras. Autrement:

Caſa te veras, perderas ſueño, nunca dormiras. *Maiſon tu te verras, ſup. auoir, tu perdras le*
ſommeil, iamais tu ne dormiras. Ceux qui acquieren:

des richesses, doiuent auoir aussi du soin à les conser-
uer.

Caldo de tripas, bien te repicas. *Chaudeau de*
tripes, tu fais bonne mine. Contra los que poco
son, y presumen mucho. *Contre ceux qui sont peu*
de chose, & se presument beaucoup.

Caridad sabes qual es, perdona si mal quieres, y paga lo que deues. *Scais tu que c'est que cha-*
rité, pardonne si tu veux mal à quelqu'vn, & paye ce
que tu dois.

Capon de ocho meses, para mesa de Reyes.
Chapon de huict mois, pour table de Rois.

Cedaçuelo nueuo, tres dias en estaca. *Vn saf-*
fet tout neuf, trois iours pendu à la cheuille. Ce pro-
uerbe veut dire, que l'on choye vne chose neufue au cô-
mencement, puis apres on la met à tous les iours : Il
s'entend aussi des valets & chambrieres, qui font bon
seruice trois iours durant.

Cerco de Luna, nunca hinche laguna: cerco
del Sol, moja el pastor. *Cercle de Lune, iamais*
n'emplit le lac ou marest : Cercle de Soleil, mouille le
berger.

Cerner noche y dia, y no echar harina. *Saffer*
nuict & iour, & ne ietter point de farine.

Ceño y enseño, de mal hijo haze bueno. *Le*
signe & l'instruction, de mauuais enfant en fait vn
bon. Ceño, *c'est vn signe qu'on fait des yeux en re-*
prenant ou autrement.

Cerca le anda, el humo tras la llama. *Elle luy*
va bien pres, la fumee a la flamme. Le Fran. Le feu
n'est point sans fumee : & au contraire, la fumee n'est
point sans feu.

Chiminea sin fuego, reyno sin puerto. *Royaume sans port, c'est vne cheminee sans feu.*

Chica es la punta de la espina, mas a quien duele no la oluida. *Petite est la pointe de l'espine, mais celuy à qui elle fait mal, ne l'oublie pas.*

Cierra tu puerta, y haras tu vezina buena. *Fermes ta porte, & en feras ta voisine bonne. i. tu luy osteras l'occasion de mal parler de toy, parce qu'elle ne verra pas ce que tu feras en ta maison, en tenant ta porte fermee.*

Ciento de vn vientre, y cada vno de su mente. *Cent tous d'vn ventre, & chacun de son opinion. Tot capita tot sensus.*

Cien años de guerra, y no vn dia de batalla. *Cent ans de guerre, & pas vn iour de bataille. Souhait de soldats coüards.*

Cien sastres, y cien molineros, cien texedores, son trezientos ladrones. *Cent tailleurs, cent meusniers, & cent tisserands, ce sont trois cens larrons.*

Clerigo, frayle, o Iudio, no lo tengas por amigo. *Prestre, Moine ou Iuif, ne l'ayes pour amy.*

Cobre gana cobre, que no huessos de hombre. *Le cuiure gaigne du cuiure, & non pas les os de l'homme. Le cuiure c'est la monnoye de cuiure.* Que mas se gana con el dinero, que con otra mercaduria, ni trabaio alguno. *On gaigne plus auec l'argent, qu'auec d'autre marchandise, ny aucun trauail.*

Cose que cosas, y no que rompas. *Coulds que tu couses, & non que tu rompes ou deschires. i. buen* paño cofas, coulds de bon drap qui ne foit aifé à defchirer.

Compuefta no ay muger fea. *Il n'y a point de femme laide eſtant attiſee.*

Come con el y guarte del. *Manges auec luy, & te donnes garde de luy, c'eſt à dire du meſchant.*

Con buen trage, fe encubre ruyn linage. *Auec de bons ou beaux habits, fe couure ou cache meſchante race.*

Con vn lobo no fe mata otro. *Les loups ne fe tuent l'vn l'autre. Le Fran. dit, ne fe mangent.*

Con lo que Pedro adolefce Sancho y Domingo fanan. *Cela dequoy Pierre eſt malade, Saint & Dominique en guariſſent. Ce nom Saint au maſculin eſt rare en France, trop bien Sainte au feminin s'vſe, pour nom propre.*

Con agena mano, facar la culebra del horado. *Auec la main d'autrus, tirer la couleuure du trou. i. faire fes affaires aux deſpens d'autruy.*

Con el buen Sol, eſtiende fe el caracol. *Auec le bon Soleil, le limaçon s'eſtend.*

Como canta el Abad, affi refponde el facriſtan. *Comme chante l'Abbé, ainſi reſpond le facriſtain.*

Con cabeça de lobo, gana el rapofo.' *Auec la teſte du loup, le renard gaigne. Celuy qui eſt fin trompe touſiours fon compagnon, quelque meſchant qu'il ſoit.*

Con mal eſta la cafa, donde la rueca manda al efpada. *Celle maiſon eſt mal en train, où la quenouille commande à l'eſpee. i. ſi la poulle chante plus haut que le coq.*

Con

Con viento limpian el trigo, y los vicios
con el castigo. *Auec le vent on nettoye le bled, &*
les vices auec le chastiment.

Con la muger y el dinero, no te burles compañero. *Auec la femme & l'argent, ne te ioües pas*
mon compagnon. Parce que ce sont deux choses deli-
cates & chatouilleuses.

Compañia de tres, buena es. *Compagnie de*
trois, est bonne.

Compañia de vno, compañia de ninguno;
compañia de dos, compañia de Dios; compañia de tres, compañia de Reyes; compañia de
quatro, compañia de diablo. *Compagnie d'vn,*
compagnie de nul; compagnie de deux, compagnie de
Dieu: compagnie de trois, compagnie de Rois : compa-
gnie de quatre, compagnie de diable.

Con mal està el huso, quando la barua no anda de suso. *Le fuseau est bien mal, quand la barbe ne*
va par dessus. Le fuseau est icy pris pour la femme, &
la barbe signifie l'homme.

Compañia de tres, no val res. *Compagnie de*
trois ne vaut rien. Res est icy mot Catalan, & signi-
fie en Castillan vne brebis. Ce Prouerbe est contraire
à vn autre cy-dessus.

Con mala persona el remedio, mucha tier-
ra en medio. *Le remede qu'il y a auec vne meschan-*
te personne, c'est qu'il y ait beaucoup de terre entre
deux.

Con la agena cosa, el hombre mal se honrra. *Auec la chose d'autruy, l'on s'honore mal.*

Como costal de caruonero, malo de fue-
ra, peor de dentro. *Comme vn sac de charbonnier,*

D

meschant par dehors, & pire au dedans.

Contra Fortuna, no vale arte ninguna. *Contre la Fortune, ne sert science aucune.*

Con buen vezino, casaras tu hija y venderas tu vino. *Auec vn bon voisin, tu marieras ta fille, & vendras ton vin. Qui a bon voisin a bon matin.*

Con los grandes ladrones, ahorcan los menores. *A tout les grands larrons, on pend les petits.*

Con guardas y velas, los cuernos se vedã. *Auec gardes & chandelles les cornes s'euitent, ou s'empeschent. Velas signifie chandelles, & sentinelles, ou veilles, & croy qu'il faut entendre icy plustost veilles ou sentinelle, que chandelles.*

Con vna cautela, otra se quiebra. *Par vne cautelle ou ruse, l'autre se rompt. Le Fr. Fin côtre fin n'est pas bon a faire doublure.*

Confiessa y paga, yr te has mañana. *Confesse & paye, tu t'en iras demain.*

Coces de yegua, amores para el rocin. *Ruades de iument, ce sont amours pour le roußin. Le Fr. Coup de pied de iument, ne fait point de mal au roußin.*

Conoceras la locura, en cantar y jugar, y correr mula, *Tu cognoistras la folie, au chanter & iouer, & à courir la mule.*

Con agua passada, no muele molino. *Auec de l'eau qui est passee, le moulin ne mould pas.* Frôte capillata est sed post occasio calua.

Consejo de quien bien te quiere, aunque te paresca mal escriuele. *Le côseil de qui te veut bien, encor qu'il te semble mauuais, escris le.*

Cortesia de boca, mucho vale y poco costa. *Courtoisie de bouche vaut beaucoup, & ne couste gue-*

res:de bouche:c'eſt à dire de la parole.

Corta cortador y compon coſedor. *Taille,*
tailleur, & aſſemble couſturier ou couſeur. i. chaſcun
face ce qu'il entend,& ſçait faire.

Contra peon hecho dama.no para pieça en la
tabla. *Contre vn pion damé,n'arreſte aucune piece au*
damier. i. Il n'y a rien de plus inſupportable,qu'vn
coquin paruenu en authorité.

Coſa que no ſe venda, nadie la ſiembra. *Choſe*
qui ne ſe vende,perſonne ne la ſeme.

Con fauor no te conoceras, ſin el no te conoceran. *Auec faueur tu ne te cognuiſtras,& ſans icelle*
on ne te cognoiſtra pas.

Con dineros no te conoceras , ſin dineros no
te conoceran. *Auec argent tu ne te cognoiſtras,*
& ſans argent cogneu tu ne ſeras. i. auec des ri-
cheſſes.

Con mal o con bien, a los tuyos te aten. *Soit*
mal,ſoit bien,tiens toy aux tiens. Car tu ſeras pluſtoſt
ſecouru d'eux que des eſtrangers.

Con bien vengas mal,ſi vienes ſolo. *Tu ſois le*
bien venu,mal,ſi tu viens ſeul.

Con el ojo ni la ſe,no me burlare. *Auec l'œil,*
ny auec la foy,ie ne me ioueray:parce que ce ſont choſes
delicates & dangereuſes.

Con cierço llueue de cierto: añade.En verano mas no en inuierno. *Auec la biſe il pleut pour*
tout certain : adiouſtes-y , En Eſté , mais non pas en
Hyuer.

Conſejo ſin remedio,es cuerpo ſin alma. *Con-*
ſeil ſans remede, c'eſt vn corps ſans ame.

Conſejo de oreja, no vale vna arueja. *Conſeil donné à l'oreille. i. en ſecret, ne vaut pas vne veſce.*

Con cada miembro, el oficio que conuenga, no hables con el dedo, pues no coſes con la lengua. *Auec chaſque membre, l'office qui luy conuient: ne parles auec le doigt, puis que tu ne couds pas auec la langue.*

Con lo que ſana el higado, enferma el baço. *Cela dequoy le foye ſe guerit, la rate en deuient malade: tous remedes ne ſont propres à tous maux.*

Comprar del lobo carne. *Acheter du loup de la chair. On ne l'aura que par le bon bout.*

Come el gato, lo que halla a mal recaudo. *Le chat mange, ce qu'il trouue mal ſerré.*

Cobra buena fama, y echate a dormir. *Acquiers bonne renommee, & t'en va dormir. i. ſi tu as bon renom, tu dormiras en ſeurté.*

Come poco y cena mas, duerme en alto, y biuiras. *Diſne peu, & ſoupe d'auantage, dors en lieu haut, & tu viuras long temps. Quelques-vns veulent icy dire mas poco, mais ils ſe trompent, car il vaut mieux ſouper vn peu plus que diſner, d'autät que la digeſtion a plus de temps, & ſe fait mieux la nuict que le iour: & d'abondant, il y a bien plus du ſouper au diſner du lendemain, que du diſner au ſouper, principalement ſi on ne deſieune point.*

Cochino fiado, buen Inuierno, y mal Verano. *Le pourceau pris à credit, te donnera bon Hyuer & mauuais Eſté: Parce que l'ayant mangé en Hyuer, il faudra gaigner en Eſté pour le payer.*

Como para ſiempre, ni aborrece ni quiere. *Comme pour touſiours, ny hays, ny aimes.*

Comprar caro, no es franqueza. *Acheter cher, ce n'est pas franchise: c'est à dire, ce n'est liberalité ny largesse, mais mauuais mesnage.*

Con vna sardina, pescar vna trucha. *Auec vne sardine, pescher vne truite.*

Comprar en feria, y vender en casa. *Acheter à la foire, & vendre à la maison. i. en detail.*

Comun conuiene que sea, quien comunidad dessea. *Il faut que celuy-là soit commun, qui desire la communauté.*

Comer en plata, y morir en jaula. *Manger en vaisselle d'argent, & mourir en cage. i. en prison.*

Con Latin, rocin y florin, andaras el mundo. *Auec le Latin, roußin & le florin, tu iras par le monde. Le florin veut dire l'argent.*

Con bestia vieja, ni te cases ni alhajes. *Auec beste vieille, ny ne te maries, ny ne t'emmeubles.*

Coraçon determinado, no sufre ser aconsejado. *Cœur determiné & resolu, n'admet point de conseil.*

Coxo y no de espina, no ay maldad que no maquina. *Boiteux, & non de piqueure d'espine, il n'y a malice qu'il ne machine. C'est le boiteux de nature.*

Cubrios de vn paues, y de bozes no cures. *Couurez vous d'vn pauois, & ne vous souciez des voix: c'est à dire des paroles qu'on peut dire de vous, parce qu'elles ne vous pourront nuire.*

Cria coruo y sacar te ha el ojo. *Nourris vn corbeau, & il te creuera l'œil. Sacar signifie tirer hors.*

Criado de abuelo, nunca bueno. *Valet de grãd pere, n'est iamais bon.*

Criado malo, ponelle la mesa y embialle al
mandado. *Mauuais valet, il luy faut mettre la ta-*
ble, & l'enuoyer faire vn message.

Cuerdo es quien redime su daño, con lo que
ha de dar al escriuano. *Sage est celuy qui rachepte*
son dommage, auec ce qu'il faut qu'il donne au Gref-
fier. i. Sage celuy qui accommode ses affaires sans
plaider.

Cuentas de beato, y vñas de gato. *Patenostres*
de beat, & griffes de chat. Ce mot beat n'est gueres co-
gneu ny vsité, si ce n'est à l'endroit des Religieux que
l'on appelle Beau-peres par ignorance, ou corruption du
mot, au lieu de Beat-peres. Beato, c'est vne espece
d'Hermite.

Cuñada y suegra, ni de barro buena. *Belle-sœur*
& belle-mere, de terre mesme n'est pas bonne.

D

DA Dios alas a la hormiga, para que se pierda
mas ayna. *Dieu donne des ailes à la fourmy, afin*
qu'elle se perde plustost. Ceux qui paruiennent à quel-
que grandeur, de petits qu'ils estoiët, se mescognoissent
& se perdent le plus souuent.

Da Dios hauas, a quië no tiene quixadas. *Dieu*
donne des febues à qui n'a point de machoires.

Da Dios almendras, a quien no tiene muelas.
Dieu dône des amëdes, à qui n'a point de maschelieres.

Da Dios nuezes, a quien no tiene dientes.
Dieu donne des noix, à qui n'a point de dents.

Dadiuas quabrantan peñas. *Les dons rompent*
les rochers.

Dadiua de ruin, a su dueño parece. *Don de mes-*
chant, ressemble à son maistre.

Da te buena vida, temeras mas la cayda. _Dõne_
toy bon temps, tu craindras plus la cheute. i. tu auras
plus de regret de laiſſer les delices.

Da me donde me aſſiente, que yo hare donde
me acueſte. _Donne moy lieu où ie m'aſſeoye, que ie_
trouueray où me coucher. Començada la coſa, ella
ſe acrecienta. _La choſe eſtant commencee, elle s'ac-_
croiſt auec diligence.

De Dios viene el bien, de las abeias la miel.
De Dieu vient le bien, & des abeilles le miel.

De amigo reconciliado, guarte del como del
diablo. _D'vn amy recõcilié, garde t'ẽ cõme du diable._

De enemigo reconciliado, y de viento de horado, y de hõbre que va diſſimulado. ſub. guarde me Dios. _D'vn enemy reconcilié, & du vent qui_
paſſe par vn trou, & d'vn hõme qui eſt diſſimulé, Dieu
m'en vueille garder.

De rocin a ruin. _De rouſſin à meſchant, ou de bon_
chenal à rien ne vaut: on va en empirant.

De los ruydos guarte, no ſeras teſtigo ni parte. _Des noiſes garde toy, & tu ne ſeras ny teſmoin ny_
partie.

De ſu eſtado, ningun ay cõtento. _De ſon eſtat_
ou condition, nul n'eſt content.

De la mar la ſal, de la muger mucho mal. _De_
la mer vient le ſel, de la femme vient beaucoup de mal.
Cela s'entend de la mauuaiſe.

Del ayrado vn poço te deſuia, del callandriz
toda tu vida. _Du choleré deſtourne toy pour vn peu,_
& de celuy qui ne dit mot toute ta vie.

Dedo de eſpada, palmo de lãça, es gran vẽtaja.
Vn doigt d'eſpee, vn empã de lãce, eſt vn grãd auãtage.

De gran rio gran pez, mas no te ahogues alguna vez. *De grand riuiere grand poisson, mais gardes toy bien de t'y noyer quelquefois, car il y a du hazard.*

Del ocio nace el negocio. *De l'oisueté naist
l'affaire: L'homme oisif songe tousiours quelque chose,
qui luy donne souuent bien dequoy faire.*

Del mal que hizieres no tengas testigo, aunque sea tu amigo. *Du mal que tu feras n'ayes aucun tesmoin, encor qu'il se soit amy.*

De pequeña centella, gran hoguera. *De petite
estincelle, vient vn grand feu.*

De mala mata, nunca buena çarça. *De mauuais
buisson, iamais ne vient bonne ronce.*

De piel agena, larga la correa. *Du cuir d'autrui,
large courroye. Larga signifie proprement longue: mais
le François dit large.*

De hijos y corderos, los campos llenos. *D'enfans & d'aigneaux, les champs tout pleins.* Que estos
por muchos que sean, no dan pena: *car pour le
grand nombre qu'on en ait, ils ne donnent point de
peine.*

De buena vid planta la viña, y de buena madre la hija. *De bon cep plante la vigne, & de bonne
mere la fille.*

Del agua mansa te guarda, que la rezia presto se passa. *De l'eau paisible garde toy, que la roide
passe tost. Le Fran. dit: Il n'y a pire eau que celle qui
dort.*

De puta y paño pardo, mejor es lo mas barato. *De putain & de drap gris, le meilleur est ce qui
en est à meilleur marché.*

De luengas vias, luengas mentiras. *De longs voyages, longues menfonges.*

De lo contado, come el lobo. *De ce qui est conté, mange le loup. Le Fr. Des brebis contees, le loup en mange bien.*

De buena cafa buena brafa. *De bonne maifon, bonne braife.*

De hora en hora Dios mejora. *D'heure en heure Dieu ameliore.*

Dezir y hazer como la hornera al jarro. *Dire & faire comme la boulengere au pot.*

De cada cofa vn poco, y nada en todo. *De chafque chofe vn peu,& de tout rien.* fup. *fçauoir.* Ex omnibus aliquid,& ex toto nihil.

De vn hombre nefcio, a vezes buen confejo. *D'vn homme fol, quelquesfois vient bon confeil.*

Defpues de defcalabrado vntar el cafco. *Apres la tefte brifee, oindre le cafque.*

Del loco porrada, o mala palabra. *Du fol vn coup de maffuë, ou mauuaife parole.* Porrada eft auffi *la mefine maffuë ou marotte du fol.*

Del fuego te guardaras, y del mal hombre no podras. *Du feu bien tu te garderas, mais du mefchät tu ne pourras.*

De hambre, a nadie vi morir, de mucho comer cien mil. *De faim, ie n'en ay veu mourir perfonne, mais bien cent mille de trop manger.*

De los fueños cree los menos. *Des fonges crois en le moins. Les fonges font menfonges.*

De dineros y bondad, fiempre quita la mitad. *D'argent & de bonté, oftes-en toufours la moitié.* i. *il n'en eft pas tant que l'on dit.*

De hare hare nunca me pague, mas vale vn toma que dos te dare. *De feray feray iamais ie ne me suis contenté, mieux vaut vn tien que deux ie te donneray. Le Fr. Mieux vaut vn tien que deux tu l'auras.*

Destron el cousejo, la lengua el ciego. *Le conseil est la guide, & la langue est l'aueugle.*

De puerta cerrada, el diablo se torna. *De porte fermee, le diable s'en retourne.*

De mal cueruo mal hueuo. *D'vn meschant corbeau, vn mauuais œuf.*

De los colotes la grana, de las frutas la mançana. *Des couleurs l'escarlate, des fruicts la pomme.*

De bezerros y vacas, van pieles a las plaças. *De veaux & vaches, vont les peaux à la place. Le Fr. Aussi tost meurt veau que vache. ou autrement: On voit autant de peaux de veaux au marché, que de peaux de vaches.*

De potro sarnoso, buen cauallo hermoso. *De poulain galleux, bon cheual & beau.*

De tales bodas, tales tortas. *De telles nopces, telles tourtes ou gasteaux.*

De cuñado, nunca buen bocado. *De beau frere, iamais bon morceau. Parce qu'il le donne à regret.*

De tal pedaço, tal retaçò. *De telle piece, tel eschantillon.*

Del pan de mi compadre, buen çatico a mi ahijado. *Du pain de mon compere, vn bon quignon à mon fillol.*

De bueyzillo veras, que buey haras. *De bousillon tu verras, quel bœuf tu feras.*

Dexemos padres y abuelos, y por nosotros

feamos buenos. *Laiſſons nos peres & nos ayeuls,& foyons pour nous meſmes gens de bien.*

De mal vino la oueja, alla va la pelleja. *De mal eſt venue la brebis, là s'en reua la peau. Le Fr. Ce qui eſt venu à la fleute, s'en reua au tabourin.*

Defpues de beuer, cada vno dize fu parecer. *Apres boire chacun dit fon aduis.* In vino veritas.

De coffario à coffario, no fe pierden fino los barriles. *De corfaire à corfaire, il ne fe perd que les barils.*

De ruyn paño, nunca buen fayo. *De mauuais drap, ne fe fait iamais bon faye.*

Del viejo el confejo. *Du vieillard le confeil.*

De rabo de puerco, nunca buen virote. *De queüe de pourceau, ne fe fait iamais bö trait ou viretö.*

De noche los gatos, todos fon pardos. *De nuiĕt tous chats font gris.*

De do facan y no pon, prefto llegan al hödon, *D'où l'on tire, & ne met rien, bien toſt l'on arriue au fond.*

Defque veftidos nos vimos, no nos conocimos. *Dès que nous nous veiſmes veſtus, nous ne nous cogneuſmes plus.*

Del foldado que no tiene capa, guarda tu vaca. *De foldat qui n'a point de cape, garde ta vache.*

Defpues de muerto ni viña ni huerto. *Apres qu'on eſt mort, il ne faut plus ny vigne ny iardin.*

Defpues de comer, dormir; y de cenar, paffos mil. *Apres diſner, faut dormir: & apres fouper, deux mille pas cheminer.*

De perfona feñalada, y de muger dos vezes cafada. *De perfonne fignalee, ou de qualité, & de* femme deux fois mariee. sup. ne t'accoste pas.

De lo que no me pago, sordo me hago. *A ce qui ne me plait pas, ie fay le sourd.*

De los olores el pan, y de los sabores la sal. *Des odeurs le pain, & des saueurs le sel.*

Debaxo de mala capa, suele auer buen biuidor. *Sous vne meschante cape, il y a quelquefois vn homme de bien.* Suele. *signifie, a de coustume.*

Dios delante el mar es llano. *Dieu deuant la mer est plaine: c'est à dire paisible & calme.*

De corral ageno, nunca buen cordero. *De la court d'autruy, iamais bon aigneau.*

De la mano a la boca, se pierde la sopa. *De la main iusques à la bouche, se perd la soupe. Le Fr. Entre la bouche & la cueillier, souuent aduient grand destourbier.*

Del monte sale, con que se arde. *Il sort de la montagne, dequoy elle se bruste.*

Debaxo del buen sayo, està el hombre malo. *Sous le bon saye, est le meschant homme.*

De gallinas y hadas malas, presto se hinchen las casas. *De poules & mauuaises destinees, bien tost s'emplissent les maisons. Le Fr. De poules & de pauureté, on en est bien tost engé.*

De padre santo, hijo diablo. *D'vn pere sainct, vn enfant diable.*

De moço reçongador, nunca buena labor. *De garçon grommeleur, iamais bon labeur.*

De mi digan, y a mi pidã. *Qu'on dise de moy, & que l'on me demande du mien. i. que i'aye dequoy me passer des autres, & que ceux qui mesdiront de moy ne s'en puissent passer.*

De gran coraçon el fufrir, y de gran fefo el oyr. *C'eſt d'vn grand cœur le ſouffrir, & d'vn grand ſens l'ouyr.*

Del Toledano, guarte del tarde o temprano *Du Toledan, garde toy tard ou toſt.*

Defpues que la cafa eſta hecha, la dexa. *Apres que la maiſon eſt faite, laiſſes la repoſer.*

Del traydor haras leal, con bien hablar. *Du traiſtre tu ſeras vn loyal, auec vn beau parler.*

De juyzios no me curo, que mis obras me hazen feguro. *De iugement ie ne me ſoucie, car mes œuures me rendent aſſeuré.*

De cornada de anfaron, guarde Dios mi coraçon. *D'vn coup de corne d'oiſon, Dieu garde mon cœur. Cornada de anfaron, veut dire de l'eſcriture preindiciable & dangereuſe, parce que l'eſcriture ſe fait auec vn tuyau d'oye.*

De quien pone los ojos enel fuelo, no fies tu dinero. *A celuy qui regarde en terre, ne luy fies pas ton argent. i. ne luy baille pas ta bourſe à garder, à cauſe que c'eſt vn ſongecreux.*

De quien fe duerme, fu hazienda lo fiente. *Celuy qui dort bien tard, ſon bien le ſent: parce que ſes ſeruiteurs le deſrobent.*

De hombre que no habla, y de can que no ladra. *D'vn homme qui ne parle, & d'vn chien qui n'abbaye. ſup. garde toy.*

De efpacio pienfa, y obra a prieffa. *Penſe à loiſir, & trauaille promptement.*

Deue algo para Pafqua, y hazerfe te ha corta la Quarefma. *Fais vne debte à payer à Paſques, & tu trouueras le Careſme court.*

Defque naci llore, y cada dia nace porque.
Dés que ie nafquis ie pleuray , & chafque iour naift le pourquoy.

De gran fubida, gran cayda,por fu mal nacen alas a la hormiga.*De grande montee,grande cheute, pour fon mal naiffent des ailes à la fourmi.*

De la nieue ni cozida ni majada,no facaras fino agua. *De la neige ny cuite ny pilee, tu n'en tireras que de l'eau.*

Derramar la harina, y allegar la ceniza. *Refpandre la farine,& amaffer la cendre, i. eftre bien mefnager en petites chofes,& prodigue en des grandes.*

De Dios hablar,y del mundo obrar.*Parler de Dieu,& ouurer du monde. i. comme le monde.*

Debaxo de manta,tanto vale prieta,como la blanca. *Soubs la couuerture,autant vaut la noire que la blanche.Manta c'eft vne couuerture de lict.*

De coftal vazio,nunca buen bodigo. *D'vn fac vuide, iamais ne vient bonne offrande.*

Defpues de los peces,malas fon las leches. *Apres les poiffons,les laictages ne font pas bons.*

De mañana en mañana, pierde el cordero la lana.*De demain en demain,l'agneau perd fa laine.*

De hombre mal barbado , y de viento acanalado. *D'vn homme qui n'eft gueres barbu,& du vent coulis. fup. donne t'en garde.*

Del largo y del pequeño , fe haze el concejo. *Du grand & du petit,fe fait l'affemblee.*

Dexa la fuente por el arroyo,penfaras traer agua y traeras lodo.*Laiffe la fontaine pour le ruiffeau, tu penferas apporter de l'eau , & tu apporteras de la fange.*

De tu muger, y de tu amigo experto, no creas
sino lo que supieres de cierto. *De ta femme, & de*
ton amy efprouué, n'en croy rien, finô ce que tu fçauras
d'affeuré. i. *du rapport qu'on te fera de l'vn & de*
l'autre.

Deudas tienes y hazes mas, si no mentiste
mentiras. *Tu as des debtes, & tu en fais encor d'a-*
uantage, fi tu n'as menty tu mentiras : parce que tu
n'auras pas le moyen de payer a point nommé, ce que tu
auras promis.

De perfona callada, arriedra tu morada. *D'vn*
qui ne dit mot, efloignes ta demeure.

De noche a la vela, la burra parece donzella.
De nuict à la chandelle, l'afneffe femble damoifelle:
donzella, c'eft vne fille à marier.

De buenas intenciones, eftà el infierno lleno.
De bonnes intentions l'enfer eft plein.

De vn folo golpe, no fe derriba vn roble. *D'vn*
feul coup, ne s'abbat pas vn chefne.

De la mala muger te guarda, y de la buena no
fies nada. *De la mauuaife femme gardes toy bien, &*
ne te fies de rien en la bonne.

De liña viene la tiña. *De ligne vient la tigne.*

De cafta le viene al galgo, de tener el rabo
largo. *De race vient au leurier, d'auoir la queuë*
longue.

De los efcarmentados, fe hazen los arteros.
Des experimentez, fe font les bons ouuriers.

De hombre jugador, y de lite con fu mayor.
D'vn homme ioüeur, & de procez côtre fon fuperieur.
fup. fe faut garder.

De hombre obftinado, y de borracho ayrado.

D'vn homme obstiné , & d'vn yurongne en cholere.
sup. garde toy.

De tauernero nouel, y de puta de burdel. D'vn
tauernier tout nouueau, & d'vne putain de bordeau.

De ladron de casa, y de loco fuera de casa. D'vn
larron domestique, & d'vn fol de dehors.

De tal leña, tal morceña. De tel bois, telle estincelle.

Dixo la sarten a la caldera, tirte alla cul negra. *La poele dit au chauderon, Recule toy de là cul
noir. Le Fr. dit: La paesle se moque du fourgon.*

Digole vn duelo y dizeme, ciento. *Ie luy dis
vn mal, & il m'en dit cent.*

Dineros en manga , tanto vino como agua.
*Deniers en la manche, autant de vin que d'eau. i. qui
a de l'argent il fait tout ce qu'il veut.*

Dios no come ni beue, mas juzga lo que vee.
Dieu ne mange, ny ne boit, mais il iuge ce qu'il voit.

Dios te guarde de piedra, y de dardo , y de
hombre denodado. *Dieu te garde de pierre & de
dard, & d'vn homme determiné.*

Dios te de salud y gozo, casa con carrol y po-
zo. *Dieu te donne santé & ioye, maison auec court &
puy: parce qu'il y a toute commodité, cela y estant.*

Dios proueera, mas buen haz de paja se querra. *Dieu y pouruoira , mais il fauldra vne bonne botte
de paille. Le Fr. Aide toy, Dieu t'aidera.*

Dios consiente, mas no siempre. *Dieu consent,
mais non pas tousiours.*

Dios paga, a quien en malos passos anda. *Dieu
paye celuy, qui chemine en mauuaise voye.*

Dios no se quexa , mas lo suyo no lo dexa.
Dieu

Dieu ne se plaint point, mais il ne laisse pas ce qui luy appartient.

Dios es que sana, y el medico lleua la plata. Dieu est celuy qui guerit, & le medecin en remporte l'argent.

Dixo la leche al vino, bien seas venido amigo. Le laist dit au vin, tu sois le bien venu, amy. Voyez cy dessoubs, La leche con el vino. où est le prouerbe François.

Dixolo a loco, mas no a sordo. Il l'a dit au fol, mais non pas au sourd.

Dizen mas mal del, que Mahoma del tocino. On dit plus de mal de luy, que Mahon ne fait du lard.

Dime con quien iras, dezir te he lo que haras. Dis moy auec qui tu iras, & ie te diray ce que tu seras. Cum sancto sanctus eris.

Dile que es hermosa, y tornarse ha loca. Dis luy qu'elle est belle, & elle deuiendra folle.

Di a tu amigo tu secreto, y tener te ha el pié enel pescuezo. Dis ton secret à ton amy, & il te tiendra le pied sur la gorge. Pescuezo signifie le chignon du col.

Di mentira y sacaras verdad. Dis vne mensonge, & tu tireras la verité.

Dizen las viejas, no te viftas de pellejas. Les vieilles disent, ne te vest pas de peaux, c'est à dire de pelisses. On dissuade tousiours d'vn autre, ce que l'on fait le plus.

Discipulo con cuydado, y el maestro bien pagado. Disciple soigneux, & le maistre bien payé.

Dios me de contienda, con quien me entienda. Dieu me donne debat, auec vn qui m'entende, c'est

E

à dire, auec vn homme de raison.

**Dizen te que eres bueno, mete la mano en tu
seno.** *Si on te dit que tu es homme de bien, mets la
main en ton sein. i. en ta conscience : parce que, con-
scientia mille testes.*

**Dia de ñublo, la mañana larga, el dia no
ninguno.** *Iour de brouillat, la matinee est longue, &
le iour nul. i. fort court.*

Dios os salue, a las sopas que no a la carne.
*Dieu vous gard, à la soupe, & non pas à la chair. Le Fr.
Il vaut mieux venir au benedicité, qu'aux graces.*

Dios nos de mucho pan, y mala cosecha. *Dieu
nous doint foison de bled, & mauuaise moisson.* **A-
cosecha lluuiosa, no se puede el trigo mucho conseruar, y vale barato.** *A cueillette pluuieuse, le bled n'est pas de garde, & ainsi est à bon marché.*

**Dolor de esposo, dolor de cobdo, duele mu-
cho, y dura poco.** *Douleur d'espoux, douleur de coude, il fait grand' douleur, & dure peu.*

Donde fuiste paje, no seas escudero. *Là où tu
as esté page, ne sois escuyer.* **Por euitar el menosprecio,** *pour euiter le mespris.*

Do fueres tarde, no te muestres couarde. *Là où
tu iras tard, ne te monstre couard.*

Dos aues de rapiña, no mantienen cõpañia.
*Deux oiseau de rapine. i. de proye, n'entretiennent pas
compagnie.*

**Dos ruynes y dos tizones, nunca bien los cõ-
pones.** *Deux meschans, & deux tisons, iamais tu ne
les accordes bien.*

Do viejos andan, moços no agradan. *Là où*

ront les *Vieillards, les icunes ne plaisent pas.* Similis simili gaudet.

Do fueres, haras como vieres. *Là où tu iras, tu feras comme tu verras.* Si fueris Romæ romano viuito more, si fueris alibi viuito sicut ibi.

Do no está su dueño, está su duelo. *Où son maistre n'est pas, là est ja douleur. Le Fr. L'œil du maistre engraisse le cheual.*

Do falta dicha, por demas es diligencia. *Où le bon-heur manque, la diligence ne sert de rien.*

Donde ay hijos, ni parientes ni amigos. *Où il y a des enfans, n'y a plus parens ny amis.*

Do tu padre fue con tinta, no vayas tu con quilma. *Là où ton pere a esté auec de l'encre, n'y vas pas auec vn sac. i. ce que ton pere a vendu, ne le penses pas recouurer en plaidant. Par l'encre il faut entendre le contract de vendition, & par le sac le procez.*

Do fuerça viene, derecho se pierde. *Où la force vient, le droict se perd. Le Fr. Où force regne, droict n'a lieu.*

Donde la fuerça oprime, la ley se quiebra. *Où la force oppresse, la loy se rompt.*

Donde perdiste la capa, ay la cata. *Où tu as perdu ta cape, cherche-là.*

Doblada es la maldad, que es so zelo de amistad. *La malice est double, qui est soubs zele d'amitié.*

Do no ay verguença, no ay virtud buena. *Où il n'y a point de honte, il n'y a aucune bonne vertu.*

Dos adeuinos ay en Segura, el vno esperiencia y el otro cordura. *Il y a deux deuins asseurez, l'vn est l'experience, & l'autre la prudence. i. en Segure, allusion de ce nom de Segura pour Seguro.*

F. ij

Dos que se conocen, de lexos se saludan. *Deux qui se cognoissent, de loing se saluent.*

Don çaherido, no es agradecido. *Don reproché n'est point remercié, ou, n'est point agreé.*

Do vas mas hondo el rio, haze menor ruydo. *Où le fleuue est plus profond, il fait moins de bruit.*

Do el marauedi se dexa hallar, otros deues alli buscar. *Où le marauedi se laisse trouuer, il n'y en faut d'autre chercher. Marauedi. est vne monnoye qui vaut vn peu moins qu'vn double. i. si tu profite en quelque chose continue là.*

Dos vezes olla, amargara el caldo. *Deux fois la marmite, le boüillon te sera amer. On se saoule de manger trop souuent d'vne viande.*

Donde no ay honor, no ay dolor. *Où il n'y a point d'honneur, il n'y a point de douleur.*

Do entra beuer, sale saber. *Où entre le boire, sort le sçauoir. i. le vin fait perdre le iugement.*

Donde fuego se haze, humo sale. *Où l'on fait du feu, il en sort de la fumee.*

Doze gallinas, y vn gallo, comen tanto como vn cauallo. *Douze poules, & vn coq, mangent autant qu'vn cheual.*

Do pensays que ay tocino, no ay estacas. *Où vous pensez qu'il y ait du lard, il n'y a pas des cheuilles.*

Dueleme el colodrillo, y vntame el touillo. *Le derriere de la teste me fait mal, & il m'oingt la cheuille du pied.*

Dueña que mucho mira, poco hila. *Femme qui beaucoup regarde, file peu.*

Dueños dan, y sieruos lloran. *Les maistres don-*

nent,& les valets pleurent.Le Fr.Ce que maiſtre don-
ne,& valet pleure,ce ſont larmes perduës.

Duerme à quien duele,y no duerme quien algo deue. *Celuy dort qui a douleur, & celuy qui doit*
ne peut dormir.C'eſt à cauſe du ſoucy.

Duro es dexar lo vſado,y mudar de coſtum-
bre,es a par de muerte. *C'eſt choſe dure,de laiſſer ce*
qu'on a accouſtumé, & changer de couſtume, eſt à l'eſ-
gal de la mort.Sentence,& non prouerbe.

E

EChate a enfermar,y ſabras quien te quiere
bien,y quien te quiere mal. *Couche toy, &*
fais le malade, & tu ſçauras qui te veut du bien, &
qui te veut du mal.

Echate en tu cama,y pienſa en lo de tu caſa.
Couche toy en ton lict, & penſe à ton meſnage. i. aye
du ſoing parmy ton repos,car la nuict donne conſeil.

Echate al Oriente,echarte has ſano,leuantar
te has doliente. *Couche toy vers l'Orient,tu te cou-*
cheras ſain,& tu te leueras malade.

Echa mano a la bolſa,barua hermoſa. *Mets*
la main à la bourſe,belle barbe. Le Fr. Amour fait
moult, argent fait tout.

Echa tierra ſobre tierra,y veras el pan que
lleua. *Iette terre ſur terre,& tu verras le bled qu'el-*
le porte.Terre ſur terre,ſert de fumier.

Echar el mango,tras el deſtral. *Ietter le man-*
che,apres la coignee.

Echar la ſoga,tras el calderon. *Ietter la corde,*
apres le chaudron.

Echat la pluma al ayre, y ver donde cae. *Faut
ietter la plume au vent, & voir là où elle tombe.* Que
con poco que se gaste, vera el hombre, si sera
bien empleado lo demas. *Parce qu'en faisant vn
peu de despense, on verra si le reste sera bien employé.*

Eche Dios agua, que hecho esta donde caya.
*Que Dieu ennoye de l'eau, car desia est fait là où elle
doit tomber. i. qu'il nous ennoye du bien, car il y a gens
pour le receuoir.*

Echa estiercol y palomina al pan, que las tierras te lo pagaran. *Iette du fumier, & de la fiente de
pigeons sur le bled, car les terres te le payeront.*

Echate a dormir tras vna mata, que en vn dia
se passa la Pascua. *Mets toy à dormir derriere vn
buisson, car en vn iour se passe la Pasque. Prouerbe pour
les paresseux.*

El dar limosna, nunca mengua la bolsa. *Donner l'aumosne, ne diminuë la bourse. Le Fr. Donner
pour Dieu, n'appauurit l'homme.*

El mentir, no tiene alcauala. *Le mentir, ne
paye point de gabelle. i. On ment librement.*

El mal que no tiene cura, es locura. *Le mal qui
n'a point de guerison, c'est la folie.*

El consejo, muda el viejo. *Le vieillard, change
d'auis. sup. selon les occurrences.*

El mucho hablar nueze, y el mucho rascar
cueze. *Trop parler nuit, & trop grater cuit.*

El dia que no escobe, entro quien no pense.
*Le iour que ie ne balliay point, vint celuy que ie ne
pensois pas. Il se faut tousiours tenir sur ses gardes.*

El dia de calor, esse te arropa mejor. *Le iour de
chaleur, vest toy le mieux. sup. de peur qu'ayāt chauld*

tu ne te morfondes, en te tenant defcouuert.

El prudente, todo lo ha de prouar, antes que armas tomar. *Le prudent, doit effayer tous les moy̌es, deuant que de prendre les armes.*

El agua como buey, y el vino como Rey. fup. fe puede beuer. *L'eau comme vn bœuf, & le vin comme vn Roy.* fub. *fe peut boire.*

El lobo, do halla vn cordero, bufca otro. *Là où le loup trouue vn aigneau, il y en cherche vn autre.*

El vientre ayuno, no oye a ninguno. *Le ventre qui eft à ieun, n'efcoute perfonne.*

El que algo deue, no repofa como quiere. *Celuy qui doit quelque chofe, ne repofe pas comme il veut.*

El alguazil y el Sol, por do quiera fon. *Le Sergent & le Soleil, font par tout.*

El oficial, tiene oficio y al. *L'artifan a vn meftier, & quelque chofe auecques.*

El perezofo, fiempre es menefterofo. *Le pareffeux, eft toufiours neceßiteux.*

El amargo, gafta doblado. *Le chiche, defpend au double.* Amargo *fignifie amer, & icy eft prıs pour chiche, parce qu'il luy femble amer de defpendre.*

El auariento rico, ni tiene pariente ni amigo. *Le riche auaricieux, n'a parent ny amy.*

El que no duda, no fabe cofa alguna. *Celuy qui ne doute, ne fçait aucune chofe. D'autant qu'il prefume tout fçauoir.*

El amor a ninguno da honor, y a todos dolor. *L'amour ne fait honneur à perfonne, & fait douleur à tous. Cela s'entend de l'amour deshonnefte.*

El buen foldado, facalo del arado. *Le bon fol-*
dat, tire-le de la charrue: Parce qu'il sera plus dur an
trauail.

El hombre bueno, no fube en lecho ageno.
L'homme de bien, ne monte fur la couche d'autruy.

El deſſeo, haze hermofo lo feo. *Le defir vend*
beau ce qui eſt laid. Le Fr. Il n'y a point de belle priſon,
ny de laides amours.

El mejor lance de los dados, es no jugallos.
Le meilleur coup des dez, c'eſt de n'en point iouer.

El marido, antes con vn ojo, que con vn hijo.
Le mary, pluſtoſt auec vn œil, qu'auec vn enfant: c'eſt à
dire, prens-le.

El que tarda, recauda. *Celuy qui tarde, fait fes*
affaires. Recaudar ſignifie, recouurer.

El bouo fi es callado, por fefudo es reputado.
Le lourdaut, s'il eſt fecret, eſt reputé homme difcret.
Callado ſignifie, vn qui parle peu.

El moço durmiendo fana, y el viejo fe acaba.
Le ieune en dormant guerit, & le vieil fe finit. i. fe
meurt.

El campo fertil, no defcanfando, torna fe e-
fteril. *Le champ fertile, ne repofant, deuient fterile.*

El poco hablar es oro, y el mucho es lodo.
Le peu parler eſt or, & le trop eſt boüe.

El herrero y fu dinero, todo es negro. *Le for-*
geron, & fon denier, tout eſt noir.

El que ha ouejas, ha pellejas. *Celuy qui a des bre-*
bis, a des peaux. Qui a de l'argent a du drap: Auſſi qui
a des heritages, en a du reuenu.

El que ley eftablece, guardar la deue. *Celuy*
qui eſtablit la loy, garder la doit.

El mal entra à braçadas , y sale à pulgaradas.
La mal entre à brasses , & sort à poulcees. Le Fr. Les
maladies viennent à cheual , & s'en retournent à
pied.

El harto del ayuno, no tiene cuydado ningu-
no. *Celuy qui est saoul, n'a soin aucun de celuy qui est*
à ieun.

El huesped y el pece, à tres dias hiede. *L'hoste*
& le poisson , passé trois iours puent.

El melon y el queso, tomalo à peso. *Le melon*
& le fromage , prens-le au poids.

El que tiene tejados de vidro , no tire piedras
al de su vezino. *Celuy qui a son toist de verre , qu'il*
ne iette point de pierres sur celuy de son voisin : car il
pourra luy rendre la pareille.

El que esta enel lodo , querria meter à otro.
Celuy qui est en la fange , y voudroit mettre vn autre.

El que no duda , no sabe cosa ninguna. *Celuy*
qui ne doute de rien, ne sçait chose aucune.

El que pierde, jugara, si el otro quiere. *Celuy*
qui perd , ionera , si l'autre luy veut tenir jeu. Contre
ceux qui se picquent au jeu.

El mas ruyn del apellido , porfia mas por ser
oydo. *Le plus pietre de l'assemblee, s'opiniastre, ou con-*
teste le plus pour estre ouy.

El que es enemigo de la nobia, como dira bië
de la boda ? *Celuy qui est ennemy de la mariee, com-*
ment dira-il bien de la nopce ?

El pelo muda la raposa, mas el natural no des-
poja. *Le renard change de poil , mais il ne despouille*
point son naturel.

El asno, al diablo tiene so el rabo. *L'asne, a le*

diable sous la queue.

El hombre es el fuego, la muger la estopa, viene el diablo y sopla. *L'homme est le feu, & la femme l'estoupe, le diable vient qui souffle.*

El hombre necessitado, cada año apedreado. *L'homme necessiteux, tous les ans est lapidé.*

El lobo do mane, daño no haze. *Le loup où il demeure, ne fait point de dommage.*

El lobo pierde los dientes, mas no las mientes. *Le loup perd les dents, mais non pas la memoire.*

El vino que tarde hierue, hasta otro se detiene. *Le vin qui bout tard, se garde iusques à l'autre. i. il est de bonne garde.*

El dar es honor, y el pedir dolor. *Donner c'est honneur, & demander douleur.*

El queso pesado, y el pan liuiano. *Le fromage pesant, & le pain leger.* sub. *doiuent estre.*

El perro viejo, si ladra da consejo. *Si le vieil chien abbaye, il donne conseil.*

El que paga lo que deue, lo que le queda es suyo. *Celui qui paye ce qu'il doit, ce qui luy demeure est sien.*

El queso y el baruecho, de Mayo sea hecho. *Le fromage & le gueret, du mois de May il soit fait.*

El asno de Arcadia, lleno de oro y come paja. *L'asne d'Arcadie, qui est plein d'or & mange da la paille. Contre les riches, qui se laissent mourir de faim aupres de leur bien.*

El hijo del asno, dos vezes rozna al dia. *Le fils de l'asne, brait deux fois le iour. Le naturel de qui que ce soit ne se perd point.*

El que fue monazillo, y despues Abad, sabe

lo que hazen los moços tras el altar. *Celuy qui a*
esté nouice, & depuis est Abbé, sçait bien ce que font
les petits garçons derriere l'Autel.

El vino anda sin calças. In vino veritas *Le vin*
va sans chausses. Vn homme yure ne cele rien.

El mas ruin puerco, come la mejor bellota. *Le*
plus chetif pourceau, mange le meilleur gland. Le Fr.
A vn bon chien, n'eschet point vn bon os.

El hombre ande con tiento, y la muger no la
toque el viento. *Que l'homme aille auec iugement,*
& la femme ne la touche le vent.

El lobo y la vulpeja, ambos son de vna conseja. *Le loup & le renard, font tous deux d'vne fa-*
ble. i. s'entendent bien l'vn l'autre.

El lobo haze entre semana, por donde no va
el Domingo a Missa. *Le loup durant la sepmaine,*
fait en sorte qu'il ne va point le Dimanche à la Messe.

El moço por no saber, y el viejo por no poder, dexan las cosas perder. *Le ieune pour ne sça-*
uoir, & le vieil pour ne pouuoir, laissent les choses per-
dre. Le Fran. Si ieunesse sçauoit, & vieillesse pouuoit,
iamais pauureté n'auroit.

El viejo por no poder, y el moço por no saber, quedase la moça, sin lo que puedes entender. *Le vieil pour ne pouuoir, & le ieune pour ne sça-*
uoir, la fille demeure sans ce que tu m'entends bien.

El buey brauo, en tierra agena se haze manso. *Le bœuf farouche en terre estrange, deuient doux*
& traitable.

El malo, siempre piensa engaño. *Le meschant,*
tousiours pense tromperie.

El perdon sobra, donde el yerro falta. *Le par-*

don est superflu, où il n'y a point de faute.

El loco, por la pena, es cuerdo. *Le fol par la peine est rendu sage.*

El aumentar, no se haze por mucho madrugar. *L'accroissement, ne se fait pas pour se leuer bien matin.*

El pequeño mal espanta, el grande amansa. *Le petit mal estonne, le grand adoucit.*

El viejo en su tierra y el moço en la agena mienten de vna manera. *Le vieillard en son pays, & le ieune homme en terre estrangere, mentent tous deux d'vne maniere.*

El caudal de tu enemigo, en dinero lo veas. *La denree de ton ennemy, en deniers tu la puisse voir. D'autant qu'ils se peuuent facilement despendre, & puis apres l'homme demeure à blanc. Caudal signifie le fonds, & principal de la marchandise, ou tout le bien d'vn homme.*

El que no tiene dinero, venda vna vaca al carnicero. *Celuy qui n'a point d'argent, qu'il vende vne vache au boucher.*

El corcobado no vee su corcoba, y vee la de su compañon. *Le bossu ne voit pas sa bosse, & voit celle de son compagnon.*

El buen pagador, heredero es de lo ageno. *Le bon payeur, est l'heritier de l'autruy: Parce qu'on luy preste volontiers: & en fin si vn crediteur meurt, il luy reste quelque chose.*

El que adelante no mira, a tras se halla. *Celuy qui ne regarde deuant soy, se trouue en arriere. Contre les mal preuoyans.*

El ruin mietras mas le ruegan, mas se estiende. *Le meschant, tant plus on le prie, plus il s'estend.*

El moço y el gallo, vn año. *Le garçon & le coq,*
vn an, c'est à dire, sont bons vn an durant.

El ayrado y el reçongon, pedernal y eslauon.
Le coleré, & le grommeleur, sont la pierre & le fusil.

El mal año, entra nadando. *Le mal an, entre en*
nageant. i. par pluye.

El oficial que no miente, salga se de entre la
gente. *L'artisan qui ne ment, sorte d'entre les gens:*
c'est à dire, qu'il ne s'en trouue point qui ne soit men-
teur.

El Abad y el gorrion, dos malas aues son.
L'Abbé & le moineau, sont deux mauuais oiseaux.

El hijo de la puta, à su madre saca de duda. *Le*
fils de la putain, tire sa mere de doute. D'autant qu'il
monstre tousiours son naturel, qui ordinairement est
meschant, & par là on ne doute point de qui est sa me-
re.

El moço y el amigo, ni pobre ni rico. *Le gar-*
çon & l'amy, ny pauure ny riche.

El buen hombre goza el hurto. *L'homme de*
bien iouyt du larcin.

El malo al bueno enoja, que al malo no osa.
Le meschant moleste le bon, ce qu'il n'ose pas faire à vn
autre meschant: parce qu'il se reuancheroit.

El hijo sabe, que conoce à su padre. Sabe. i.
Sabio es. *L'enfant est sage, qui son pere cognoist.*

El que pone al juego sus dineros, no ha de hazer cuenta dellos. *Celuy qui met ses deniers au ieu,*
ne doit pas faire estat d'iceux: D'autant qu'ils sont en
hazard.

El que primero se leuanta, primero se calça.

Qui premier se leue, premier se chausse.

El perro lanudo muere de hambre, y no lo vee ninguno. *Le chien barbet meurt de faim, & si personne ne le voit. C'est à cause de son grand poil.*

El agua de Henero, hasta la hoz tiene tempero. *Eau de Iannier, iusques à la faucille tient la saison pluuieuse.*

El can con rauia, de su dueño traua. *Le chien qui est enragé, empoigne son maistre mesme.*

El queso es sano, que da el auaro. *Le fromage est bien sain, que donne auare main.* Caseus est bonus, quem dat auara manus.

El hijo de la gata, ratones mata. *Le fils de la chate, tue les souris: chascun suit son naturel.*

El nombre sigue al hombre. *Le nom suit la personne. i. la bonne ou mauuaise renommee.*

El ojo del amo, engorda el cauallo. *L'œil du maistre, engraisse le cheual.*

El huego y el amor, no dizen ve te a tu labor. *Le feu & l'amour, ne disent point, Va-t'en à ta besongne: parce qu'ils accoquinent les personnes & les rendent negligentes.*

El amor de los asnos, entra a coces y à bocados. *L'amour des asnes commence par ruades & morsures.*

El requiebro de villano, buen pellizco, y reboluer con el palo. *La caresse du vilain, vne bonne pinçure, & puis remuer auec le baston. Le Frau. Ce sont amours de village, qui se font à coups de poigns.*

El amor verdadero no sufre cosa encubierta. *Le vray amour ne souffre rien de caché.*

El amenazador haze perder el lugar de vengança. *Le menaceur fait perdre l'occasion de la ven-geance.*

El mal del ojo, curarle con el codo. *Le mal de l'œil, il le faut penser du coude. i. il n'y faut point tou-cher, d'autant qu'on ne sçauroit attaindre à l'œil auec le coude.*

El salto de la rana, de lo seco en el agua. *Le sault de la grenouille, du sec en l'eau. Contre les beu-ueurs.*

El agujero llama al ladron. *Occasio facit fu-rem. Le trou appelle le larron: l'occasion fait le larrö.*

El bien o el mal, à la cara sal. *Le bien ou le mal, sort au visage. i. paroist au visage.*

El comer y el rascar, todo es començar. *Man-ger & se gratter, c'est tout que de commencer. Le Fr. L'appetit vient en mangeant.*

El que haze la soma, esse la coma. *Celuy qui fait de mauuais pain, qu'il le mange. Soma c'est du son ou du pain de son.*

El seruicio del niño es poco, mas el que lo dexa es loco. *Le seruice du petit enfant est petit, mais celuy qui le neglige est fol.*

El mejor pienso del cauallo, es el ojo de su a-mo. *Le meilleur pensement ou ordinaire du cheual, c'est l'œil de son maistre.*

El buen paño, en el arca se vende. *Le bö drap se vend au coffre.*

El amor de Dios vence, todo lo al perece. *L'a-mour de Dieu vainq, tout ce qui a estre perit.*

El cuerdo no ata, el saber al estaca. *Le sage n'at-tache son sçauoir à la cheuille, ains le communique à tout le monde.*

El hidalgo y el galgo, y el talegon de la fal, cabe el fuego lo bufcad. *Le Gentil-homme, & le leurier, & le fac au fel, cherchez les aupres du feu.*

El pito, pierdefe por fu pico. *Le piuerd, fe perd
par fon bec.*

El conejo y el villano, à la mano. fub. defgar-
rado. *Le lapin & le vilain, à la main. fup. defchiré.*

El hijo borde y la mula, cada dia hazen vna.
*Le baftard & la mule, tous les iours en font vne. i. vn
de leurs traicts.*

El vfar faca oficial. *L'accouftumäce fait l'ouurier.*
Fabricando fabri fiunt.

El vino que es bueno, no ha menefter prego-
nero. *Le vin qui eft bon, n'a que faire de criaur. Au
bon vin, ne faut point de bouchon.*

El que lleua la renta, que adobe la venta. *Celuy qui reçoit la rente, qu'il accouftre la tauerne.*

El que ha de befar el perro enel culo, no ha
menefter limpiarfe mucho. *Celuy qui doit baifer
le chien au cul, n'a que faire de fe nettoyer beaucoup.*

El lobo harto de carne, fe mete frayle. *Le loup,
apres qu'il eft faoul de chair, fe fait Moyne. Contre ceux
qui fe mettent en religion, apres qu'il n'en peuuent
plus.*

El mayor teforo, efta en lo mas hondo. *Le plus
grand trefor, eft au plus profond.*

El buen efpejo, la carne fobre el huefto. *C'eft
vn bon miroir, que la chair fur les os.* Que eftando
el hombre abaftado de carnes, fe vee, como en
efpejo, eftar bien difpuefto y fano. *Parce que l'hö-
me eftant bien fourny de chair, il fe voit, comme en vn
miroir, eftre bien difpofé, & bien fain.*

El eftiercol

El eſtiercol no es ſanto, mas do cae haze mila-
gro. *Le fient n'eſt pas ſainct, mais où il tombe il fait*
miracle. i. rend la terre fertile.

El que quiere mula ſin tacha, y eſpada ſin
buelta, andeſe ſin ella. *Qui voudra vne mule ſans*
vice, & vne eſpee ſans fauſſee, qu'il s'en paſſe. Parce
qu'il ne s'en trouue point.

El Abad de Bamba, lo que no puede comer da
lo por ſu alma. *L'Abbé de Bambe, ce qu'il ne peut*
manger, il le donne pour ſon ame.

El mal tiene conorte, y el bien no ay quien le
ſoporte. *Le mal a du confort, & le bien il n'y a per-*
ſonne qui le puiſſe ſupporter: à cauſe que la proſperité
rend les hommes inſolens & inſupportables.

El trigo de hazera, echalo en tu panera. *Le*
bled qui croiſt pres du village, mets le en ton grenier.
Hazerac'eſt la terre qui eſt la plus proche du village,
& qui paroiſt la premiere à la venë, auſſi que le payſan
laboure le mieux, & plus ſoigneuſement.

El hombre anciano, hiere con el pie y ſeñala
con la mano. *L'homme ancien frappe du pied, &*
fait ſigne de la main. i. menace de la main; Il ſçait les
ruſes dont il faut vſer.

El que labra crie, y el que guarda no fie. *Celuy*
qui laboure, nourriſſe, & que celuy qui garde ne ſe fie,
ou ne baille à credit.

El Sermon y el Salmon, en la Quareſma tienen ſazon. *Le Sermon & le Saulmon, en Quareſme*
ſont de ſaiſon.

El caracol, por quitar de enojos, por los cuernos troco los ojos. *Le limaçon, pour ſe deliurer*
d'ennuis, changea ſes yeux à des cornes. Il y a bien de

F

ces limaçons-là.

El vallestero que me loas, alguna vez da enel blanco, mas no todas. *L'arbalestrier que tu me loues, frape au blanc quelquesfois, mais non pas toutes.*

El caudal de la labrança, siempre rico de esperança. *Le fonds ou principal du labourage, tousiours riche d'esperance. Le laboureur espere tousiours d'auoir vne meilleure annee.*

El temor, es vn mortal dolor al sentido. *La crainte, est vne mortelle douleur au sens.*

El que ha de dar cuenta de si y de otros, es menester que conosca à si y à los otros. *Celuy qui doit rendre compte de soy, & d'autres, il faut qu'il cognoisse soy-mesme, & les autres.*

El hijo de tu vezina, quitale el moco, y casalo con tu hija. *Le fils de ta voisine, ostes luy le morueau, & le maries auec ta fille.*

El cuerdo viene por lumbre, y el necio se lo purre. *Le sage vient querir du feu, & le sot luy en baille. Purre veut dire da, & vient de porrigere.*

El amor y la fee, en las obras se vee. *L'amour & la foy, és œuures l'on les voit.*

El que come las duras, comera las maduras. *Celuy qui mange les dures, mangera les meures. Apres le labeur on iouyt du fruict.*

El buen aparejo, haze el buen artifice. *Le bon appareil, fait le bon ouurier.*

El tiempo, es maestro en todas las artes. *Le temps, est le maistre en tous les arts.*

En cada tierra, su vso. *En chasque ville, sa coustume. Le Fr. Tant de villes, tant de guises. Aucuns adioustent, Tant de femmes mal apprises.*

El cuytado del marauedi haze cornado, y el

liberal del marauedi real. *Le chetif & auare fait d'vn double vn denier, & le liberal fait d'vn double vne reale. La reale vaut 34. marauedis.*

El hauo es dulce, mas pica el abeja. *Le bournal est doux, mais l'abeille pique.* Hauo *se dit autrement* panal, *qui est vn rayen ou gauffre de miel.*

El dinero, haze al hombre entero. *Le denier, fait l'homme tout entier. Vn homme sans argent, est vn corps sans ame.*

El buen vino, la venta trae consigo. *Le bon vin, porte sa vente auec soy. Au bon vin, il n'y faut point de bouchon.*

El viejo que se cura, cien años dura. *Le vieillard qui se cure, cent ans dure. i. qui vit de regime.*

El que tarda en dar lo que promete, de lo prometido se arrepiente. *Celuy qui tarde à donner ce qu'il promet, se repent de ce qu'il a promis.*

El peso y la medida, sacã al hombre de porfia. *Le poids & la mesure, ostent l'homme de debat.*

El hijo harto y rompido, la hija hambrienta y vestida. *Le fils saoul & deschiré, la fille affamee & vestue. i. se doiuent entretenir.*

El rio passado, el Santo oluidado. *Le fleuue passé, le Sainct oublié.*

El mal que de tu boca sale, en tu seno se cae. *Le mal qui sort de ta bouche, tombe en ton sein.*

El dinero haze lo malo bueno. *L'argẽt fait bon ce qui est meschant.*

El moço perezoso, por no dar vn passo da ocho. *Le garçõ paresseux, pour ne faire vn pas en fait huict.*

En burlas y en veras, el relox sea sin pesas. *En ieu & à escient l'horologe soit sans poids. L'intelligẽce*

de ce prouerbe est en ce mot pesas, où il y a allusion à
pesar, qui signifie ennuy ou fascherie. Cela veut dire
qu'il se faut comporter tellement en ses actions, que
l'on ne fasche personne.

En cama de tierra, las costillas quebradas, el
priapo sano. *En lict de terre, les costes rompues, &*
le membre droict. C'est celuy qui fait la paix au lict.

En año bueno el grano es heno, en año malo
la paja es grano. *En bonne annee le grain est du foin,*
& en mauuaise la paille est grain. i. vaut autant que
le grain.

Entiende primero, y habla postrero. *Entends*
premierement, & parle apres.

En contienda, ponte rienda. *En debat, mets toy*
vn frein. i. vse de discretion & de retenue.

Entre hermanos, no metas tus manos. *Entre*
freres, n'y mets tes mains.

En cada sendero, ay su atolladero. *En chasque*
sentier, il y a son bourbier. C'est à dire, que par tout il y
a de la difficulté.

En consejas, las paredes han orejas. *Es consul-*
tations les parois ont des oreilles. Consejas sont aussi
des fables & contes.

En hora mala nasce, quien mala fama cobra.
A la male heure naist, qui mauuaise renommee ac-
quiert.

En este mundo mezquino, quando ay para
pan, no ay para vino. *En ce monde chetif, quand il y*
a pour auoir du pain, il n'y a dequoy auoir du vin.

Embia al sabio à la embaxada, y no le digas
nada. *Ennoye le sage à l'ambassade, & ne luy dis*
rien. Parce qu'il sçaura bien faire sa charge.

En cafa llena, prefto fe guifa la cena. *En mai-*
fon pleine, le fouper y eft bien toft preft.

Entre col y col lechuga. *Entre chou & chou vne*
laictuë.

Entre dos verdes, vna madura. *Entre deux verr-*
tes, vne meure.

En la frente y en los ojos, fe lee la letra del
coraçon. *Au front & aux yeux, fe lit la lettre du*
cœur.

Embidia del biuo, de los muertos oluido. *En-*
uie du viuant, l'oubliance des morts.

Entre Abril y Mayo, haz harina para todo el
año. *Entre Auril & May, fais de la farine pour tou-*
te l'annee: à caufe de la feichereße.

Enel almoneda, ten la boca queda. *En vn en-*
cant, tiens ta bouche coye. i. ne te haftes pas de mettre
à l'enchere.

Enel tiempo elado, el clauo vale el cauallo.
Au temps de gelee, le cloud vaut le cheual. Parce qu'e-
ftant malferré, il y a du danger.

En boca cerrada, no entra mofca. *En bouche*
clofe, n'entre point de moufche. i. fous fecret.

En la vida no me quefifte, en la muerte me
plañifte. *En la vie tu ne m'as point aimé, en la mort*
tu m'as pleuré. Le Fr. On ne fçait ce que vaut la chofe,
iufques à ce qu'on l'a perdue.

En buen dia, buenas obras. *Aux bonsiours, on*
fait les bonnes œuures.

En verano, cada rana laua fu paño. *En Efté,*
chafque grenoüille laue fon drap.

Enel mejor paño, ay mayor engaño. *Au meil-*
leur drap, il y a plus grande tromperie.

En vna hora, no se gano çamora. *En vne heu-*
re ne fut pas gaignee çamore : c'est vne ville d'Espa-
gne. Le Fr. Rome ne fut pas faite en vn iour.

En linages luengos, alcaldes y pregoneros. *En*
grands lignages, il y a des Preuosts & des crieurs. i.
des grands & des petits.

En casa de la muger rica, ella manda siempre
y el nunca. *En la maison de la femme riche, elle com-*
mande toujours, & luy iamais. i. le mary.

En la casa del mezquino, manda mas la muger que el marido. *En la maison du malheureux,*
la femme commande plus que le mary.

En casa del alboguero, todos son albogueros.
En la maison du fleuteur, tous sont ioueurs de flente.

En casa del tañedor, cada qual es dançador.
En la maison du menestrier, chascun est danseur.

En hora buena vengas mal, si vienes solo. *A*
la bonne heure vienne mal, si tu viens seul.

En lo caro, no metas tu mano. *En ce qui est*
cher, n'y mets pas la main.

En quanto fuy nuera, nunca tuue buena suegra: y en quanto fuy suegra, nunca tuue buena
nuera. *Lors que i'ay esté bru, ie n'ay point eu de belle*
mere bonne, & quand i'ay esté belle-mere, ie n'ay point
eu de bonne bru. Nous appellons la belle-fille, par ce
seul mot, bru, qui est vn peu rude.

En chica hora, Dios obra. *En peu d'heure, Dieu*
labeure.

En lo que no se pierde nada, siempre algo se
gana. *En cela où l'on ne perd rien, on y gagne toujours*
quelque chose.

En tiempo y lugar, el perder es ganar. *En temps*

& lieu, le perdre c'est gaigner.

En labrar y hazer fuego , se parece el que es discreto. *A ouurer, & faire du feu, il se monstre qui est discret.*

En Mayo frio, enfancha tu silo. *En May froid, eslargis ton grenier.*

En Deziembre, leña y duerme. *En Decembre du bois, & dors toy.*

En Deziembre, siete galgos à vna liebre. *En Decembre, sept leuriers apres vn lieure.*

En rio quedo , no metas tu dedo. *En riuiere coye, n'y mets pas ton doigt.*

En tal sino naci, que quiero mas para mi que para ti. *Ie suis né en tel signe, que i'aime mieux pour moy que pour toy. Le Fr. Charité bien ordonnee, commence à soy-mesme.*

En la muerte del asno, no pierde nada el lobo. *A la mort de l'asne, le loup n'y perd rien.*

En casa del Moro, no hables Algarauia. *En la maison du More, ne parle pas Arabicque. Il ne faut pas parler Latin deuant les Cordeliers.*

Enel mejor paño, ay mayor engaño. *Au meilleur drap, il y a plus grande tromperie.*

En casa do siempre comen pollos, mal comeran los moços. *En la maison où l'on mange tousiours des poulets , mal disneront les valets. Parce qu'on ne leur laissera rien de reste.*

En tierra agena, la vaca al buey cornea. *En terre estrangere, la vache heurte le bœuf.* Por esta causa, el destierro es tenido por gran mal. *Et pour ceste raison, le bannissement est estimé vn grand mal.*

En que mes cae santa Maria de Agosto ? *En quel mois vient la nostre Dame d'Aoust ? Question pour faire à des lourdauts, comme quand on demande: Comment s'appelloit le pere des quatre fils Aymon?*

En casa de la parida, o del doliente, posete susete. i. en posandose leuantarse. *A la maison d'vne accouchee, ou d'vn malade, assieds toy, leues toy. C'est à dire, qu'il n'y faut pas long temps demeurer: Parce qu'on les pourroit ennuyer.*

En tu casa no tienes sardina, y en la agena pides gallina. *En ta maison, tu n'as pas vne sardine, & en celle d'autruy, tu demandes vne geline. Sardina est vn petit poisson qui ressemble au harane, enuiron de la sorte d'vn esperlan, vn peu plus large & plus court.*

El que todo lo quiere vengar, presto quiere acabar. *Celuy qui veut tout venger, veut bien tost s'acheuer. Le Fr. Endurer faut pour durer. Qui endure n'est pas vaincu.*

En dama de tus pariëtes. a tu bolsa para mientes. *Dama quiere dezir confiança. En confiance de tes parens, prens garde à ta bourse.*

En casa de tu enemigo, la muger ten por amigo. *En la maison de ton ennemy, ayes la femme pour amy. Il sembleroit qu'il fallust dire, amie au lieu d'amy, mais c'est pour respondre à l'Espagnol, & aussi que amie, s'entendroit pour maistresse, ou amoureuse, ce qu'il ne veut pas proprement dire icy.*

Entrar lamiendo, y salir mordiendo. *Entrer en lechant, & sortir en mordant. Contre les flatteurs.*

Enel rio que no ay peces, por de mas es echar redes. *En la riuiere où il n'y a point de poissō, c'est pour neant qu'on y iette des rets.*

En ruyn ganado, no ay que escoger. *En vn meschant troupeau, il n'y a que choisir.*

Entre los pies sale, lo que no se piensa ni se sabe. *Il sort entre les pieds, ce que l'on ne pense ni ne scait. Beaucoup de choses aduiennent à quoy on ne pensoit pas.*

En Atiença, cada vno de si piensa. *A Atience, chascun pour soy pense.* Atiença *est vn nom de ville.*

En Inuierno y en Verano, el buen dormir en sobrado. *En Hyuer & en Esté, il est bon de dormir en lieu haut.* Sobrado *est vn plancher de maison.*

En la ruyn villa, pleyto cada dia. *En meschante ville, tous les iours procez.*

En porfias brauas, desquicianse las palabras. *Ez grands debats & querelles, les paroles sortent des gonds. i. on vient aux iniures ou paroles desraisonnables.*

Enel seruicio del seruidor, esta el galardon del señor. *Au seruice du seruiteur, gist le guerdon du Seigneur.*

Error es ygual, no sabiendo responder, y sabiendo preguntar. *C'est erreur pareille, ne sçachant respondre, & sçachant demander.*

Escarua la gallina, y halla su pepita. *La poulle gratte & trouue sa pepie.* La mucha diligencia es muchas vezes dañosa. *La trop grande diligence est souuentefois dommageable.*

Escape del trueno, y di enel relampago. *Ie suis eschappé du tonnerre, & i'ay donné dans le foudre.* Relampago *signifie l'esclair. R'entrer de fiebure en chaud mal.*

El mur que no fabe mas de vn horado, prefto le toma el gato. *La fouris qui nc fçait qu' vn trou, le chat la prend bien toft.*

Empreñate del ayre compañero, y pariras viento. *Engroffis toy de l'air mon compagnon, & tu enfanteras du vent.*

Efte te hizo rico, que te hizo el pico. *Celuy-là te fit riche, qui te fit le bec.*

En achaque de trama, viftes aca nueftra ama? *Sur vn fujeft trouué, auez vous point veu par icy noftre maiftreffe? D'autres difent, efta aca nueftra a-ma? noftre maiftreffe eft-elle icy? Prouerbe pour les meffagers d'amour.*

En arca abierta, el jufto peca. *En coffre ouuert, le iufte peche.* Occafio facit furem.

En la boca del difcreto, lo publico es fecreto. *En la bouche du difcret, le public y eft fecret.*

Effa es buena y efcogida, que es feguida y no vencida. *Celle-là eft bonne & efleüe, que l'on pourfuit & n'eft vaincue.*

Efcarmentar en cabeça agena: dotrina buena. *Prendre exemple au mal d'autruy, c'eft bonne doftri-ne. Le Fran. Bonne doftrine prend en luy, qui fe cha-ftie par autruy.*

Efpantajo que no pee, tanto guarda como vee. *L'efpouuantail qui ne pette, autant garde comme il guette. i. comme il voit, parce que les oifeaux ou au-tres beftes n'en font pas grand eftat.*

Effe es mi amigo, el que muele en mi molini-llo. *Celuy-là eft mon amy, qui vient moudre à mon moulin. i. qui me fait gaigner.*

Efcuchas al agujero, oyras de tu mal y del ageno. *Si tu escoutes au trou, tu entendras de ton mal & de l'autruy.*

Escriue antes que des, y recibe antes que escriuas. *Escris deuant que tu donnes, & reçoy deuant que tu escriues.*

F

FAlso por natura, cabello negro, la barua ruuia. *Faux de nature, les cheueux noirs, la barbe rousse.* Le Fran. *Barbe rousse & noirs cheueux, c'est le plus meschant des deux.*

Fortuna y azeytuna, a vezes mucha, a vezes ninguna. *Fortune & oliue, quelquesfois beaucoup, quelquesfois point.*

Fruta de locos, miran la muchos, y gozan la pocos. *Fruict de fols, plusieurs le regardent, & peu en iouissent.* Entiende los pechos de las mugeres. *Il entend les tetins des femmes.*

Frayle ni Iudio, nunca buen amigo. *Moine ny Iuif, iamais n'est bon amy.*

Fuyme à Palacio, fui bestia y vine asno. *I'ay esté à la Court, i'y suis allé beste, & i'en suis reuenu asne.*

Frayle que su regla guarda, toma de todos y no da nada. *Moine qui garde sa regle, prend de tous & ne donne rien.*

Frayle que pide por Dios, pide para dos. *Moine qui demande pour Dieu, demande pour deux.*

Frio de Abril, a las peñas vaya à herir. *Froid du mois d'Auril, aux rochers s'en aille ferir.* Quiere dezir, no a las viñas y frutales, que muchas vezes se yelan. *Il veut dire, non pas aux vignes & arbres, qui souuentesfois se gelent.*

G

GAto eſcaldado, del agua fria ha miedo. *Chat eſchaudé, craint l'eau froide.*

Gloria vana, florece y no grana. *La gloire vaine fleurit, & ne porte graine.*

Gota a gota, la mar ſe apoca. *Goutte à goutte, la mer ſe diminue.*

Goza tu de poco, mientras buſca mas el loco. *Iouys de peu, pendant que le ſol en cherche d'auantage.*

Gran obrero, gran romero. *Grand ouurier, grand pelerin: Porque* de todas partes es llamado: *parce qu'on l'enuoye querir de tous coſtez, à cauſe de ſa ſcience.*

Grano no hinche harnero, mas ayuda à ſu compañero. *Vn grain n'emplit pas le crible, mais il aide à ſon compagnon.*

Grano à grano, allega para tu año. *Grain à grain, amaſſe pour ton annee.*

Grano à grano, hinche la gallina el papo. *Grain à grain, la poule emplit ſon jabot.*

Gran victoria es, la que ſin ſangre ſe toma. *Grande victoire eſt celle, qui ſe gaigne ſans reſpandre du ſang.*

Gran calma, es ſeñal de agua. *Grand calme eſt ſigne d'eau.*

Guay de la muerte, que no toma preſente. *Ha miſerable mort, qui ne reçoit point de preſent.*

Guarda moço, y hallaras viejo. *Eſpargne en ienneſſe, & tu trouueras dequoy en ta vieilleſſe.*

Guarda eſcaſo tu dinero, lazera tu, pompeara

tu heredero. *Espargne chiche ton argent, sois mise-*
rable, & ton heritier piassera.

Guarda prado, y hartaras ganado. *Garde ton*
pré, & tu saouleras ton troupeau.

Guardete Dios de, hecho es. *Dieu te garde de,*
c'en est fait.

Guarniciones y crin, dan venta al rocin. *Le*
harnois & le crin, font vendre le roussin.

Gran sabor es, comer y no escotar. *C'est vn*
grand goust, de disner & ne rien payer.

Gran tocado y chicho recaudo. *Grande coif-*
fure, & petit dequoy. Le Fran. Tout estat, & rien au
plat.

Guerra caça y amores, por vn plazer mil dolores. *En guerre, en chasse & en amours, pour vn plai-*
sir mille douleurs.

H

HAbla de lisonjero, siempre es vana y sin
prouecho. *Parler de flateur est tousiours vain*
& sans profit.

Habla poco y bien, tener te han por alguien.
Parle peu & bien, & l'on te tiendra pour quelqu'vn.
i. tu seras estimé.

Hablar sin pensar, es tirar sin encarar. *Parler*
sans penser, c'est tirer sans prendre visée.

Haz lo que te manda tu señor, y sentar te has
con el al Sol. *Fais ce que ton seigneur te commande-*
ra, & tu t'asseoiras auec luy au Soleil.

Haz bien, y no cates à quien. *Fais bien, & ne*
regarde pas à qui. Vn bienfaict n'est iamais perdu.

Harto ayuna, quien mal come. *Assez ieusne, qui a mal à manger.*

Harto pide, quien bien sirue. *Assez demande, qui bien sert.*

Hazes mal, espera otro tal. *Si tu fais mal, attends tout le semblable.*

Haz la puerta al Solano, y biuiras sano. *Fais la porte au Leuant, & tu viuras bien sain.* Solano c'est le vent d'Orient.

Haz lo que bien digo, y no lo que mal hago. *Fais le bien que ie dis, & non pas le mal que ie fais.*

Hazme la barua, harete el copete. *Fais moy la barbe, & ie te feray le toupet. Le Fran. Vn barbier raiz l'autre.*

Hasta la hormiga, quiere compañia. *Iusques à la fourmy, veut auoir compagnie.*

Hambre y frio, entregan el hombre a su enemigo. *Faim & froid, liurent l'homme à son ennemy.*

Hazed fiestas à la gata, y saltar os ha à la cara. *Faites feste au chat, & il vous sautera au visage.*

Hablando y andando, marido à la horca. *Parlant & allant, mary du gibet. Ceux qui parlent à eux-mesmes en cheminant, sont ordinairement de mauuais affaire.*

Hazienda en dos aldeas, pan en dos talegas. *Du bien en deux villages, c'est du pain en deux bissacs.*

Hazeos miel, y comer os han moscas. *Faites vous miel, & les mousches vous mangeront. Le Fran. Qui se fait brebis le loup le mange.*

Haz barato, y venderas por quatro. *Fais bon marché, & tu vendras autant que quatre.*

Haz la noche noche, y el dia dia, biuiras cón alegria. *Fais de la nuict la nuict, & du iour le iour, & tu viuras ioyeusement.*

Harina abalada, no te la vea suegra ni cuñada. *Farine molle & enflee, ne te la voye belle-mere ny belle-sœur. Abalada harina, c'est la fleur de farine bien delice & bien sassee, qui se v'enfle en la may ou huche.*

Hermano medios con vuestro palmo. *Frere, mesurez vous auec vostre empan.*

Hecho de villano, tirar la piedra y esconder la mano. *Faict de vilain, ietter la pierre & cacher la main.*

Hermosa es por cierto, la que es buena de su cuerpo. *Celle-là est belle pour certain, qui est femme de bien de son corps.*

Harto es ciego, quien no vee por tela de cedaço. *Assez est aueugle, celuy qui ne void à trauers la toile d'vn sas.*

Ha el diablo parte, quando el rabo va delante. *Le diable y a part, quand la queuë va deuant.*

Hebrero haze dia, y luego santa Maria. *Feurier fait iour, & soudain saincte Marie. Le Fr. Auiourd'huy Feurier, demain chandelier. i. la feste de la Chandeleur, qui est la Purification nostre Dame.*

Hebrero corto, con sus dias veynte y ocho, quien bien los ha de contar, treynta le ha de echar. *Feurier le court, auec ses iours vingt-&-huict: & qui bien les veut conter, trente luy en doit donner. Le Fr. Feurier le court, le pire de tous.*

Heredad blanca, simiéte negra, cinco bueyes a vna reja. *Champ blanc, semence noire, cinq bœufs à vne charrue : reja signifie le soc de la charrue, qui est vne partie pour le tout. Ce prouerbe est enigmatique, parce qu'il y faut adiouster ces quatre mots pour l'entendre,* Papel, Tinta, Cinco dedos, & Pendola, *qui signifient, papier, encre, cinq doigts & la plume.*

Hebrero el curto, que mato a su hermano a hurto. *Feurier le court, qui tua son frere à la desrobee.*

Heredad por heredad, vna hija en la vieja edad. *Heritage pour heritage, vne fille en tö vieil aage: d'autant qu'elle te pourra faire du seruice en ton vieil aage deuant que de la marier.*

Hija desposada, hija enagenada. *Fille fiancee, fille alienee.*

Hijo tardano, huerfano temprano. *Enfant qui vient sur le tard, est orphelin de bonne heure.*

Hijos de tus bragas, y bueyes de tus vacas, *Enfans de tes brayes, & des bœufs de tes vaches. i. ce sont les meilleurs.*

Hijo ageno, metele por la manga, salir se te ha por el seno. *L'enfant d'autruy, mets le par la manche, & il te sortira par le sein. i. se rendra maistre de ce que tu as s'il peut.*

Hijo eres, padre seras, qual hizieres tal auras. *Tu es fils, pere tu seras, comme tu feras tu auras.*

Hijo malo, mas vale doliente que sano. *L'enfant mauuais, mieux vaut malade que sain.*

Hijos y criados, no los has de regalar, si los quieres gozar. *Les enfans & seruiteurs, il ne te les faut pas mignarder, si tu en veux iouir.*

Hija

Hija Gomes, si bien te lo guisas, bien te lo comes. *Ma fille Gomes, si tu l'accouſtres bien, tu le manges bien.*

Hilo y aguja, media veſtidura. *Fil & aiguille, demie veſture.*

Honrra ſin prouecho, anillo enel dedo. *Honneur ſans profit, c'eſt vn anneau au doigt.*

Honrra y ptouecho, no caben en vn ſaco. *Honneur & profit, ne peuuent en vn ſac.*

Hombre palabrimuger, guardeme Dios del. *Dieu me vueille garder d' vn homme qui parle comme vne femme, ou qui a la voix de femme.*

Hombre que ſufre cuernos, ſufrira los dientes menos. *L'homme qui ſouffre des cornes, ſouffrira qu'on luy arrache les dents.*

Hombre apercebido, medio combatido. *Homme equipé ou preparé, a combatu ou vaincu à demy.*

Hombre roxo y hembra barbuda, de lexos los ſaluda. *Homme roux & femme barbue, de loing les ſalue.* Le Fran.

> *Homme roux & femme barbue,*
> *Que de quatre lieuës les ſalue,*
> *Auec quatre pierres en ta main,*
> *Pour t'en ſeruir s'il eſt beſoin.*

Hombre narigudo, pocas vezes cornudo. *Homme qui a grand nez, n'eſt pas ſouuent coquu.* Porque la nariz larga es ſeñal de ſer auiſado el hombre: *parce que le long nez eſt ſigne que l'homme eſt ſage & auiſé, & partant malaiſé à tromper.*

Hombre ſin abrigo, paxaro ſin nido. *Homme ſans abry, c'eſt vn oiſeau ſans nid.*

G

Hombre que madruga, de algo tiene cura.
Homme qui se leue du matin, de quelque chose a soin.

Hombre proueydo, no biuira mezquino. *Hõme preuoyant, ne sera miserable.*

Hombre señalado , o muy bueno o muy malo. *Homme marqué, ou fort homme de bien, ou fort meschant.*

Hombre holgazan , enel trabajar se lo veran. *Homme fait-neant, au trauail on le cognoistra.*

Hombre viejo, cada dia vn duelo nueuo. *Hõme vieil, tous les iours vn ducil nouueau.*

Honrra es de los amos, lo que se haze à los criados. *C'est honneur aux maistres, ce que l'on fait aux seruiteurs.*

Huespeda hermosa, mal para la bolsa. *Belle hostesse, c'est vn mal pour la bourse.*

Huesped tardio, no viene man vazio. *L'hoste tardif, ne vient pas les mains vuides.*

Huelga el trigo so la nieue, como el viejo so la pele. *Le bled se repose sous la neige, comme le vieillard sous la pelisse. Qui dat niuem sicut lanam, &c.*

Huelgo me vn poco, mas hilo mi copo. *Ie me repose ou recree vn peu, mais ie file ma quenoüillee.*

Huesped con Sol, ha honor. *L'hoste qui vient de Soleil, a honneur. i. Celuy qui arriue de bonne heure à l'hostellerie, est honorablement receu & bien logé.*

Hueuos solos , mil manjares y para todos. *Des œufs seuls, mille mets & pour tous. i. se peuuent faire.*

Huela me à mi en la bolſa, y hiedate à ti en la boca. *Que ma bourſe ſente bon, & que ta bouche pue.*

Huye del malo, que trae daño. *Fuis du meſchant, qui apporte dommage.*

Huye la memoria del varon, como el eſclauo de ſu ſeñor. *La memoire s'enfuit de l'homme, comme l'eſclaue de ſon ſeigneur.*

Huyendo del toro, cayo enel arroyo. *Enfuyãt du taureau, il eſt tombé au ruiſſeau.*

Huy del trueno. *Voyez* Eſcape del trueno.

Hurtar el puerco, y dar los pies por Dios. *Deſrober le pourceau, & donner les pieds pour l'honneur de Dieu.*

Humo y gotera, y la muger parlera, echan al hombre de ſu caſa fuera. *La fumee & la goutiere, & la femme babillarde, chaſſent l'homme hors de ſa maiſon.*

Hazer del cielo cebolla. *Faire du ciel vn cignon, c'eſt à dire, faire des merueilles dont on n'ouit iamais parler.*

I

ID por medio, y no caereys. *Allez par le milieu, & vous ne tomberez pas.* Medium tenuere beati.

Id à mercar a la feria, vereys como os va en ella. *Allez acheter à la foire, & vous verrez comme il vous en ira.*

Ygleſia o mar, o caſa real, quien quiere medrar. *Egliſe ou mer, ou maiſon royale, qui veut profiter.*

G ij

Eglise veut dire icy benefice.

Irà la guerra ni cafar, no fe ha de aconfejar. *Aller à la guerre ou fe marier, ne fe doit point confeiller.*

Ir romera, y boluer ramera. *Aller pelerine, & renenir putain. Aduis pour beaucoup de maris, qui laiffent aller leurs femmes en pelerinages.*

Inuierno folagero, verano barrendero. *Hyuer qui a du Soleil, denote l'Esté balayeur.* i. que fera fertil el año, y aura que barrer en las eras : *que l'annee fera fertile, & y aura dequoy balayer ès aires ou granges.*

Iunio, Iulio y Agofto, feñora no foy vueftro. *Iuin, Iuillet & Aoust, madame ie ne fuis pas à vous.*

Iuras del que ama muger, no fe han de creer. *Sermens d'un qui aime une femme, ne fe doiuent croire.*

Iguales, como cabos de agujetas. *Pareils ou égaux, comme ferrets d'efguillettes.*

Ira de hermanos, ira de diablos. *Ire de freres, ire de diables.*

Iurado ha el baño, de negro no hazer blanco. *Le bain a iuré d'un noir, n'en faire blanc.*

Iurado tiene la menta, que al eftomago nunca mienta. *La mente a iuré, qu'elle ne mentira iamais à l'eftomach.*

Iuras de tahur, paffos fon de liebre. *Sermens de ioueur, ce font pas de lieure.*

Iura mala, en piedra caya. *Mauuais ferment, fur pierre tombe.*

Iudios en Pafquas, Moros en bodas, Chriftianos en pleytos, gaftan fus dineros. *Les Iuifs*

en Pasques, *les Mores en nopces, les Chrestiens en pro-*
cez, despensent leurs deniers.

L

LA hazienda dal clerigo da la Dios, y la quita el demonio. *Le bien du Prestre, Dieu le don-*
ne, & le diable l'oste.

La muger y la cereza, por su mal se aseyta. *La*
femme & la cerise, pour leur mal se fardent. La cerise
icy c'est proprement la guine, qui se farde lors qu'elle
commence à rougir, & tout aussi tost l'on la mange. Et
pour le regard de la femme, il ne faut pas demander
pourquoy elle se farde.

Las tocas de beata, y viñas de gata *La coiffure*
de deuote, & ongles de chat. i. hypocrite.

La espada y la sortija, en cuya mano estan.
L'espee & la bague, en la main de qui elles sont. sub.
se doiuent estimer, & de faict s'estiment.

La lengua del mal amigo, mas corta que cuchillo. *La lãgue du mauuais amy, trenche plus qu'vn*
cousteau.

La massa y el niño, en Verano han frio. *La pa-*
ste & le petit enfant, en Esté ont froid.

La teja cabe la oreja. *La tuile pres de l'oreille.*
i. que el dormir sea en alto: *que le dormir soit en lieu*
haut, parce qu'il est plus sain.

La pimienta escalienta. *Le poinre eschauffe.*

La seche sal del mueso, no del huesso. Mueso
quiere dezir de lo que come. *Le laict sort de la*
mangeaille, & non pas des os.

La oueja loçana dixo a la cabra, dame lana.

La brebis glorieuse dit à la chevre , donne moy de la laine. Contre ceux qui demandent à autruy ce dont eux-mesmes abondent, & les autres ont bien peu.

La prieſſa, mete la liebre enel camino. *La haſte, met le lieure au chemin.*

La coſtumbre de jurar , jugar y briuar , es dura de deſechar. *L'accouſtumance de iurer, iouër & eucuſer , eſt dure à delaiſſer. deſchar ſignifie reietter.*

La de Nauidad al Sol,la florida al tizon,id eſt, Paſcua. *Celle de Noel au Soleil , & la Fleurie au tiſon. Le Fran. A Noel au perron , à Paſques au tiſon. Il faut icy entendre que les Eſpagnols appellent Paſ*qua de Nauidad , *la feſte de Noel ,* Paſqua de Reſurecion, *la grand Paſque,* & Paſqua de Pentecoſtes, *la Pentecoſte.*

La vida paſſada , haze la vejez peſada. *La vie paſſee, fait la vieilleſſe ennuyeuſe.*

La eſpina quando nace , la punta lleua delante. *L'eſpine quand elle naiſt , elle vient la pointe deuant.i. on ne peut changer ſon naturel.*

La verdad como el olio , ſiempre anda en ſomo. *La verité comme l'huile , va touſiours par deſſus.*

La muger en caſa , y la pierna quebrada. *La femme en la maiſon , & la iambe rompue. Parce qu'il ne faut pas qu'elle coure çà & là.*

La piedra es dura,y la gota menuda,mas cayĕdo de continuo haze cauadura. *La pierre eſt dure, & la goutte menue, mais tombant continuellement elle creuſe.*

La pobreza no quita virtud , ni la riqueza la

pône. *La pauureté n'oste pas la vertu, ny la richeße ne la donne außi.*

La muger que poco hila, siempre trae mala camisa. *La femme qui peu file, toußiours porte meschante chemise.*

La mula y la muger, por halagos hazen el mandado. *La mule & la femme, par careßes font le commandement. i. obeißent plus par careßes que par force.*

La vna mano à la otra laua, y las dos à la cara. *L'vne des mains laue l'autre, & les deux le visage. Il se faut entr'aider l'vn l'autre.*

La horca, lo suyo lleua. *Le gibet, prend ce qui est à soy. Celuy qui doit estre pendu, ne sera pas noyé.*

La culpa del asno, echan la al aluarda. *La faute de l'asne, on l'impute à son bast. On reiette toußiours sa faute sur autruy.*

La muger polida, la casa suzia, la puerta barrida. *La femme bien paree, la maison orde, & la porte balayee. C'est afin de paroistre au dehors.*

La mano cuerda, no haze todo lo que dize la lengua loca. *La main sage, ne fait pas tout ce que dit la langue folle. On ne fait pas tout ce que l'on dit.*

La muger y el vidrio, siempre estan en peligro. *La femme & le verre, font toußiours en danger.*

La muger hermosa, o loca o presuntuosa. *La femme belle, est folle ou presomptueuse.*

Lauar la cabeça del asno, perdimiento de xabon. *A lauer la teste d'vn asne, on n'y perd que le sauon. Le François dit, la lexiue au lieu de sauon.*

. La leche con el vino, torna se venino. *Le laict auec le vin, se tourne en venin. Le Fran. Vin sur laict c'est souhait: laict sur vin c'est venin.*

La quinta rueda al carro, no haze sino embaraçar. *La cinquiesme roue au chariot, ne fait rien qu'empescher.*

La bestia que mucho anda, nunca falta quien la taña. *La beste qui beaucoup va, iamais ne manque qui la frappe. Le Fr. On touche tousiours sur le cheual qui tire.*

La muger y el vino, sacan al hombre de tino. *La femme & le vin, tirent l'homme de iugement.*

Ladreme el perro, y no me muerda. *Que le chien m'abbaye, mais qu'il ne me morde pas.*

La malla llaga sana, la mala fama mata. *La mauuaise playe se guerit, la mauuaise renommee tue.*

La letra, con sangre entra. *La lettre entre auec le sang. i. la science s'acquiert par grand trauail.*

La cabra de mi vezina, mas leche da que no la mia. *La chevre de ma voisine, rend plus de laict que la mienne.* Fertilior seges est alieno semper in agro, &c.

La olla en sonar, y el hombre en hablar. *Le pot au son, & l'homme à la parole, subaudi, se cognoissent.*

La moça como es criada, la estopa como es hilada. *La ieune fille comme elle est nourrie, & l'estoupe comme elle est filee. i. on les a telles.*

La mucha familiaridad, acarrea menosprecio. *La trop grande familiarité, engendre mespris.* Acarrea signifie amene.

La cruz en los pechos, y el diablo en los hechos. *La croix en la poictrine, & le diable és actions.*

La boda de los pobres, toda es bozes. *La nop-ce des pauures, ce n'est que cris & hucs.*

La tierra que el hombre sabe, essa es su madre. *La terre ou ville que l'homme sçait, celle-là est sa me-re. Scait, veut dire cognoist.* Ibi patria vbi benè.

La tierra que me se, por madre me la he. *La ville que ie cognois, ie la tiens pour ma mere.*

La muger quanto mas mira la cara, tanto mas destruye la casa. *La femme tant plus elle regarde son visage, tant plus elle destruit sa maison.*

Tant plus la femme embellit son visage,
Tant moins de soin elle prend du mesnage.

Las gracias pierde, quien promete y se detie-ne. *Celuy perd les graces, qui promet & retarde.* sub. *Le don ou plaisir qu'il promet de faire.*

Las tripas esten llenas, que ellas lleuan a las piernas. *Que les tripes soient pleines, car elles portent les iambes.*

La vieja gallina, haze gorda la cozina. *La vieille geline, fait grasse la cuisine.*

La olla sin verdura, ni tiene gracia ni hartura. *La marmite sans verdure, n'a ny grace, ny rassasieme͂t. Les herbes donnent bon goust au potage.*

La muger vieja si no sirue de olla, sirue de co-bertera. *La vieille femme si elle ne sert de pot, elle sert de couuercle.* i. *de couuerture.*

La pena es coxa, mas llega. *La peine ou la puni-tion est boiteuse, mais elle arriue. Le chastiment vient tost ou tard.*

La blanda respuesta la ira quiebra, la dura la despierta. *La douce response rompt la colere, & la ru-de l'esueille ou excite.*

La sciencia es locura, si buen seso no la cura.
La science est folie, si bon sens ne la gouuerne.

La picaça enel soto, ni la tomara el necio ni
el docto. *La pie dedans le bois, ne la prendra, ny l'i-*
gnorant, ny le docte. Por la mucha espessura de
matas y arboles. *A cause de l'espesseur des buissons*
& des arbres.

La pintura y la pelea, desde lexos me la otea.
La peinture & la bataille, regarde les de loin. Parce
que l'vne n'est pas belle de prés, & l'autre est dägereuse

La perdiz es perdida, si caliente no es comida.
La perdrix est perduë, si elle n'est mangee chaude. i. ne
vaut rien froide.

La madre holgazana, saca hija cortesana. *La*
mere faineante, fait sa fille courtisanne. i. putain.

La esperiencia, madre es de la sciencia. *L'expe-*
rience, est mere de la science.

La perseuerança, toda cosa alcança. *La perse-*
uerance, vient à bout de toute chose.

La primera muger escoba, y la segunda señora. *La premiere femme est vn balay, & la seconde est*
dame. i. l'on traite mieux la seconde que la premiere.

Las sopas y los amores, los primeros son me-
jores. *¡Les soupes & les amours, les premieres sont les*
meilleures.

La coz de la yegua, no haze mal al potro. *Coup*
de pied de iument, ne fait mal au poulain. Potro se
prend icy pour l'estalon.

La muger que cria, ni harta ni limpia. *La fem-*
me qui nourrit, n'est ny saoule ny nette. Qui nourrit. i.
qui alaicte vn enfant, car il faut qu'elle mange pour
deux, & si elle ne peut estre bien nette, ayant vn petit
enfant tousiours entre ses bras.

La rueda de la Fortuna, nunca es vna. *La rouë de Fortune, n'est iamais vne. i. en vn estat.*

La telaraña suelta al rato, y la mosca apaña. *La toille d'araigne laiße eschaper le rat, & attrape la mousche.*

La cuba huele, al vino que tiene. *La cuue ou le tonneau, sent le vin qui est dedans.*

La Fortuna quando mas amiga, arma la çancallida. *La Fortune quand elle est plus amie, donne la iambette. i. le croc en iambe.*

La muger artera, el marido por delantera. *La femme fine & auisee, à son mary pour auant-garde. i. elle se targe de son mary.*

La mona aunque la vistan de seda, mona se queda. *Le singe encor qu'on le veste de soye, il demeure tousiours singe. Mona se prend aussi pour vne guenon, qu'on appelle communement, monne.*

La biuda con el lutico, y la moça con el moquito. *La vefue auec le dueil, & la fille auec le petit morneau. i. prens les.*

La muger que no pone seso a la olla, no la tiene ella en la toca. Seso es la piedra que pone tras la olla porque no se trastorne. *Ce prouerbe ne se peut simplemët interpreter, à cause de la double signification de seso: d'autãt qu'il signif.e le sens ou l'entendement, & ce que nous appellons accote pot, qui est ce que l'on met derriere vn pot de terre, pour l'engarder de se renuerser, quand il est mis au feu, Toca est le couure-chef ou coiffe, & icy s'entend pour la teste.*

La mãçana podrida, pierde à su cõpañia. *La põme pourrie gaste sa cõpagnie. Le Fr. Il ne faut qu'vne brebis rongneuse, pour gaster tout le troupeau.*

La muger y la pera, la que calla es buena. *La femme & la poire, celle qui se taist est bonne. Pour la poire, c'est celle qui ne crie point quand on la coupe.*

La biuda rica, con vn ojo llora, y con el otro repica. *La vesue riche pleure d'vn œil, & de l'autre elle carillonne. i. sonne la feste.*

La muger compuesta, a su marido quita de puerta agena. *La femme paree, oste son mary de la porte d'autruy. i. L'attire à soy, & le garde d'aller chercher pasture ailleurs.*

La verdad aunque amarga, se traga. *La verité encor qu'elle soit amere, elle s'anale.*

La verdad es verde. i. no quiebra como madero verde. *La verité est verte. i. elle est malaisee à rompre comme le bois vert.*

La mentira no tiene pies. Antes toman al mentiroso que al coxo. i. no puede huyr. *Le mensonge n'a point de pieds. On attrape plustost le menteur que le boiteux.*

La paja en el ojo ageno, y no la viga enel nuestro. *Le festu en l'œil d'autruy, & non la poultre au nostre. i. nous voyons.*

La traycion aplaze, mas no el que la haze. *La trahison plaist, mais non celuy qui la fait.*

La muger y la tela, no las cates à la candela. *La femme & la toille, ne les regarde à la chandelle. Parce que l'on y est trompé.*

La que mucho visita las santas, no tiene tela en las estacas. *Celle qui visite beaucoup les Sainctes, n'a point de toille penduë à ses cheuilles. La femme bigotte, n'est pas ordinairement grande mesnagere.*

La lengua luenga, es señal de mano corta. *La*

langue longue, est signe de main courte.

La vida y el alma, mas no el aluarda. *La vie & l'ame, mais non le bast.* Que ponen los hombres por sus amigos, antes la vida o el alma, que la hazienda. *C'est à dire, que les hommes mettent pour leurs amis, plustost la vie ou l'ame, que les biens.*

La boca y la bolsa, cerrada. *La bouche & la bourse fermee. i. sois secret, & bon mesnager.*

La verdad como el olio, siempre anda en somo. *La verité comme l'huile, va tousiours par dessus.* Otros dizen, nada en somo, *nage par dessus.*

La mar que se parte, arroyos se haze. *La mer qui se diuise, se fait en ruisseaux. Pour les prodigues.*

La gotera dando, haze señal en la piedra. *La goutiere en donnant. i. frappant, fait vne marque en la pierre.*

La muger quinzeta, y el hombre de treynta. *La femme quinzette. i. de quinze ans, & l'homme de trente.* Que la muger se case de quinze años, y el varon de treynta, *Que la femme se marie à quinze ans, & l'homme à trente : ce mot, quinzette n'est pas encor receu en François, mais il est mis icy pour correspondre à l'Espagnol.*

Las mañanas de Abril, tan dulces son de dormir. *Les matinees d'Auril, sont si douces pour dormir.* sub. *à cause qu'elles sont fraisches.*

La tierra que no se cubre a si, mal me cubrira a mi. *La terre qui ne se couure soy-mesme, ne me couurira pas moy. i. la terre qui ne se couurira d'herbe ne donnera pas à paistre à mon troupeau, afin que i'aye moyen de m'en couurir de la laine.*

La buena posa, quiebra el dia. *La bonne conuer-*
sation, rompt le iour. i. le fait trouuer court.

La mas cauta, es tenida por mas casta. *La plus*
caute.i.fine, est tenuë pour la plus chaste.

La que no bayla, de la boda se salga. *Celle qui ne*
danse point, qu'elle sorte de la nopce.

La muger, y el fuego, y los mares, son tres males. *La femme, le feu, & les mers, ce sont trois maux.*

La oracion breue, sube al Cielo. *L'Oraison bre-*
ue, monte au Ciel. Breuis oratio penetrat cœlos.

Lo que en la leche se mama, en la mortaja se
derrama. *Ce que l'on tette auec le laict, au suaire se*
respand. i. Ce qu'on accoustume de ieunesse dure ius-
ques à la mort.

Lo que la loba haze, al lobo aplaze. *Ce que la*
loune fait, plaist bien au loup.

Lo bien ganado se pierde, y lo mal ello y su
amo. *Ce qui est bien gaigné se perd, & le mal gaigné*
perd soy & son maistre.

Lo que el niño oyo enel hogar, esso dize
enel portal. *Ce que l'enfant a ouy au foyer, il le redit*
à la porte. Il ne faut rien dire ny faire, deuant les pe-
tits enfans.

Lo que come mi vezino, no aprouecha à mi
tripa. *Ce que mange mon voisin, ne profite à mon*
boyau.

Lo que de noche se haze, de dia paresce. *Ce*
qui se fait de nuict, de iour paroist.i. tout se manifeste.

Lo que has de hazer no digas cras, pon la mano y haz. *Ce que tu dois faire, ne dis point à demain,*
mets la main & fais.

Lobo hambriento, no tiene assiento. *Loup af-*

fumé, ne garde point d'accord, on n'a point d'arrest. La faim chasse le loup du bois.

Lo mucho se gasta, y lo poco basta. *Le trop se despend, & le peu suffit. La mediocrité est tousiours bonne.* La razó es que lo poco se gasta con mesura, y lo mucho suelese desperdiciar. *La raison est, que le peu se despend auec mesure, & le trop se dissipe.*

Lo que se vsa, no se escusa. *De ce quel'on a accoustumé d'vser, on ne s'en peut passer. Lo que se vsa, c'est à dire ce qui est en vsage.*

Lo que te dixere el espejo, no te lo diran en consejo. *Ce que le miroir te dira, on ne te le dira pas au conseil. Vn bon miroir n'est point flateur.*

Lo que no quieres para ti, no lo quieras para mi. *Ce que tu ne veux pour toy, ne le vueilles pas pour moy. Le Fr. Ne fais à autruy ce que tu ne veux qu'on te face.*

Lo barato es caro. *Ce qui est à bon marché est cher. Le Fr. On n'a iamais bon marché de mauuaise marchandise.*

Lo que se aprende en la cuna, siempre dura. *Ce que l'on apprend au berceau, tousiours dure.*

Lo peor del pleyto es, que de vno nacen ciento. *Le pis du procez est, que d'vn il en naist cent.*

Los yerros del Medico, la tierra los cubre. *Les fautes du Medecin, la terre les couure.*

Los que cabras no tienen, y cabritos venden, de donde les vienen? *Ceux qui n'ont point de cheures, & vendent des cheureaux, d'où leur viénent-ils?*

Lo que hecho es, hecho ha de ser por esta vez. *Ce qui est fait, sera fait pour ceste fois.*

Lo que fuerça no puede , ingenio lo vence.
Ce que force ne peut, esprit le vainq. i. industrie le sur-
monte.

Lo que mucho vale, de so tierra sale. *Ce qui*
vaut beaucoup , sort de dessous terre. i. la terre donne
tout ce qui est de bon, comme les metaux, les pierres
precieuses, & les fruicts.

Lo que mucho se dessea, no se cree annque se
vea. *Ce que beaucoup on desire , en ne le croit encor*
qu'en le voye.

Lo que con los ojos veo, con el dedo lo adeuino. *Ce que ie voy de mes yeux, ie le deuine du doigt.*

Lloraran y cantaremos, dar nos han, y dar os
hemos. *On pleurera, & nous chanterons , on nous*
donnera, & nous vous baillerons. Palabras de clerigo que deue algo : *Paroles d'vn Prestre qui doit*
quelque chose.

Los dichos en nos, los hechos en Dios. *Les*
dits en nous, les faits en Dieu. i. nous disons, & Dieu
fait. Le Fr. L'homme propose, & Dieu dispose.

Lo que a ti no aprouecha, y otro ha mene-
ster, no lo deues retener. *Ce qui ne te sert de rien, &*
vn autre en a necessité, tu ne le dois retenir.

Lo bien dicho, presto es dicho. *Le bien dit, est*
bien tost dit.

Lo que has de dar al mur, dalo al gato, y quitar te has de cuydado. *Ce qu'il te faut donner à la*
souris , donne le au chat , & tu t'osteras d'vn
soing.

Lo que saben tres, sabe toda res. *Ce que trois*
sçauent , tout chascun le sçait. Res *c'est vne beste du*
bestail, & se met icy, tant pour la rime que pour toute
autre

*autre chofe : & vent dire le prouerbe , que le fecret ne
fe doit communiquer à tant de gens.*

Lo que ha de hazer el tiempo , hagalo el fefo.
Ce que le temps doit faire, que l'entendement le face.

Los ojos alla van, donde tienen lo que han. *Les
yeux là vont, où eft ce qu'ils ont . i. où eft leur affectiõ.*

Los muertos, abren los ojos a los que biuen.
Les morts, ouurẽt les yeux aux viuans. Entiẽde con
la herencia. *S'entend auec l'heritage ou fuccefsion.*

Los que dan confejos ciertos a los biuos , fon
los muertos. *Ceux qui donnent des confeils certains
aux viuans, ce font les morts. i. les liures. Le prouerbe precedent fe peut aufsi interpreter de mefme.*

Lo ordenado en el Cielo, forçofo fe ha de cum-
plir en el fuelo. *Ce qui eft ordonné au Ciel, par necef-
fité fe doit accomplir en terre.*

Lo que te dixeren al oydo, nolo digas a tu marido. *Ce que l'on te dira à l'ereille , ne le dis pas à ton
mary.*

Lo que los ojos no veen, coraçon no deffea.
Ce que les yeux ne voyent, le cœur ne le defire.

Lloro de hembra no te mueua, que lloro y ri-
fa prefto lo engendra. *Que pleurs de femme ne t'ef-
meuuent, car pleurs & ris bien toft elle engendre.*

Los primeros a comer , los poftreros a hazer.
Les premiers à manger, font les derxiers à trauailler.

Los niños, de pequeños, que no ay caftigo
defpues para ellos. *Les enfans , tandis qu'ils font
petits. fup. chafties les, car apres il n'y a plus de chafti-
ment pour eux.*

Los milagros de Mahoma , para no acabar
vna efcudilla, facando vna fopa meter otra. *Los*

miracles de Mahommet, pour n'acheuer de vuider vne
escuelle, en tirant vne soupe, en remettre vne autre.

Llouerà, mas primero ventearà. *Il pleuuera,
mais premier il ventera.*

Luengo y estrecho, como año malo. *Long &
estroit, comme vne chere annee.*

Luengas platicas, hazen chica la noche. *Longs
discours, font la nuict courte. Les longs discours, font
les iours courts.*

Lumbre haze cozina. *Le feu fait la cuisine. On
ne sçauroit bien cuisiner, sans faire bon feu.*

Luna en creciente, cuernos a Oriente: Luna
en menguante, cuernos adelante. *La Lune au
croissant, à ses cornes vers l'Oriet: la Lune au decours,
les cornes en auant. i. vers l'Occident.*

M

MAyo hortelano, mucha paja y poco grano. *May iardinier, beaucoup de paille, & peu
de grain. C'est le mois de May humide.*

Mal aya el vientre, que del pan comido no se
le viene miente. *Maudite soit la pance, qui du pain
mangé n'a point de souuenance. Contre les ingrats.*

Mas vale ser necio, que porfiado. *Il vaut
mieux estre sot qu'opiniastre.*

Mas vale que sobre, que no que falte. *Il vaut
mieux qu'il y ait trop, que trop peu.*

Mas vale el arbol que sus flores, y mas tu do-
te en tierras, que no en tiras y cordones. *Mieux
vaut l'arbre que ses fleurs, & plus ton dot en terre,
que non en passemens & cordons.*

Manda y defcuyda, no fe hara cofa ninguna. *Commande, & n'aye foin, il ne fe fera rien. i. fi tu ne-gliges de faire faire ce que tu commandes.*

Madre y hija, viften vna camifa. *La mere & la fille, veftent vne chemife. i. fe reffemblent.*

Mas tiran nalgas en lecho, que bueyes en bar-uecho. *Plus tirent les feffes au lict, que les bœufs en la iachere.*

Mas vale dexar en la muerte al enemigo, que pedir en la vida al amigo. *Mieux vaut laiffer en la mort à l'ennemy, que d'en demander durant la vie à fon amy. S'entend des biens.*

Mas vale tuerto que ciego. *Mieux vaut borgne qu'aueugle.*

Mas vale gordo al telar, que delgado al mula-dar. *Mieux vaut gros au meftier, que delié fur le fu-mier. Telar, c'eft le meftier du tifferand.*

Manda y hazlo, y quitar te has de cuydado. *Commandes & le fais, & tu t'ofteras de foucy.*

Mas valen amigos en la plaça, que dineros enel arca. *Plus valent amis en la place, que l'argent au coffre. Toutesfois, argent content porte medeci-ne.*

Mas vale callar, que mal hablar. *Mieux vaut fe taire, que mal parler.*

Mas hiere mala palabra, que efpada afilada. *Plus bleffe vne mauuaife parole, qu'vne efpee afilee. Le François. Vn coup de langue, vaut pis qu'vn coup de lance.*

Mas puede Dios ayudar, que velar ni madru-gar. *Dieu peut d'auantage aider, que veiller, ny fe le-uer du matin.*

Mas valen granças de mi hera, que trigo de troxe agena. *Mieux vallent cribleures ou pailles de ma grange, que le bled du grenier d'autruy.*

Mas vale descofer, que romper. *Mieux vaut defcoudre, que defchirer.*

Mas vale buen amigo, que pariente ni primo. *Mieux vaut vn bon amy, qu'vn parent ny coufin.*

Mas vale à quien Dios ayuda, que al que mucho madruga. *Mieux vaut à qui Dieu aide, qu'à celuy qui fe leue bien matin.*

Mas vale regla, que renta. *Mieux vaut regle, que rente.*

Mas valen dos bocados de vaca, que fiete de patata. Patata es manjar preciofo de las Indias. *Mieux vallent deux morceaux de chair de bœuf, que fept de Patata. Patata eft vn manger precieux des Indes.*

Mal fe apaga el fuego, con las eftopas. *Mal fe peut efteindre le feu, auec les eftoupes.*

Madruga y veras, trabaja y auras. *Leue toy matin, & tu verras, trauaille & tu auras. Tu verras, c'eft à dire, ce que tes feruiteurs font, & comme vont tes affaires.*

Mas vale vn dia del difcreto, que toda la vida del necio. *Mieux vaut vn iour du difcret, que toute la vie de l'ignorant.*

Mas vale ganar en lodo, que perder en oro. *Mieux vaut gaigner en bouë, que perdre en or.*

Mas vale prenda enel arca, que fiador en la plaça. *Mieux vaut vn gage au coffre, qu'vn pleige en la place.*

Mas vale humo de mi cafa , que fuego de la

agena. *Mieux vaut la fumee de ma maison, que le feu de celle d'autruy.*

Matrimonio ni señorio, ni quieren furia ni brio. *Mariage ny Seigneurie, ne veulent courage ny furie. Brio, signifie viuacité de courage & gaillardise, ardeur d'esprit. i. il ne se faut pas precipiter à l'vn, ny estre seuere en l'autre.*

Mas vale verguença en cara, que manzilla en coraçon. *Mieux vaut la honte au visage, qu' vne tache au cœur.*

Mas vale vaca en paz, que pollos con agraz. *Mieux vaut du bœuf en paix, que poulets au verjus. Agraz, est icy entendu pour douleur, & amertume. Vaca, c'est chair de bœuf.*

Mas sabe el loco en su casa, que el cuerdo enel agena. *Plus sçait le fol en sa maison, que le sage en celle d'autruy.*

Mas vale paxaro en la mano, que bueytre bolando. *Mieux vaut vn passereau en la main, qu' vn vaultour volant. Paxaro se prend pour toute sorte de petits oiseaux.*

Mas quiero asno que me lleue, que cauallo que me derrueque. *I'aime mieux vn asne qui me porte, qu'vn cheual qui me iette par terre.*

Mas son los amenazados, que los acuchillados. *Plus y a de menassez, que de coutelassez. Acuchillados signifie decoupez & detaillez.*

Mas ay dias, que longanizas. *Il y a plus de iours, que de saucisses.*

Mal es, acabarse el bien. *C'est vn mal, que la fin du bien.*

Mas vale ruyn asno, que ser asno. *Mieux vaut*

auoir vn meschant asne , que d'estre asne soy-mesme.
i. que de porter le fardeau soy-mesme.

Manos duchas comen truchas. *Les mains dui-*
tes mangent des truites. Duites. i. accoustumees &
bien façonnees à pescher, c'est à dire, aux affaires.

Mas da el duro, que el desnudo. *Plus donne le*
dur, que celuy qui est nud. Le dur. i. le riche taquin &
auare.

Mas cuesta mal hazer , que bien hazer. *Plus*
couste mal faire, que bien faire.

Mal aya el romero , que dize mal de su bordon. *Mal vienne au pelerin, qui dit mal de son bour-*
don. i. qui se desprise soy-mesme.

Mas cerca estan mis dientes, que mis parientes. *Plus pres me sont mes dents, que mes parens. Le*
Fr. Ma chair m'est plus pres, que ma chemise.

Mas vale saber. que auer. *Mieux vaut sçauoir,*
qu'auoir.

Mandar, no quiere par. *Le commander, ne veut*
point de compagnon ou d'esgal.

Mas vale palmo de paño , que pedaço de al-
cornoque. *Mieux vaut demy quartier de drap , que*
vn morceau de liege. i. il vaut mieux estre plus grand,
que plus petit de corps. Parce qu'estant grand , il faut
du drap d'auantage pour s'habiller : & estant petit il
faut vn peu de liege pour se hausser.

Mas apaga buena palabra , que caldera de a-
gua. *Plus esteint vne bonne parole, qu'vne chaudron-*
nee d'eau.

Mas corre ventura, que cauallo ni mula. *Plus*
fort court l'auanture, que cheual ny mule.

Mas vale puñado de natural , que almoçada

de fciencia. *Mieux vaut vne poignee de naturel, que deux pleines mains de fcience.* Almoçada, *c'eft vne iointee.*

Mas ablanda el dinero, que palabras de ca-uallero. *Plus adoucit l'argêt, que paroles de cheualier.*

Mas vale mala abenencia, que buena fenten-cia. *Mieux vaut mauuais accord, que bonne fen-tence.*

Mas vale falto de mata, que ruego de hôbres buenos. *Mieux vaut le fault du buiffon, que la priere des gens de bien.* C'eft à dire, qu'ayant fait quelque mal, il vaut mieux fe retirer, que de fe laiffer prendre, & puis eftre en peine de prier fes amis pour interceder.

Mal me quieren mis comadres, porque les di-go las verdades. *Mal me veulent mes commeres, parce que ie leur dis les veritez.*

Mas vale perderfe el hombre, que fi es bueno perder el nombre. *Mieux vaut à l'homme de fe perdre, que de perdre fon renom, s'il eft bon.*

Mas fordo, que orejas de mercader. *Plus fourd que des oreilles de marchand.*

Mas vale rodear, que no ahogar. *Mieux vaut tourneyer, que fe noyer.*

Mas largo que el Sabado fanto. *Plus long que le Samedy fainct. Parce qu'il tarde à beaucoup ce iour-là.*

Mas vale bien holgar, que mal trabajar. *Mieux vaut fe bien repofer, que mal trauailler.*

Mas vale año tardio, que vazio. *Mieux vaut annee tardiue, que vuide.*

Mas vale que mienta yo, que los panes. *Il vaut mieux que ie mente, que les bleds.*

Mas vale pedir y mendigar, que en la horca pernear. *Il vaut mieux demander & mendier, que non pas au gibet gambiller.* ſub. *pour auoir deſrobé.*

Mas vale bien de lexos, que mal de cerca. *Mieux vaut vn bien de loing, qu'vn mal de près.*

Mal ladra el perro, quando ladra de miedo. *Mal abbaye le chien, quand il abbaye de peur.*

Mas vale pedaço de pan con amor, que gallinas con dolor. *Mieux vaut vn morceau de pain auec amour, que des poules auec douleur.*

Mas vale vn preſente, que dos deſpues, y dezir atiende. *Mieux vaut vn preſentement, que deux apres, & dire attends. Le Fr. Mieux vaut vn tiens, que deux tu l'auras.*

Mas es el ruydo, que las nuezes. *Il y a plus de bruit, qu'il n'y a de noix. Contre les vanteurs.*

Mal por mal no ſe deue dar. *Il ne faut pas vendre mal pour mal. Le Fr. Il faut faire le bien contre le mal.*

Mal ſobre mal, y piedra por cabeçal. *Mal ſur mal, & vne pierre pour cheuet. Le Fr. Mal ſur mal n'eſt pas ſanté.*

Mas vale agua del cielo, que todo el riego. *Mieux vaut l'eau du ciel, que tout arrouſement.*

Mas caga vn buey, que cien golondrinas. *Plus chie vn bœuf, que cent arondelles.*

Mas vale el ſeñero, que con ruyn cõpañero. *Il vaut mieux eſtre ſeul, que mal accompagné.*

Mas vale guardar, que demandar. *Mieux vaut eſpargner, que d'en demander. Contre les prodigues.*

Mas tiran tetas, que sogas cañameras. *Plus ti-*
rent les tetins, que cordes de chanure. Autres mettēt,
que exes ni carretas , *que essieux ny charrettes,*
Omnia vincit Amor.

Mayo, qual lo hallo, tal lo grano. *May, tel que ie*
le trouue, tel ie le grene. i. rends fertile.

Marta la piadosa, que mascaua la miel à los en-
fermos. *Marthe la pitoyable, qui maschoit le miel aux*
malades. Charité grande d'vne bigotte.

Mal que no sabe tu vezino , ganancia es para
ti mismo. *Vn mal que ne sçait tõ voisin, c'est vn gain*
pour toy mesme.

Madre piadosa, cria hija merdosa. *Mere piteuse,*
nourrit la fille breneuse.

Mas querria estar al sabor que al olor. *l'ay-*
merois mieux estre à la saueur qu'à l'odeur.

Mas vale pan duro, que ninguno. *Mieux vaut*
pain dur, que nul.

Mal ageno cuelga de pelo. *Le mal d'autruy pĕd*
à vn poil. i. ne nous importe pas de beaucoup.

Mas produze el año , que el campo bien la-
brado. *Plus produit l'annee que le champ bien labou-*
ré. i. l'annee plantureuse & bien dispofee, qui a le tēps
à souhaičt.

Mas guarda la viña el miedo, que no el viña-
dero. *La crainte garde plus la Vigne, que ne fait le*
Messier.

Mas vale fauor, que justicia ni razon. *Mieux*
vaut la faueur, que iustice ny raison.

Mas vale buelco de olla, que abraço de moça.
Mieux vaut vn tour de marmite, qu'vn embrassement
de vne fille.

Mas vale migaja de Rey, que çatico de cauallero. *Mieux vaut miette de Roy, que quignon de ge-*
tilhomme otros dizen: que merced de señor.

Maja los ajos Pedro, mientras yo rallo el queso. *Pile les aulx Pierre, tandis que ie gratte le froma-*
ge. i. que chafcun trauaille de son cofté.

Mal ladron, el mur en el çurron. *C'eſt vn mau-*
uais larrõ, que la souris en la panetiere. i. le domeſtique.

Mas vale tarde que nunca. *Mieux vaut tard que*
iamais.

Madre que cofa es cafar? hija, hilar, parir y
llorar. *Ma mere, qu'eſt-ce que marier? Ma fille, c'eſt*
filer, enfanter & pleurer.

Mas tira moça, que foga. *Plus tire ieune fille, que*
ne fait vne corde.

Medrar Gabriel, de contray à buriel. *Profiter*
Gabriel, de fin drap à bureau. i. en reculant.

Mear claro, y dar vna higa al medico. *Piſſer*
clair, & faire la figue au medecin.

Metiole las cabras enel corral. i. pufole mie-
do. *Il luy a mis les cheures en fa court, c'eſt à dire, il*
luy a fait peur.

Mas quiero pedir à mi cedaço vn pan apreta-
do, que à mi vezina preſtado. *I'ayme mieux de-*
mander à mon fas vn pain noir & ferré, qu'à ma voiſi-
ne emprunté.

Mentir Marta, como fobefcrito de carta.
Mentir Marthe, comme la fuperfcription d'vne lettre.
i. à defcouuert.

Mejor me parece tu jarro mellado, que el mio
fano. *Ton pot esbrechè me femble meilleur, que le miẽ*
fain & entier.

Mete la mano en tu feno, no diras de hado ageno. *Mets la main en ton fein , & tu ne diras rien du deftin d'autruy.* Le Fran. Cil qui d'autruy parler voudra, regarde à foy il fe taira. Cil. i. celuy.

Menos vale à las vezes, el vino que las hezes. *Moins vaut quelquefois le vin que la lie.*

Medicos de Valencia, luengas haldas y poca fciencia. *Medecins de Valence, longues robbes & peu de fcience.*

Mete el toro enel lazo, que ayna viene el pla-zo. *Mets le taureau au laqs , que promptement vient le terme.*

Mete el ruyn en tu pajar, y querer te ha here-dar. *Mets le mefchant en ton pailler, & il voudra eftre ton heritier.* Mets. i. retire.

Marido no veas , muger ciega feas. *Mary ne vois pas, femme fois aueugle.* Confeil reciproque à l'hö-me & à la femme, de n'en regarder point d'autres.

Mal me quiere y peor querra, à quien dixere la verda. *Il me veut mal, & pis voudra, celuy à qui ie diray la verité* Verda pour verdad. Veritas odium parit.

Mas mato la cena, que fanò Auicenna. *Plus en a tué le foupper, qu' Auicenne n'en a guery.* Le foupper veut dire icy la trop bonne chere.

Madre vieja y camifa rota , no es deshontra. *Vieille mere & chemife defchirée, ce n'eft pas deshon-neur.*

Mas vale meaja, que pelo de barua. *Mieux vaut vn obole, qu'vn poil de barbe.* Vn homme fans argent ne vaut guere.

Maços y cuños, todos fon vnos. *Maillets &*

coins, c'est tout vn.

Mal recaudo, perdio su asno. *Maunais soin, perdit son asne.*

Mas vale vieja con dineros, que moça con cabellos. *Mieux vaut vielle auec deniers, que ieune auec des cheueux.*

Madre y hija van a Missa, cada vna con su dicha. *Mere & fille vont à la Messe, chacune auec sa fortune.*

Março ventoso y Abril lluuioso, del buen colmenar hazen astroso. *Mars venteux & Auril pluuieux, de la bonne ruche ils en font vne meschante.* Colmenar c'est vn iardin de ruches.

Mi muger la santera, parecesele el trasero por vna estera. añade, con que estaua cubierta por falta de mortaja. *Ma femme la bigotte, on luy voit le derriere à trauers d'vn morceau de natte.* sub. *dont elle estoit couuerte à faute de suaire.*

Menea la cola el can, no por ti, sino por el pan. *Le chien remue la queue, non pas pour toy, mais pour le pain.* sub. *que tu luy donnes.*

Meter aguja, y sacar reja. *Mettre vne aiguille, & tirer vn soc de charrue.*

Mientra mas yela, mas aprieta. *Tant plus il gele, plus il estreint.*

Mientra el discreto piensa, haze el necio la hazienda. *Pendant que le discret pense, le fol fait la faciende.* Hazienda *signifie aussi, le bien & moyen de quelqu'vn.*

Mira adelante, no caeras atras. *Regarde deuāt toy, tu ne tomberas en arriere. Sois preuoyant.*

Mi comadre, el oficio de la rana, beue y parla.

Ma commere, le mestier de la grenouille, elle boit &
parle. C'est le naturel d'aucunes femmes.

Mi hijo Benitillo, antes maestro que discipulo. *Mon fils Benoist, plustost maistre que disciple.*

Mi hijo verna baruado, mas no parido ni pre-
ñado. *Mon fils viendra barbu, mais non pas ayant en-*
fanté ny gros d'enfant. Il faut retenir la fille à la mai-
son, pour le scandale qui en peut arriuer.

Mi cauallo gordo, si quiera de grano, si quiera de poluo. *Mon cheual gras, soit de grain, soit de*
poudre. i. pourueu qu'il soit gras il ne me chault pas
dequoy.

Missa ni ceuada, no estoruan jornada. *La Mes-*
se ny l'auoine, n'empeschent la iournee. i. ne la retar-
dent. L'auoine c'est la repeuë du cheual, & ceuada en
Espagnol est orge, que l'on baille aux cheuaux au lieu
d'auoine.

Miguel Miguel, no tienes abejas y vendes
miel. *Michel Michel, tu n'as point d'abeilles & si tu*
vends du miel. i. tu le desrobes.

Mira que ates, que desates. *Regarde que tu lies*
en sorte, que tu puisses deslier.

Mientras anda el yugo, ande el huso. *Tandis*
que le joug va, que le fuseau aille. Le joug signifie la
charrue. i. tandis que l'homme tranaille aux champs,
que la femme ne repose à la maison.

Miente el padre al hijo, y no el yelo al grani-
zo. *Le pere ment à son fils, mais non pas la gelee à la*
gresle. Apres la gresle suit la gelee.

Mi arca cerrada, mi alma sana. *Mon coffre fer-*
mé, mon ame saine. i. a repos.

Menguante de Enero, corta madero. *Au de-*

cours de la Lune de Ianuier, coupe le bois. i. taille les
arbres & les vignes.

Mientra en mi cafa me eſtoy, Rey me ſoy.
Pendant que ie suis en ma maison, ie suis Roy. Le Fr.
Chafcun eſt maiſtre en ſa maiſon.

Mi hijo esforçado, no me lo cerquen quatro.
Mon fils vaillant, que quatre ne l'enuironnent pas.
Ne Hercules quidem contra duos.

Mi hijo cagaduelo, pideme pepinos en Enero. *Mon petit fils breneux. i. mignard, me demande*
des concombres en Ianuier.

Mientra la grande ſe abaxa, la chica barre la
caſa. *Tandis que la grande s'abbaiſſe, la petite balaye*
la maiſon.

Moço creciente, lobo enel vientre. *Ieune en-*
fant qui croiſt, a vn loup au ventre. i. a touſiours faim.

Moça galana, calabaça vana. *Fille braue ou mi-*
gnonne, c'eſt vne calebace creuſe. i. legere & eſuentee.

Monte y rio, demelo Dios por vezino. *Mon-*
tagne & riuiere, Dieu me les donne pour voiſins.

Montes veen, paredes oyen. *Montagnes voyẽt,*
& murailles oyent. Le Fran. Les murailles ont des o-
reilles.

Moça que con viejo caſa, trataſe como an-
ciana. *Ieune fille qui ſe marie auec vn vieillard, ſe*
traite comme vne ancienne. i. comme vne vieille. Par-
ce qu'elle n'a pas la commodité de ſe veſtir mignonne-
ment, & ſi elle a des enfans à foiſon. Las galas eſcuſa-
das, los hijos a manadas. *Les braueries laiſſees, &*
des enfans à troupeaux.

Moça de meſon, no duerme ſueño con ſazon.
Fille d'hoſtellerie, ne dort point de ſomme auec ſaiſon.

i. *n'a point de repos certain.* Moça *significe auſſi vne*
ſeruante, & icy proprement.

Moça ventanera, o puta o pedera. *Ieune fille*
qui aime d'eſtre aux feneſtres, eſt putain ou peteuſe.
Pedera *eſt le meſme que* traqueadora, *qui ſignifie*
autremēt, vne qui a couru l'eſguillette, tant qu'elle n'en
peut plus.

Moço de quinze años, tiene papo y no tiene
manos. *Garçō de quinze ans, a vn mangier & n'a point*
de mains. i. *ſçait bien manger & ne ſçait rien faire.*

Mucho hablar empece, mucho raſcar eſcue-
ze. Le *Fran. Trop parler nuit, trop gratter cuit.*

Moça garrida, o bien ganada, o bien perdida.
Fille mignonne, ou bien gaignee, ou bien perdue. i. *ou*
bien ſage ou bien desbauchee.

Morcilla que el gato lleua, gandida va. *Sau-*
ciſſe que le chat emporte, eſt mangee. Gandida. i. comida. *Nous dirions en Fran. Flambee, fricaſſee ou co-*
nie.

Mollina, en caſa do no ay harina. *Petite pluye,*
en maiſon où il n'y a point de farine. Porque abaxa
el trigo quando mollina.

Moço bien criado, ni de ſuyo habla, ni preguntado calla. *Garçon bien appris, ne parle de ſoy-*
meſme, ny ne ſe taiſt eſtant interrogé.

Mucho ſabia el cornudo, pero mas el que ſe
los puſo. *Beaucoup ſçauoit le cocu ou cornard, mais*
plus ſçauoit celuy qui les luy planta. ſub. *les cor-*
nes.

Muchos ſon los amigos, pocos los eſcogi-
dos. *Pluſieurs ſont les amis, mais peu ſont les eſ-*
leuz.

Muera Marta, y muera harta. *Que Marthe
meure, mais qu'elle soit saoule. mais. i. pourueu.*

Mudase el zelo, con el pelo. *Le zele se change,
auec le poil.* Zelo.i. el amor y aficion.

Muger placera, dize de todos, y todos della.
*Femme qui va de place en place, parle de tous, & tous
d'elle.*

Mucho gasta el que va y viene, pero mas el
que reside: otros dizen: El que casa mantiene.
*Beaucoup despend celuy qui va & vient, mais plus ce-
luy qui reside. D'autres disent : Celuy qui tient maison.*

Mucho vale y poco cuesta, à mal hablar bue.
na respuesta. *Beaucoup vaut & peu couste, donner à
manuaises paroles vne bône response. Le Fr. Beau parler n'escorche langue.*

Mucho sabe el rato, pero mas el gato. *Beaucoup sçait le rat, mais bien plus le chat.*

Mucho sabe la raposa, pero mas el que la toma. *Beaucoup sçait le renard, mais plus celuy qui le
prend.*

Muchos van al mercado, cada vno con su hado. *Plusieurs vont au marché, chacun auec son destin
ou fortune.*

Muchos ajos en vn mortero, mal los maja vn
majadero. *Plusieurs aulx en vn mortier, mal les peut
piler vn pilon.*

Muchos amigos en general, y vno en espe-
cial. *Plusieurs amis en general, & vn en especial. i. en
particulier.*

Mucho pide el loco, mas loco es el que lo da.
Le fol demâde beaucoup, plus fol est celuy qui le donne.
                                                    Vn sol

Vn fol ne perd rien pour demander.

Muchos befan manos, que querrian ver cortadas. *Plufieurs baifent des mains, qu'ils voudroient voir coupées.*

Mudar los dientes, y no las mientes. *Muer les dents, & non la memoire ou les penfées. i. le naturel.*

Mudafe el tiempo, toma otro tiento. *Le temps fe change, prens vne autre refolution. Tiento fignifie iugement, difcretion, taftement, fonde, vifée, deffein.*

Mudado el tiempo, mudado el penfamiento. *Le temps changé, la penfée eft changée.*

Mudança de tiempos, bordon de necios. *Changement de temps, entretien de fots & ignorans. Parce qu'à la premiere rencontre ils parlent du temps, s'il eft beau ou laid, faute de meilleur difcours.*

Muerta es la abeja, que daua la miel y la cera. *Morte eft l'abeille, qui donnoit le miel & la cire.*

Muger viento y ventura, prefto fe muda. *Femme, vent, & fortune, toft fe changent.*

Muger fe quexa, muger fe duele, muger enferma quando ella quiere. *Femme fe plaint, femme fe deult, femme eft malade quand elle veut. Le François y adioufte: Et par madame faincte Marie, quand elle veut elle eft guerie.*

Muger de cinco fueldos, marido de dos meajas. *Femme de cinq fols, mary de deux oboles. Le Fr. Vn homme de paille, vaut vne femme d'or.*

Muger cafera, el marido fe le muera. *Femme mefnagere, que fon mary luy meure: parce qu'eftant veufue, elle ne manquera point de party.*

Muger aluendera, los difantos hilandera.

I

Femme qui trotte & raude çà & là, les iours ouura-
bles, aux Festes est filandiere.

Muera, muera, que hombre muerto no haze
guerra. *Meure, meure, car vn homme mort ne fait*
point de guerre. Le Fr. Plus de morts, moins d'ennemis

Mula que haze hin, y muger que parla Latin,
nunca hizieron buen fin. *Vne mule qui fait hin,*
& femme qui parle Latin, iamais ne firent bonne fin.
Le Fr. Soleil qui luisarne au matin, femme qui parle
Latin, & enfant nourry de vin, ne viennent point à
bonne fin.

Mundo redondo, quien no sabe nadar va se à
lo hondo. *Le monde est rond, qui ne sçait nager va*
au fond.

Muy mal està el huso, quando la barua no anda de suso. *Voyez:* Con mal està el huso.

N

Nace en la huerta, lo que no siēbra el hortelano. *Il croist au iardin, chose que le iardi-*
nier n'y seme pas.

Nadie seria mesonero, si ne fuesse por el dinero. *Personne ne seroit hostelier, si ce n'estoit pour*
le denier: à cause qu'il y faut bien du soing & de la pei-
ne.

Nadar y nadar, y à la orilla ahogar. *Nager &*
nager, & au bord se noyer.

Nauidad en viernes, siembra do pudieres. En
Domingo, vende los bueyes y echalo en trigo.
Noel au Vendredy, semes par où tu pourras: Au Di-
enanche, vends les bœufs, & employes l'argēt en bled.
Le premier signifie sterilitè, & le second abondance.

Necios y porfiados, hazen ricos los letrados.

Les fols & opiniaſtres, ſont riches les Aduocats.

Nieue en Hebrero, haſta la hoz el tempero.
Neige en Feurier, inſques à la faucille, tient la ſaiſon bonne & bien diſpoſee.

Ni cama ſin cabeçales, ni tintero ſin cenda-les. *Ni lict ſans cheuet, ni encrier ſans cëdal ou cotton.*

Ni vieja caſtigues, ni çamarro eſpulgues. *Ne chaſtie vne vieille, ni n'eſpluche ou eſpucette vn pelliſſon.*

Ni creas en ynuierno claro, ni en verano ñublado. *Ne croy pas à l'Hiuer clair, ni à l'Eſté plein de nuees.*

Ni à rico deuas, ni à pobre prometas. *A vn riche ne luy dois rien, & ne promets point à vn pauure. Car le riche te peut contraindre, & le pauure s'attend à ta promeße.*

Ni de eſtiercol buē olor, ni de hōbrevil honor. *Ni de ſiente bonne odeur, ny d'vn hōme vil honneur.*

Ni caſa en canton, ni cabe meſon. *Ni maiſon en coin, ny pres d'vne hoſtellerie.*

Ni domes potro, ni tomes conſejo de loco. *Ne domptes poulain, ny ne prends conſeil de ſol. Parce qu'il y a du hazard à tous deux.*

Ni rio ſin vado, ni linage ſin malo. *Il n'y a riuiere ſans gué, ny race ſans meſchant.*

Necio es, quien pienſa que otro no pienſa. *Sot eſt celuy, qui penſe qu'vn autre ne penſe pas.*

Ni dueña ſin eſcudero, ni fuego ſin trafogue-ro. *Ni dame ſans eſcuyer, ni feu ſans contre-feu.*

Ni mozo dormidor, ni gato maullador. *Ni garçon dormeur, ni chat miauleur.*

Ni hagas huerta en ſombrio, ni edifiques

cabc rio. *Ne fais iardin en ombrage, ny ne baſtis pres de riuiere.*

Ni moço goloſo, ni gato cenizoſo. *Ny garçon gourmand, ny chat cendrier.*

Ni Antruejo ſin Luna, ni feria ſin puta, ni piara ſin artuña. *Ny Careſme-prenant ſans Lune, ny foire ſans putain, ny troupeau ſans brebis, à laquelle l'aigneau eſt mort. Artuña, c'eſt la brebis qui ayát aigneté tout fraiſchement, ſon aigneau luy meurt. Piara, c'eſt vn troupeau de trois cens brebis.*

Ni perder derechos, ni lleuar cohechos. *Ne faut perdre ſes droiſts, ny faire concuſſions.*

Ni fies, ni porfies, ni arriendes, viuiras entre las gentes. *Ne bailles à credit, ne t'opiniaſtres, ny ne prends à rente, & tu viuras entre les gens.*

Ni comendon bien cantado, ni hijo de clerigo bien criado. *Ny poſtcommunion bien chanté, ny enfant de Preſtre bien nourry. i. bien appris.*

Ni firmes carta que no leas, ni beuas agua que no veas. *Ne ſignes ou ſoubſcris lettre que tu ne la liſes, ny ne bois eau que tu ne voyes.*

Ni tan hermoſa que mate, ni tan fea que eſpante. *Ny tant belle qu'elle tuē, ny tant laide qu'elle eſpouuente. i. ne prens femme de telle ſorte, ains prens la mediocre.*

Ni los ojos à las cartas, ni las manos à las arcas. *Ny les yeux aux lettres, ny les mains aux coffres.* ſup. *d'autruy.*

Ni todos los que eſtudian ſon letrados, ni todos los que van à la guerra ſoldados. *Tous ceux qui eſtudient, ne ſont Aduocats, ny tous ceux qui vont à la guerre ſoldats.* Letrado, *proprement ſignifie vn*

Aduocat,& lors il est nom substantif: mais Letrado
*adiectif, veut dire lettré & docte, & quelques-vns
pour Aduocat disent,* Letrado en derechos.

Ni mesa sin pan, ni exercito sin capitan. *Ny
table sans pain, ny armee sans capitaine.*

Ni mesa que se ande, ni piedra enel escarpe.
*Ny table qui se recule, ny pierre dans l'escarpin. Parce
que l'vn & l'autre sont importuns.*

Ni comas crudo, ni andes el pié desnudo. *Ne
manges rien de crud, ny ne t'en vas pied nud.*

Ni frayle en bodas, ni perro entre las ollas. *Ny
moine aux nopces, ny chien entre les pots ou marmi-
tes.*

Ni tan vieja que amule, ni tan moça que re-
toçe. *Ny tant vieille qu'elle torde la bouche, ny tant
icune qu'elle folastre. Amular, c'est tordre la bouche
comme font les vieilles en mangeant.*

Ni estopa con tizones, ni la muger con varo-
nes. *Ny l'estoupe auec les tisons, ny la femme auec les
hommes: on pourroit dire, garsons, pour respondre aucunement à ce mot, tisons.*

Ni pollos sin tocino, ni Sermon sin Augusti-
no. *Ni poulets sans lard, ni Sermon sans sainct Au-
gustin. i. ne sont bons ni assaisonnez.*

Ni puta ni paje, de baxo linage. *Ni putain ni
page, de bas lignage. Parce que l'vn & l'autre se vante
tousiours d'estre de grande maison.*

Ni asno rebuznador, ni hombre rallador. *Ni
asne brayard, ni homme criard.*

Ni absente sin culpa, ni presente sin des-
culpa. *Il n'y a absent sans coulpe, ny present sans
excuse.*

Ni fies en villano, ni beuas agua de charco.
Ne te fies en vilain, ni ne bois eau de mareft.

Ni compres mula coxa, penfando que ha de
fanar:ni te cafes con puta, pêfando que fe ha de
emendar. *N'achepte point vne mule boiteufe, pen-*
fant qu'elle fe doine guerir : vi ne te maries auec vne
putain, penfant qu'elle fe doine amander.

Ni el anzuelo, ni la caña, mas el ceuo las engaña. *Ni l'hameçon, ni la ligne, mais l'amorce eft ce*
qui les trompe.

Ni para buenos cumple ganar, ni para malos
dexar. Entiende los hijos. *Il n'eft conuenable de*
gagner pour ceux qui font bons, ni laiffer pour ceux qui
font mauuais. C'eft à dire, qu'il ne fe faut pas trauail-
ler d'acqnerir des biens, pour les enfans qui font bons:
Parce qu'eftâs tels, ils ne font iamais delaiffez, ni auffi
pour les mauuais, d'autant qu'ils en abufent.

Ni Rey traydor, ni Papa defcomulgado. *Il*
n'y a point de Roy trahiftre, ni de Pape excommu-
nié.

Ni firuas à quien firuio, ni pidas à quien pi-
dio. *Ne fers à celuy qui a feruy autresfois, & ne de-*
mandes à celuy qui en a demandé.

Ni merques de ladron, ni hagas fuego de carbon. *N'acheptes d'vn larron, & ne fais feu de char-*
bon.

Ni de niño te ayuda, ni te cafa con biuda. *Ne*
prends l'aide d'vn petit enfant, ni ne te maries auec
vne veufue.

Ni caualgues en potro, ni tu muger alabes a
otro. *Ne cheuauches vn ieune poulain, ni ne loües pas*
ta femme en prefence d'autruy.

Ni des confejo à viejo, ni efpulgues çamarro prieto. *Ne donnes confeil à vn vieillard, ni n'efpucetes vn pelliſſon noir.*

Ni de eſtopa buena camiſa, ni de puta buena amiga. *Ni d'eſtouppe bonne chemiſe, ni de putain bonne amie.*

Ni vo ni vengo, mas qual feſo tuue, tal caſa tengo. *Ie ne vay ni ne vien, mais quel entendement i'ay eu, telle maiſon i'ay. Seſo ſignifie ſens & entendement.*

Ni mi era, ni mi ciuera, trille quien quiſiere en ella. *Ni mon aire, ni mon bled, batte qui voudra. Era s'eſcrit auſſi hera. Ciuera ſe prend pour le froment.*

Ni viña en bajo, ni trigo en caſcajo. *Ni vigne en vn lieu bas, ny bled en grauier.*

Ni moço pariente ni rogado, no lo tomes por criado. *Ieune garçon parent ni prié, ne le prends pour ſeruiteur: prié, veut dire, pour qui on t'a prié, ou que l'on t'a recommandé.*

Ni con cada mal al Phiſico, ni con cada pleyto al lettrado, ni con cada fed al jarro. *Ni auec tout mal au Medecin, ni auec tout procez à l'Aduocat, ni auec toute ſoif au pot. i. tu n'iras pas.*

Ni pernada de potro, ni raſcadura de vn piè con otro. *Ni gambade ou ruade de poulain, ni frottement d'vn pied contre l'autre.*

Ni frayle por amigo, ni clerigo por vezino. *Ni Moine pour amy, ni Preſtre pour voiſin. ſup. no tengas, n'ayes pas.*

Niebla de Março, agua en la mano o elada en

Mayo. *Brouillat de Mars, eau tout promptement, ou gelee en May.*

Ni de lagrimas de puta , ni de fieros de rufian. *Ni delarmes de putain, ni de brauades de rufien. i. ne te soucies pas.*

Ni el pie en la losa, ni creas en hermosa. *Ni le pied au tresbuchet, ni ne crois pas d vne belle.*

Ni de las flores de Março, ni de la muger sin empacho. *Ni des fleurs du mois de Mars, ni de femme sans honte. i. n'en fais estat.*

Ni moça de mesonero, ni costal de carbonero. *Ni chambriere d'hostelier, ni sac de charbonnier.*

Ni olla sin tocino, ni boda sin tamborino. *Ni marmite sans lard, ni nopces sans tabourin.*

Ni vayas contra tu Ley, ni contra tu Rey. *Ne vas contre ta Loy, ni contre ton Roy.*

Ni vn dedo haze mano, ni vna golodrina verano. *Ni vn doigt fait la main, ni vne arödelle l'Esté.*

Ni trigo de valle, ni leña de solombrio, lo vendas à tu amigo. *Ni bled de vallee, ni bois de lieu ombrageux, ne le vends à ton amy.*

Ni yerua enel trigo , ni sospecha enel amigo. *Ni mauuaise herbe parmy le bled, ni soupçon en l'amy.*

Ni Sabado sin Sol, ni moça sin amor, ni viejo sin dolor. *Ni Samedy sans Soleil, ni fille sans amour, ni vieillard sans douleur. i. ne se void.*

Ni el embidioso medrò, ni quien cabe el morò. *Ni l'ennieux n'a profité, ni celuy qui pres de luy a demeuré.*

Ni al cauallo corredor, ni al hombre rifador, duro mucho el honor. *Ni au cheual coureur , ni à l'homme rioteux, n'a gueres duré l'honneur.* Rifador, *signifie rioteux, rechigné, grongneur, & noiseux.*

Ni à la muger que llorar, ni al perro que
mear. *Ni à la femme dequoy pleurer, ni au chien que*
pisser. i. ne manque iamais.

Ni houero ni rosillo, ni alazan ni morzillo.
Ni aubere, ni moucheté, ni alzan, ni moreau. Rosil-
lo, c'est le cheual qui a la teste mouchetee.

Ni olla descubierta, ni casa sin puerta. *Ni*
marmite descouuerte, ni maison sans porte. i. ne doit
estre.

Ninguno traya engaño, que no faltara quien
le arme lazo. *Que personne n'apporte de tromperie,*
car il ne manquera pas qui luy tende vn laqs.

Ni ay rodeo sin desseo, ni atajo sin trabajo. *Il*
n'y a tournoyement sans desir, ni addresse ou accourcis-
sement de chemin sans trauail.

Ni çapatero sin dientes, ni escudero sin parientes. *Ni Cordonnier sans dents, ni escuyer sans*
parents.

Ni ruyn letrado, ny ruyn hidalgo, ni ruyn
galgo. *Ni meschant aduocat, ni meschant gentilhom-*
me, ni meschant leurier.

Ni espero ni creo, sino lo que veo. *Ie n'espere*
ni ne croy, sinon ce que ie voy. Entiende en las cosas desta vida, que reciben continua mudança.
Entens des choses de ce monde, qui sont tousiours
muables.

Ni por casa, ni por viña, no tomes muger xi-
mia. *Ni pour maison, ni pour vigne, ne prens*
femme singesse. i. laide & contrefaite comme vn mar-
mot.

Ni por collejo ni por consejo, no desates tu

vencejo. *Ni pour assemblee ni pour conseil, ne destics ton lien.* Vencejo c'est vne har ou lien. i. *ne te desfais pas de ce qui t'est necessaire, pour quelque raison qu'on te puisse alleguer.*

Ni mueras en mortandad, ni juegues en Na-nidad. *Ne meurs en temps de mortalité, ni ne toues à la feste de Noel.* Porque no se puede hazer bien la cosa, en que muchos entreuienen: *parce qu'on ne peut bien faire ses affaires, quand il y a de la presse.*

Ni pesca cabo rio, ni viña cabo camino. *Ni pescherie pres de riuiere, ni vigne pres d'vn chemin. Pesca se doit entendre pour vn estang ou viuier.*

Ni vendas à tu amigo, ni del rico compres trigo. *Ne vends à ton amy, ni du riche n'acheptes bled, parce que d'vn costé il te le faudra bailler à bon marché, & de l'autre l'achepter bien cher.*

Ni hagas del queso barca, ni del pan S. Barto-lome. *Ne fais du fromage vne barque, ny du pain S. Barthelemy. i. ne creuses pas l'vn, & n'escroutes pas l'autre, comme fait le friand.*

Ni al gastador que gastar, ni al lazerado que endurar. *Ni au despensif que despendre, ni au misera-ble qu'endurer, i. il ne manque point.*

Ni comas mucho queso, ni de moço esperes seso. *Ne manges trop de fromage, ny de ieune garçou attends du sens.*

Ni te abatas por pobreza, ni te enfalces por riqueza. *Ne t'auilis pour paunreté, ni ne t'enorgueil-lis de richesse.*

Ni mandes al viejo el bollo, ni al moço su consonante. *N'ordonnes au vieillard le biscuit, ni au ieune garçon ce qui luy conuient. i. ce qu'il ai-*

me. Bollo , *c'est vn petit pain long fait comme le biscuit.*

Ni baruero mudo, ni cantor sesudo. *Ni barbier muet, ni chantre discret. Sesudo signifie vn homme de bon entendement & auisé.*

Ni à todos dar, ni con necios porfiar. *Ni à tous donner , ni auec sols contester. i. il ne faut pas.*

Ni fies muger de frayle, ni barajes con Alcayde. *Ne fies ta femme à vn moyne , ni ne ioues aux cartes auec vn Chastelain. Barajar signifie mesler les cartes & en iouer : & il se prend aussi pour noiser & quereller, où plaider , qui peut estre icy sa signification, & en effect veut dire, qu'il ne faut rien auoir à desmesler auec vn grand.*

Ni en mar tratar, ni à muchos fiar. *Ne trafiquer sur la mer, ni bailler à credit à plusieurs.*

Ni mal sin pena, ni bien sin galardon. *Ni malfaict sans peine, ny bienfaict sans recompense.*

Ni amistad con frayle, ni con monja que te ladre. *Ni amitié auec Moine, ni auec nonne qui t'abbaye. i. qui te demande.*

Niña y viña, y peral y hauar, malos son de guardar. *Fille & vigne, iardin de poiriers, & champ de febues, sont mauuais à garder.*

Ni compres de regaton, ni te descuydes en meson. *N'acheptes de regratier, & ne sois nonchalät estant en l'hostelerie.*

Ni muger sin tacha, ni mula sin raça. *Ni femme sans tache, ni mule sans quelque defaut.*

Ni carbon ni leña, no compres quando yela. *Ni charbon ni bois, ne l'acheptes quand il gele. i. fais en prouifion de bonne heure & deuant qu'il face froid.*

Ni tu lino en tocas, ni tu pan en tortas. *N'employes ton lin en couurechefs, ni ton pain en tourteaux, ou gafteaux.*

Ni muger de otro, ni coce de potro. *Ni femme d'autruy, ni coup de pied de poulain.*

Ni duermas en prado, ni paffes vado. *Ne dors en pré, ni ne paffes le gué.*

Ni beuas de laguna, ni comas mas de vna azeytuna. *Ne bois point d'eau de lac ou mare, ni ne manges pas plus d'vne oliue.*

Ni compres majada, ni viña defmamparada. *N'acheptes loge ni vigne abandonnèe. Majada, c'eft Vne loge de berger, ou la bergerie.*

Ni comunicanda bien cantada, ni manceba de clerigo, mal tocada. *Ni poftcommunion bien chantée, ni garce de Preftre mal coiffee.*

Ni boda fin canto, ni mortuorio fin llanto. *Ni nopce fans chant, ni mortuaire fans pleurs.*

Ningun dia malo, muerte temprano. *Nul mauuais iour, mort haftiue & de bonne heure. Ceux qui ne font point maladifs, meurent ordinairement de bonne heure, s'ils tombent vne fois malades.*

Ni fobre Dios feñor, ni fobre negro ay color. *Par deffus Dieu n'y a point de feigneur, ni par deffus le noir point de couleur.*

Ni en tu cafa galgo, ni à tu puerta hidalgo. *Ni en ta maifon leurier, ni à ta porte gentil-homme.*

Ni en Ynuierno fin capa, ni en Verano fin calabaça. *Ni en Hyuer fans cappe, ni en Efté, fans calebace. Otros dizen al reues. Autres difent au*

*contraire:*Ni en Verano fin capa, &c. Et y a *p^.c*
d'apparence que c'eſt mieux dit.

Ni de taſcos buena camiſa, ni de putas buena
amiga. *Voyez:*Ni de eſtopa,&c.

Ni à la puta por llorar,ni al ruſian por jurar.
ſub. creas. *Ni à la putain pour pleurer,ni au ruſſien*
pour iurer,ne leur crois pas.

Ni moça fea,ni obra de oro que toſca ſea. *Ni*
icune fille laide,ni ouurage d'or qui ſoit groſſier.

Nieblas en alto, aguas en baxo. *Brouillats en*
haut,eaües en bas. Si le brouillat monte il retombe en
pluye.

No caua de coraçon, ſino ſu dueño del hu-
ron. *Il ne fouyt point de bon cœur, ſinon le maiſtre du*
furon. ſup. lors qu'il demeure au terrier,*& qu'il n'en*
peut ſortir.

No falte voluntad,que no faltara lugar. *Qu'il*
ne manque point de volonté, car de loiſir il n'en man-
quera pas. Lugar*ſignifie lien & loiſir.*

No ay muerte,ſin achaque. *Il n'y a mort ſans*
*achoiſon.*i. ſans ſubieƈt ou cauſe.

No es villano el de la villa, ſino el que haze
la villania. *Celuy n'eſt pas vilain qui eſt du village,*
mais celuy qui fait la vilainie.

No dexes los pellejos, haſta que vengan los
Galileos. *Ne laiſſes les peliſſons iuſques à tant que*
*les Gallileens viennent.*i. El dia de la Aſcenſion,*le*
iour de l'Aſcenſion,auquel on chante à l'Introïte de la
meſſe: Viri Galilei quid admiramini, &c.

No haze poco, quien ſu mal echa à otro. *Ce-*
luy-là ne fait pas peu, qui baille ſon mal à vn autre.

No ay ladron ſin encubridor. *Il n'y a point de*

larron fans recelour.

No es tan brauo el Leon como le pintan. *Le Lyon n'eft pas fi furieux qu'on le peint.*

No pueden al afno, bueluenfe al aluarda. *Ils ne peuuent rien faire à l'afne, ils fe prennent à fon baft. Ou autrement : Ils ne peuuent aborder l'afne, ils s'addreffent au baft.*

No al moco, mas donde cuelga. *Non pas au morneau, mais où il pend.* Que algunas cofas fon honrradas por cuyas fon, no por ellas. i. *Il ne faut pas auoir efgard à la chofe, mais à celuy à qui elle appartient.*

No ay boda, fin tornaboda. *Il n'y a point de nopces, fans banquet apres icelles.* i. *fans lendemain.*

No cries hijo ageno, que no fabes fi te faldra bueno. *Ne nourris enfant d'autruy, car tu ne fçais s'il reufcira bien.*

No compres afno de recuero, ni te cafes con hija de melonero. *N'acheptes point d'afne d'vn muletier, ni ne te maries auec la fille d'vn tauernier. Recuero, c'eft vn muletier & afnier tout enfemble: car il meine des afnes & des mulets.*

No ay tal hechizo, como el buen feruicio. *Il n'y a tel enchantement, comme le bon feruice.*

No yerra, quien à los fuyos femeja. *Celuy n'erre point, qui reffemble aux fiens.*

No digo quien eres, que tu te lo diras. *Ie ne di pas qui tu es, car tu le diras bien toy-mefme.*

No ay fecreto, que tarde o temprano no fea defcubierto. *Il n'y a fecret, qui toft où tard ne foit defcouuert.*

No fagas enemiga, que no faltara quien te la diga. *Ne fais point d'ennemie, car il ne te manquera pas qui te l'appelle.* fub. ennemie.

No te dire que te vayas, mas harete obras con que lo hagas. *Ie ne te diray pas que tu t'en ailles, mais ie te feray chofe pourquoy tu le faces.*

No juego à los dados, mas hago otros peores baratos. *Ie ne ioue point aux dez, mais ie fais bien de pires marchez.*

No te entremeter, en lo que no te atañe hazer. *Ne t'entremets, en ce qui ne t'appartient de faire.*

No fe cueze trucho, fin conducho. *On ne cuit pas la traitte fans conduitte. i. fans auoir dequoy y faire la faulce, qui eft de l'argent: metaphore prinfe de la guerre, où conducho fignifie argent & commiffion pour leuer gens de guerre.*

No ay fantita, fin redomita. *Il n'y a petite fainte, fans fa petite fiole. Le Fr. Il n'y a fi petit fainct qui ne vueille auoir fa chandelle, ou qui n'ait fa chandelle.*

No dize el vmbral, fino lo que oye al quicial. *Le fueil ne dit rien, finon ce qu'il oit dire au gond où piuot.*

No es por el hueuo, fino por el fuero. *Ce n'eft pas pour l'œuf, mais pour le droict.*

No vienen frieras, fino à ruynes piernas. *Les mules ne viennent, finon aux mefchantes iambes. Friera o fauañon, c'eft la mule qui vient ordinairement aux talons.*

No es regla cierta, pefcar con vallefta. *Ce n'eft pas reigle certaine, pefcher auec l'arbalefte,*

No se nada, mas pongome mi perigallo. *Ie ne fçay rien, mais ie mets mon domino. i. mon coqueluchon.* Perigallo. *c'est le* Papahigo.

No ay Regina, sin su vezina. *Il n'y a point de Royne, sans sa Voisine.* Que no auria grande, si no ouiesse pequeños. *Il n'y auroit point de grands, s'il n'y auoit des petits.*

No ay peor sordo, que el que no quiere oyr. *Il n'y a pire sourd, que celuy qui ne veut pas ouyr.*

No estè la tienda, sin alheña. *Que la boutique ne soit pas sans oignement à oindre les cheueux.* Alheña. *est ansi la matiere dequoy on teint les crins, & les queues des cheuaux.*

No entre en tu casa, quien ojos aya. *Qu'il n'être point en ta maison, personne qui ayt des yeux, afin qu'il ne voye ce qu'on y fait, & qu'il le diuulgue par apres.*

No tiempla cordura, lo que destiempla ventura. *La sagesse n'accorde pas, ce que la fortune desreigle.*

No te Dios mas mal, que muchos hijos y poco pan. *Que Dieu ne t'enuoye point plus de mal, que beaucoup d'enfans, & peu de pain.*

No son todos hombres, los que mean à la pared. *Ce ne sont pas tous hommes, ceux qui pissent contre les murailles.*

No ay mayor duelo, que el del alma y del cuerpo. *Il n'y a point de plus grand dueil, que celuy de l'ame & du corps.*

No ay peor burla, que la verdadera. *Il n'y a pire mocquerie que la veritable.*

No con quien nasces, sino con quien pasces.

Non

Non auec qui tu nais, mais auec qui tu repais. i. regar-
de bien.

No auria mala palabra, si no fuesse mal toma-
da. *Il n'y auroit point de mauuaise parole, si elle n'e-*
stoit mal prise. Il faut considerer l'intention.

No basta ser bueno, sino parecerlo. *Il ne suffit*
pas d'estre homme de bien, mais il le faut faire paroi-
stre.

No ay mejor espejo, que el amigo viejo. *Il n'y*
a meilleur miroir, que le vieil amy.

No ay tal hijo, como el nascido. *Il n'y a point*
de tel enfant, comme celuy qui est nay de nous.

No metas las manos entre dos muelas mola-
res, que te prenderan los pulgares. *Ne mets les*
mains entre deux meules de moulin, car elles te pren-
dront ou serreront les poulces.

No se haze la boda de hongos, sino de buenos bollos redondos. *On ne fait pas nopces de chã-*
pignons, mais de bons gasteaux, ou pains rõds. Autres
mettent ducados, au lieu de bollos.

No se hazen las bodas, de hongos à solas. *Les*
nopces ne se font, de seuls champignons.

No salio essa saeta, de essa aljaua. *Ceste flesche*
n'est sortie de ce carquois. Cela n'est pas de son creu.

No digas mal de año, hasta que sea passado.
Ne dis mal de l'annee, tant qu'elle soit passee.

No ay mayor mal, que el descontento de ca-
da qual. *Il n'y a point de plus grand mal, que le mes-*
contentement d'vn chascun.

No son todos los dias yguales. *Les iours ne sont*
pas tous esgaux. Le Fr. Les iours s'entresuiuent, mais
il ne s'entre-ressemblent pas.

K

No de ojos que lloran, sino de manos que laboran. sup. se ha de remediar el pobre. *Non pas auec des yeux qui pleurent, mais auec des mains qui labeurent. sup. il faut que le pauure remedie à soy par labeur, & non par larmes ou plaintes.*

No cabiamos al fuego, y vino mi suegro. *Nous ne pouuions tous aupres du feu, & si mon beau-pere est suruenu. i. nous estions desia assez sans luy.*

No se acuerda la suegra, que fue nuera. *La belle-mere, ne se souuient pas qu'elle a esté bru.*

No es de vero, lagrimas en la muger, ni coxquear enel porro. *Ce n'est tout à bon, des larmes à la femme, & clocher au chien.*

No ay tal razon, como la del baston. *Il n'y a point de telle raison, comme celle du baston.*

No ay tal doctrina, como la de la hormiga. *Il n'y a telle doctrine, comme celle de la fourmy. Parce qu'elle fait tousiours prouision en Esté pour l'Hiuer.*

No te hinchas, y no rebētaras. *Ne t'emplis pas, & tu ne creueras.*

No tomes espanto, sino del pecado. *Ne t'espouuantes de rien, que du peché.*

No ay tal madre, como la que pare. *Il n'y a point de telle mere, comme celle qui a porté l'enfant.*

No ay tal regaçada, como la del arada. *Il n'y a telle gironnee, comme celle du labourage.*

No dize el moçuelo, sino lo que oyo tras el fuego. *Le petit enfant ne dit, que ce qu'il a ouy dire derriere le feu. i. aupres du feu.*

No nacio el pollo, para si solo. *Le poulet, n'est pas né pour soy seulement.*

No ſaques eſpinas , donde no ay eſpigas. _Ne_
tires des eſpines , où il n'y a point d'eſpics: ne tires. i.
n'arraches. Ne trauaille ſans eſperance de profit.

No te alargues à hablar, ſin que preceda el
penſar. _Ne t'aduances pas de parler , ſans que pre-_
cede le penſer. Penſe à ce que tu veux dire.

No ay caſa harta, ſino donde ay corona ra-
pada. _Il n'y a point de maiſon ſaoule, ſinon là où il y a_
vne couronne raſee.

No es tan grueſſa la gallina, que no aya meneſter à ſu vezina. _Il n'y a ſi graſſe geline , qui n'ait_
beſoin de ſa voiſine.

No da quien quiere, ſino quien tiene. _Il ne_
donne pas qui veut , mais qui a dequoy. Autre-
ment.

No da quien tiene, ſino quien bien quiere.
Ne donne pas qui a dequoy, mais qui bien aime.

No es aquella gallina buena , que come en tu
caſa, y pone en la agena. _Celle poulle n'eſt pas bon-_
ne, qui mange en ta maiſon , & pond en celle d'au-
truy.

No es la miel , para la boca del aſno. _Le miel_
n'eſt pas pour la bouche de l'aſne.

No ſoy rio, para no boluer à tras. _Ie ne ſuis_
pas riuiere, pour ne point retourner en arriere. i. _pour_
ne me point deſdire, ou rauiſer, ſi le cas y eſchet.

No llueue, como atruena. _Il ne pleut pas, com-_
me il tonne.

No es mucho que pierdas tu derecho, no ſa-
biendo hazer tu hecho. _Ce n'eſt pas beaucoup que_
tu perdes ton droict, ne ſçachant faire ton faict.

No todas vezes, pan y nuezes. _Non à chaſ-_

que fois du pain & des-noix.

No hazella, y no temella. *Ne la faire, & ne la craindre point.* Autrement:

No la hagas, y no la temas. *Ne la fais, & ne la crains.* sup. *la faute & la punition.*

No ay cafa harta, do rueca no anda. *Il n'y a point de maifon faoule, où la quenouille ne va point.* i. *fi on n'y trauaille, ou s'il n'y a vne femme pour bien mefnager.*

No ay mal fin bien, cata para quien. *Il n'y a mal fans bien, mais regarde pour qui.*

No ay quien haga mal, que defpues no lo venga à pagar. *Il n'y a nul qui face mal, qu'apres il ne vienne à le payer.* i. *à en eftre puny.*

No herir ni matar, no es couardia, fino buen natural. *Ne frapper ni tuer, ce n'eft pas couardife, mais vn bon naturel.*

No feras amado, fi de ti folo tienes cuydado. *Tu ne feras aimé, fi tu n'as foin que de toy feulement.*

No conforma, con el viejo la moça. *La ieune fille, ne conuient pas au vieillard.*

No me digas oliua, hafta que me veas cogida. *Ne m'appelles point oliue, que tu ne me voyes cueil-lie.*

No ruegues à muger en cama, ni à cauallo enel agua. *Ne pries point vne femme au lict, ni vn cheual en l'eau.*

No es buena habla, la que todos no entieden. *Ce n'eft pas bon langage, celuy que tous n'entendent.* i. *il ne faut point parler ambiguement, ny auffi grom-mer entre fes dents.*

No ay olla tan fea, que no halle fu cobertera.

Il n'y a marmite si laide, qui ne trouue son couuercle.

No haze poco quien su casa quema, espanta los ratones, y se escalienta à la leña. *Celuy ne fait pas peu qui brusle sa maison, il espouuente les souris, & se chauffe du bois.*

No hables sin ser preguntado, y seras estimado. *Ne parle sans estre interrogé, & tu seras estimé.*

No ay mejor bocado, que el hurtado. *Il n'y a meilleur morceau, que celuy qui est desrobé.*

No nasció, quien no erró. *Nul n'est nay qui n'ait failly.* Nemo sine crimine viuit.

No ay hombre sin nombre, ni nombre sin renombre. *Il n'y a homme sans nom, ni nom sans renom.*

No te sobre que te quiten, ni falte para que pidas. *N'en ayes tant de reste que l'on t'en oste, ni n'en ayes si peu qu'il t'en faille demander. i. de moyens.*

No come mi tia, y caga cada dia. *Ma tante ne mange point, & chie tous les iours.*

No te metas en contienda, no te quebraran la cabeça. *Ne te mets point en debat, & on ne te rompra point la teste.*

No veas mi fuego, y no veras que lo cuego. *Ne vois pas mon feu, & tu ne verras ce que ie cuis.*

No ay tal caldo, como el çumo del guijarro. *Il n'y a point de tel chaudeau, comme le suc du caillou. i. agua. de l'eau, mais il faut entendre de roche.*

No veo manca, que no hiziesse manta, si tuuiesse lana. *Ie ne voy point de manchotte, qui ne feist bien vne couuerture, si elle auoit de la laine.*

No engendra confciencia, quien no tiene verguença. *Celuy n'engendre confciece,qui n'a point de honte.*

No quiebra delgado, fino gordo y mal hilado. *Le d.lie ne rompt pas,mais le gros & mal filé.*

No ay cofa que tanto afga, como la çarça. *Il n'y a rien qui happe tant,comme la ronce.*

No fio nada, hafta mañana. *Ie ne prefte rien, iufqves à demain.*

No pefques con anzuelo de oro,ni caualgues en potro nouo, ni tu muger alabes à otro. *Ne pefches auec vn hameçon d'or, ne cheuauches vn ieune cheual, ni ne loües ta femme à vn autre.* Pefcar con anzuelo de oro, *s'entend icy obtenir quelque chofe par argent, en fubornant quelqu'vn:auffi de pefcher a-uec vn hameçon d'or, fi le filet venoit à fe rompre, le ieu ne vaudroit pas la chandelle.*

No es todo oro,lo que reluze. *Le Fr. Tout ce qui reluit,n'eft pas or.*

No es buen huyr en çancos. *Il ne fait pas bon fuir anec des efchaffes.*

Noche tinta, blanco el dia. *La nuict rouge ou colorée,le iour blanc. i. clair.*

No eftes mucho en la plaça, ni te rias de quiẽ paffa. *Ne te tiens long temps en la place , ni ne te ris de celuy qui paffe.*

No fe puede hazer à la par,fober y foplar. *On ne peut pas tout à la fois humer & fouffler.*

No te hagas mandador , donde no fueres feñor. *Ne te fais pas commandeur, ou tu ne feras feigneur.*

No tomes confejo de tu riqueza , con el

hombre que esta en pobreza. *Ne prens con-*
seil touchant ta richesse, d'vn homme qui est en pau-
ureté.

No seas perezoso, y no seras dessoso. *Ne sois*
paresseux, & tu ne seras desireux.

No se toman truchas, à bragas enxutas. *On ne*
prend pas les truites, les brayes seiches.

No ay mal tan lastimero, como no tener dinero. *Il n'y a mal si douloureux, comme n'auoir point*
d'argent. Le Fr. Faute d'argent, c'est douleur nom-pa-
reille.

No ay mejor çurujano, que el bien acuchi-
llado. *Il n'y a point de meilleur Chirurgien, que celuy*
qui est bien balafré.

No es bueno caçar, por monte traqueado. *Il*
ne fait bon chasser, par vne montagne trop frequentee.

No puede gozar lo suyo, el que pena por lo
ageno. *Celuy ne peut iouyr du sien, qui se peine pour*
celuy d'autruy.

No es pobre el que tiene poco, mas el que codicia mucho. *Celuy n'est pas pauure qui a peu, mais*
celuy qui desire beaucoup.

No me llames bien hadada, hasta que me veas
enterrada. *Ne m'appelles point bien heureuse, tant*
que tu me voyes enterree. Nemo fœlix ante obi-
tum.

No es todo vero, lo que dize el pandero. *Ce*
n'est pas verité, tout ce que dit le tambour. Pandero,
c'est vn tambour de Biscaye.

No ay mejor maestra, que necessidad y po-
breza. *Il n'y a point de meilleure maistresse, que la ne-*
cessité & pauureté.

No ay mal, que el tiépo no aliuie su tormḗto.
Il n'y a mal, que le temps n'en allege le tourment.

No diga nadie, d'esta agua no beuere. *Que personne ne dise, Ie ne boiray de ceste eau.*

No hizo Dios, à quien desmamparasse. *Dieu
n'a fait personne, pour l'abandonner. Il faut dire proprement* desamparasse.

No puede ser mas negro, que sus alas el cueruo. *Le corbeau, ne peut estre plus noir que ses ailes.*

No le quiere mal, quien hurta al viejo lo que
ha de cenar. *Celuy ne veut mal au vieillard, qui luy
desrobe ce qu'il doit souper.*

No ay tal testigo, como buen moduelo de vino. *Il n'y a point de tel tesmoin, comme vn bon baril
de vin. Parce que le vin contraint celuy qui le boit de
dire la verité.* Moduelo, *c'est ce que le Latin dit,
modium, ou modiolum, qui est vne certaine mesure
ou tonneau, que nous appellons vn muid.*

No ay mal año por piedra, mas guay de quien
acierta. *Il n'y a point de mauuaise annee par gresle,
mais mal-heureux est sur qui elle tombe.*

No pidas al alamo la pera, pues no la lleua.
Ne demandes la poire à l'orme, puis qu'il ne la porte.

No ay generacion, do no aya puta o ladron.
Il n'y a generation, où il n'y ait putain, ou larron.

No he miedo a frio, ni a elada, sino a lluuia
porfiada. *Ie n'ay point de peur du froid, ni de la gelee,
mais ie crains la pluye opiniastre.*

No es nada, sino que matan a mi marido. *Ce
n'est rien, sinon que l'on tuë mon mary. Le Fr. Ce n'est
rien, c'est vne femme qui se noye.*

No ay peor Abad, que el que mōge ha estado.

Il n'y a pire Abbé que celuy qui a esté moine.

No ay quien yerre, sino quien su parecer quiere. *Il n'y a personne qui faille, sinon celuy qui veut son opinion. i. faire à sa fantasie.*

No creas al que de la feria viene, sino al que a ella buelue. *Ne croy pas à celuy qui vient de la foire, mais à celuy qui y retourne.*

No puede mas saltar, que Março de Quaresma. *Il ne faut non plus que Mars en Quaresme. i. ne mâque iamais, ne plus ne moins que Mars est tousiours en Quaresme.*

No lo ha de hebre, sino de siempre. *Il ne l'a pas de fiebure, mais de tousiours.*

No es mala la muerte, haziendo lo que deue. *La mort n'est pas mauuaise, en faisant ce qu'elle doit.*

No ay manjar que no empalague, ni vicio que no enhade. *Il n'y a Viande qui ne desgouste, ni Vice qui n'ennuye. Vicio signifie quelquesfois l'aise & delices. Le Fr. On se saoule bien de manger tartes.*

No alabes, hasta que prueues. *Ne louës point tant que tu ayes esprouué.*

No perdona el vulgo, tacha de ninguno. *Le vulgaire n'espargne la faute de personne.*

No pone la gallina del gallo, sino del papo. *La poule ne pond pas du coq, mais du iabot. i. de la nourriture.*

No me echeys agua enel vino, que andan gusarapas por el rio. *Ne me mettez point d'eau au vin, car il y court des vers par la riuiere. Gusarapas, ce sont insectes d'eau.*

No ay tal piñonada, como cara à cara. *Il n'y*

a point de telle caresse, comme face à face. Piñonada
es torta de piñones.

No me hagas besar, no me haras pecar. *Ne me*
fais point baiser, tu ne me feras point pecher. i. ne m'en
donne point d'occasion.

No diga la lengua, por do pague la cabeça.
Que la langue ne dise point, chose que la teste paye.

No falte ceuo al palomar, que las palomas
ellas se vernan. *Qu'il ne mãque point de mangeaille*
au Colombier, car les pigeons y viendront d'eux mes-
mes.

No ay casa, do no aya su chiticalla. *Il n'y a*
maisõ, où il n'y ait son tais toy. Otros dizen. Do no
aya su calla calla: quiere dezir, vicio o tacha que
deue ser callada: *c'est à dire, qu'il n'y a maison, où il*
n'y ait quelque vice ou tache qu'il faut taire.

No mires la obra, sino la voluntad con que se
haze la cosa. *Ne regarde pas à l'œuure, mais à la vo-*
lonté auec laquelle se fait la chose.

No arriendes al cuytado, rentas ni cauallo.
Ne bailles à loyer au miserable, ni rente ni cheual. At-
rendar *se doit icy entendre de deux sortes, l'vne, bail-*
ler à rente, & l'autre, attacher vn cheual par les
resnes.

No te allegues à los malos, no sean aumenta-
dos. *Ne t'accostes point des meschans, de peur que leur*
nombre ne s'augmente. i. que tu ne deuiennes meschant
comme eux.

No venga à la vega, lo que dessea la rueda. *Ne*
vienne à la campagne, ce que desire la rouë. i. seco, le
sec.

No ay plazer que no enhade, y mas si cuesta

de balde. *Il n'y a plaisir qui n'ennuye, & plus s'il ne*
couste rien.

No hiere Dios con dos manos, que à la mar
hizo puertos, y à los rios vados. *Dieu ne frappe*
point à deux mains, car à la mer il a fait des ports, &
aux riuieres des guez.

No te arrojes en casa agena, toca de fuera y
espera. *Ne te lances en la maison d'autruy, bucque de*
dehors, & attends.

No ay piedra berroqueña, que dende à vn
año non ande lisa al passamano. *Il n'y pierre si ra-*
boteuse, qui au bout d'vn an ne se polisse en passant la
main par dessus. i. Il n'y a peine si dure qu'à la longue
ne se rende tolerable.

No ay cerradura, si es de oro la ganzua. *Il n'y a*
serrure qui ferme, si le crochet est d'or. Ganzua, *c'est vn*
rossignol à ouurir les serrures. Que todo se corrom-
pe, con el dinero. i. *tout se corrompt par argent.*

No seays hornera, si tencys la cabeça de man-
teca.   *Ne soyez fourniere, si vous auez la teste de*
beurre.

No es nada la meada, y calaua siete colchones
y vna fraçada. *La pissee n'est rien, mais elle trauersoit*
sept matelats & vne couuerture.

Nunca los ausentes, se hallaron justos. *Iamais*
les absens, ne se trouuent iustes.

Nunca buena olla, con agua sola. *Iamais ne se*
se fit bon potage, auec de l'eau seule.

Nunca os acontesca, la cama tras la puerta.
Iamais ne vous aduienne, d'auoir le lict derriere la
porte.

C

Nunca pidas à quien tiene, fino à quien fabes
que te quiere. *Iamais ne demandes à qui a dequoy,
mais à qui tu fçais qui t'ayme bien.*

Nueftros padres à pulgaradas , y nofotros à
braçadas. fup. gaftamos la hazienda. *Nos peres à
poulcees, & nous autres à braffees : adiouftes-y , nous
defpenfons le bien.*

No por el befo, fino por el bezo. *Non pour le
baifer, mais pour la bonne accouftumance.*

Nunca laue cabeça, que no me falieffe tiño-
fa. *Iamais ie ne lauay tefte, qui ne deuinft tigneufe.
Faire plaifir aux ingrats.*

Nunca el juglar de la tierra, tañe bien en la
fiefta. *Iamais le meneftrier de la ville ne ioue bien à la
fefte. Tañer, c'eft iouër d'inftruments, fonner.*

Nunca la necedad anduuo fin malicia. *Iamais
la fottife ne fut fans malice.*

Nueuo Rey, nueua ley. *Nouueau Roy, nouuelle
loy.*

Nunca efperes, que haga tu amigo, lo que tu
pudieres. *N'attends iamais, que ton amy face, ce que
tu pourras faire toy-mefme.*

Nunca mucho cofto poco. *Iamais beaucoup ne
confta peu.*

Nueftro Alcalde, nunca da paffo de balde. *Noftre Preuoft, ne fait iamais vn pas pour neant.*

O

Obras fon amores', que no buenas razones.
*Amours ce font œuures, & non pas bonnes rai-
fons. i. de beaux difcours, l'effet & non les paroles.*

Obra hecha, dinero espera. *Besongne faite, attend de l'argent.*

Obra de comun, obra de ningun. *Ouurage de commun, ouurage de nul. Le Fr.*

> *Qui sert commun, nul ne le paye,*
> *Et s'il defaut, chacun l'abbaye.*

Obreros à no ver, dineros à perder. *Ouuriers à ne voir point, c'est argёt à perdre. La presence du maistre est bien requise par tout.*

O calçà como vestis, o vesti como calçays. *Ou vous chauffez come vous estes vestu, ou vous vestez comme vous estes chauffé.*

O con oro, o con plata, o con visnaga, o con nonada. *Ou auec or, où auec argent, où auec du dancus, ou auec rien. sup. nettoyes ou cures tes dents. Visnaga, c'est de l'ache sauuage, herbe qui a vne tige comme le fenouil & s'en fait des curedents.*

Odre de buen vino, y cauallo salteador, y hombre rifador nunca duro mucho con su señor. *Vne oudre de bon vin, vn cheual sauteleur, vn homme grondeur, n'a iamais guerre duré auec son seigneur. Oudre, c'est vne peau de bouc à mettre vin ou huile.*

Olla que mucho cueze, hambriento espera. *Marmite qui cuit long temps, attend vn qui a faim.*

Olla que mucho hierue, sabor pierde. *Marmite qui long temps boult, perd sa saueur. Autres disent Sazon pierde. Sazonar signifie assaisonner vne viāde.*

Olla cabe tizones, ha menester cobertera, y la moça do ay garçones, la madre sobre ella. *Marmite pres des tisons, a besoin de couuercle, & la fille où*

il y a des garçons, la mere par deſſus elle .i. doit auoir
l'œil ſur elle.

Olla ſin ſal, haz cuenta que no tienes manjar.
Potage ſans ſel, fais eſtat que tu n'as pas à manger: par-
ce qu'il n'y a pas grand gouſt.

Olla de muchos, mal mexida y peor cozida.
Marmite de pluſieurs mal aſſaiſonnee, & encor pis
cuite.

O morira el aſno, o quien le aguija. *Ou l'aſne*
mourra, ou celuy qui le picque.

O es deuoto o loco, quien habla conſigo ſolo.
Ou c'eſt vn deuot où vn ſol, celuy qui parle à luy tout
ſeul.

O es loco o priuado, quien llama apreſſu-
rado. *Ou c'eſt vn ſol ou vn bien priué, qui appelle quel-*
qu'vn en haſte. Llamar s'entend icy pour frapper à la
porte.

Onça de eſtado, libra de oro. *Once d'eſtat, & v-*
ne liure d'or. Que ſea menos el fauſto que la ha-
zienda. *Que la piaffe ſoit moindre que les moyens. Le*
François a vn prouerbe à ce propos côtre les piaffeurs
qui dit: Tout eſtat, & rien au plat.

Oficio de manos, no lo parten hermanos. *L'of-*
fice ou art des mains, les freres ne le partagent point.
L'office eſt le meſtier.

Ofrecer mucho à quien poco pide, eſpecie es
de negar. *Offrir beaucoup à qui demande peu, c'eſt v-*
ne eſpece de refus.

    Beaucoup offrir à vn qui peu demande,
    C'eſt tout à plat luy nier ſa demande.

Ora por as, ora por tria, ſeñor es de la Monar-
quia. *Ores par as, ores par ternes, il eſt ſeigneur de la*

Monarchie.

Ojos malos à quien los mira, pegan su mala-
cia. *Les yeux malades à qui les regarde, attachent leur
maladie.*

Ojos ay que de lagañas se enamoran. *Il y a des
yeux qui de chassie deuiennent amoureux.*

Oyr ver y callar, rezias cosas son de obrar.
*Ouyr, voir, & se taire, ce sont choses fortes à fai-
re.*

Oy putas, mañana comadres. *Auiourd'huy putains, demain commeres.*

O rico o pinjado. *Ou riche ou pendu.*

Oro es lo que oro vale. *C'est or ce qui vaut or.*
*Le Fr. C'est argent qu'argent vaut. Ou, Tout bois vaut
busches.*

Oueja que bala, bocado pierde. *Brebis
qui beele, perd vn morceau. Aduis pour ceux
qui babillent à table, & au commencement du repas.*

Oueja harta, de su rabo se espanta. *Brebis saoule s'espouuente de sa queuë.*

Ouejas bobas, por do va vna, van todas. *Brebis sottes, par où l'vne va, elles vont toutes.*

Oueja cornuda, requiere tu cordero, que en
hora mala topaste con pastor carauero. *Brebis cornue, recherche son aigneau, qu'à la mal-
heure as tu rencontré vn berger discoureur. Carauero se dit de Caraua, qui signifie vne assem-
blée de bergers & de paysans és iours de fiste, pour de-
uiser & passer le temps.*

Oueja cornuda, y vaca barriguda, no la true-
ques por ninguna. *Brebis cornue, & vache éturue, ne*

la changes pour vne autre.

Oueja de cafta, pafto de gracia, hijo de cafa.
Brebis de race, repas gratis, enfant de la maifon. i. legi-
time. Ce font les meilleurs.

Ouejitas tiene el cielo, o fon de agua, o fon
de viento.   *Brebiettes y a au ciel, où elles font*
d'eau ou de vent. i. fignifient vent où pluye. Ouejitas , *ce font des nuages drus, comme quand le ciel eft*
pommelé.
.

P

PAlabras y pluma, el viento las lleua. Otros
dizen, las tumba.   *Les paroles & la plume , le*
vent les emporte. Tumbar, *fignifie rouler, vireuolter,*
& auffi faire en voulte.

Palabra echad, amal puede fer retornada. *Pa-*
role dicte, ne peut eftre retractee.

Palabra de boca , piedra de honda.   *Parole*
fortie de la bouche, c'eft vne pierre iettee auec la fonde.

Pagafe el Rey de la traycion, mas no de quien
la haze. *Le Roy fe paye. (i. fe contente ou fe plaift) de*
la trahifon, mais non de celuy qui la fait.

Papel y tinta , dinero cuefta.   *Papier & encre*
couftent de l'argent. D'autres difent: Señora dadme
refpuefta, que papel y tinta, dinero cuefta. *Ma-*
dame faites moy refponfe, car le papier, &c.

Para los aduladores, no ay rico necio , ni pobre difcreto. *Pour les flateurs, il n'y a point de riche*
fot, ni de pauure difcret.

Paffo à paffo, van à lexos.   *Pas à pas, on va bien*
loing.

Padre

Padre viejo, y manga rota, no es deshontra
Pere vieil, & manche deschiree, ce n'est pas deshonneur.

Pajar viejo quando se enciende, peor es de a-
pagar que el verde. *Vn vieux paillier quand il s'allume, est pire à esteindre que celuy qui est vert.*

Pan de trigo, y leña de enzina, y vino de par-
ra, sustenta la casa. *Pain de froment, bois de chesne, & vin de treille, entretient la maison.*

Pan puxa, que no yerua mucha. *Le pain donne force, & non pas grande quantité d'herbe.* Que el
pan pone fuerça no la hortaliza. Hortaliza, *ou,
ortaliza, ce sont herbes que l'on met au pot.*

Paño con paño, y la seda con la mano. *Drap
auec drap, & la soye auec la main.* sup. *se doit nettoyer.*

Panadera erades antes, aunque agora traeys
guantes. *Vous estiez boulengere par cy deuant, encor
qu'à ceste heure vous portiez des gands. Contre celles
qui se mescognoissent.*

Para mi no puedo, y deuanare para mi suegro. *Ie ne peux pour moy, & ie deuideray pour mon
beau-pere.*

Pan à hartura, y vino à mesura. *Pain à suffisan-
ce, & du vin par mesure.*

Pan ageno, caro cuesta. *Le pain d'autruy, couste
bien cher.*

Pan reuanado, ni harta viejo, ni muchacho.
Pain coupé par lesches, ne saoule vieil, ni ieune.

Paz y paciencia, y muerte con penitencia.
Paix & patience, & mort auec penitence.

Para prospera vida, arte orden y medida.

L.

Pour auoir vie heureuse, il faut art, ordre & mesure.

Para tu muger empreñar, no deues à otro buſcar. *Pour engroſſir ta femme, il ne te faut pas chercher vn autre.*

Para el mal que oy acaba, no es remedio el de mañana. *Pour le mal qui auiourd'huy acheue, le remede de demain ne vaut rien.* Acabar, icy s'entend *attiuement, & ſignifie* matar, *tuer.*

Para ti, la del rabi. *C'eſt pour toy la partie de la queuë.* Rabo, *c'eſt la queuë & le cul. Il ſe peut auſſi entendre autrement du* Rabi, *c'eſt à dire du maiſtre à qui appartient le meilleur, & la plus grand part.*

Paño ancho y moço fiel, hazen rico al mercader. *Drap large, & garçon fidele, font riche le marchand. Parce que l'on achepte bien le drap, qui eſt de bonne largeur.*

Para horno caliente, vna tamara ſolamente. *Pour vn four chault, vne bourree ſeulement. Vne bourree, c'eſt vn fagot de menues branches.*

Paſſa la fieſta, y el loco reſta. *La feſte ſe paſſe, & le fol demeure. i. apres que tout eſt deſpendu.*

Pan tremes ni lo comas, ni lo des, mas guardalo para Mayo, y comeras del buen bocado. *Bled de Mars, ne le manges ni ne donnes, mais gardes le pour le mois de May, & tu en mangeras vn bon morceau. c'eſt à dire le bled ſemé au mois de Mars.*

Parte Nicolas, para ſi lo mas. *Nicolas fait les parts, il prend la meilleure pour ſoy.*

Paga lo que deues, ſanaras del mal que tienes. *Payes ce que tu dois, tu guariras du mal que tu as. Autrement.*

Paga lo que deues, ſabras lo que tienes. *Payes*

ce que tu dois, tu ſçauras ce qui eſt à toy. Le Fr. Si i'ay
cinq ſols, & ie les dois, ie n'ay rien qui ſoit à moy.

Palabra y piedra ſuelta, no tiene buelta. *Pa-*
role & pierre laſchee, ne retourne point.

Pariente à la clara, el hijo de mi hermana.
Parent tout à clair, le fils de ma ſœur. Parce que celuy
du frere peut eſtre ſuſpect.

Palabras de ſanto, y vñas de gato. *Paroles de*
ſainct, & griffes de chat.

Para el carro, y mearan los bueyes. *Arreſtes*
le chariot, & les bœufs piſſiront. i. il faut prendre quel-
que relaſche au trauail, & en donner auſſi bien aux
animaux comme aux hommes.

Paſſo ſolia, y vino mal pecado. *Le bon temps*
eſt paſſé, & le mal-heur eſt venu. Ce prouerbe ne ſe peut
autrement expliquer ni entendre, que pour les regrets
du bon temps paſſé, & de la douleur du mal preſent.

Palacio, gran canſancio. *La Court, c'eſt vn grand*
tourment. Canſancio, ſignifie laſſitude.

Pan nacido, nunca perdido. *Bled venu, n'eſt*
iamais perdu.

Padre no tuuiſte, madre no temiſte, hijo mal
deſpereciſte. *Tu n'as plus eu de pere, & n'as pas*
craint ta mere, mon fils tu as mal finy.

Para vēder, haz orejas de mercader. *Pour ven-*
dre, fais oreilles de marchand.

Para adalid erades bueno, cargado de agueros,
y de recelo. *Pour guide vous ſeriez bon, chargé d'au-*
gures, & de ſoupçon.

Paſtor bueno, Paſtor malo, por vn paſſo bur-
te quarto. *Bon Paſteur, ou mauuais Paſteur, pour vn*
pas en fait quatre.

Paxaro triguero, no entres en mi granero. *Oiſeau blattier, n'entre en mon grenier.*

Pan de boda, carne de buytrera. *Le pain de la nopce, c'eſt chair de piege à vaultours: parce qu'il couſte cher, à qui le mange.*

Pan caſero, ſiempre es bueno. *Pain de la maiſon, eſt touſiours bon.*

Pato, y ganſo, y anſaron, tres coſas ſuenan, y vna ſon. *Oyſon, oye & jars, ſonnent trois choſes, & ne ſont qu'vne.*

Para bien tirar, cerca la pluma del tendal. *Pour bien tirer, approche la plume pres de la table de l'arbaleſte.*

Para vn traydor, dos aleuoſos. *Pour vn traiſtre deux deſloyaux.*

Para la yra, en hoto de tira mira. *Pour la colere ou pour l'ire, regardes, i. eſpies à t'enfuyr.*

Parte Martin, y ten para ti. *Martin fais les parts, & gardes-en pour toy. Le Fr. Il eſt bien fol qui s'oublie.*

Partir como hermanos, lo mio mio, lo tuyo de entrambos. *Partir comme freres, le mien eſt miē, & le tien eſt à nous deux.*

Pariente oluidado, à la noche es combidado. *Le parent oublié, au ſouper eſt prié. Parce qu'au banquet on a plus de ſoin de l'eſtranger que du parent, à cauſe qu'il eſt de la maiſon, & au ſoir on le traiſte plus prinément.*

Pan con ojos, y queſo ſin ojos. *Le pain auec des yeux, & le fromage ſans iceux. i. yeux.*

Paños luzen en palacio, que no hijos dalgo. *Les habits reluiſent en court, & non pas les Gentils-hommes. En court, l'habit fait le moine.*

Pan del vezino, quita el haftio. *Le pain du voi-*
fin, ofte le chagrin. i. l'on aime mieux manger le pain
d'autruy que le fien.

Pan caliente, hambre mete. *Le pain chaud, fait*
auoir faim, ou baille de l'appetit.

Pan reziente y huuas, a las moças pone mu-
das, y a las viejas quita las arrugas. *Le pain tendre*
& des raifins, aux ieunes femmes mettent du fard, &
aux Vieilles oftent les rides. Parce qu'il font enfler la
peau,& par confequët rendent les perfonnes plus fref-
ches & polies.

Paffo pudifte, vino querras, entonces no qui-
fifte, agora no podras. *Tu as peu eft paffé, tu vou-*
dras eft venu, alors tu ne voulus pas, maintenant tu
ne pourras.

Pan de ayer, carne de oy, y vino de antaño,
traen al hombre fano. *Pain d'hier, chair d'auiour-*
d'huy,& vin d'antan, font l'homme fain.

Pagafe el feñor de la chifme, mas no de quien
la dize. *Le feigneur fe plaift au rapport, mais x on pas*
à celuy qui le fait..Autrement: Le feigneur prend plai-
fir à la bourde,mais non pas à celuy qui la dit.

Para amor ni muerte, no ay cofa fuerte. *Pour*
l'amour ni la mort, il n'y a rien qui foit fort. i. rien ne
leur peut refifter.

Para lo bueno de peña,y para lo malo de cera.
Pour faire le bien dur comme vn rocher, & pour le
mal mol comme cire. i.afpre à l'vn, & lafche à l'autre.
Cela s'entend d'vn mefchant homme.

Palabra de Satanas,que la tuya no torne atras.
Parole de Satan, c'eft dire que la tienne ne retourne ar-
riere. No es dicho de Chriftiano : Mi palabra

no ha de yr atras. *Ce n'est pas vn dit de Chrestien:
Ma parole ne retourne point en arriere.i.Ie ne me desdis,on ne reuoque point ma parole:cela s'entend du mal.*

Penfar muchas, y hazer vna. *Penfer plufieurs,
& en faire vne.i. choifir la meilleure de plufieurs chofes pourpenfees.*

Pereza no laua cabeça, y fi la laua no la peyna. *Pareffe ne laue la tefte, & fi elle la laue, elle ne la peigne.*

Peor es la moça,de cafar que de criar. *La fille,
eft plus mal-aifée à marier qu'à eftener.*

Pedro porque atiza? por gozar de la ceniza.
*Pourquoy eft-ce que Pierre attife?c'eft pour en auoir la
cendre.*

Perro ladrador,nunca buen mordedor. *Chien
abbayeur, n'eft iamais bon mordeur. Le Fr. Chien qui
abbaye ne mord pas.*

Perro alcuzero,nunca bué conejero. *Chien cuifinier, n'eft iamais bon chafleur.*Alcuzero , *veut dire
friand d'huile,parce que* Alcuza,*eft vne buire à huile.*

Perdiendo tiempo, no fe gana dinero. *En perdant le temps,on ne gaigne point d'argent.*

Pequeñas rajas encienden el fuego,los grueffos maderos lo foftienen. *Petits efclats allument
le feu,les groffes bufches l'entretiennent.*

Pera que dize Rodrigo,no vale vn higo.*Poire
qui dit Rodrigue, ne vaut vne figue. i.* Pera que rechina,entre los dientes,*vne poire qui crocque,entre
les dents.*

Pefo y medida , quitan al hombre de fatiga.
Poids & mefure, oftent l'homme de peine. i. le bon ordre & bon mefnage.

Pereza, llaue de pobreza. *Parcsse, est la clef de pauureté.*

Penseme santiguar, y quebreme el ojo. *Ie pensois me seigner, & ie me suis creué l'œil: Seigner, veut dire, faire le signe de la Croix.*

Perrillo de muchas bodas, no come en ninguna, por comer en todas. *Petit chien de plusieurs nopces, ne disne en pas vne, pour disner en toutes. Parce qu'il va de l'vne à l'autre, mal à propos, tellement qu'il est quelquesfois mal disné.*

Perro que mucho ladra, bien guarda la casa. *Chien qui abbaye beaucoup, garde bien la maison.*

Pense sanar por vn lado, y quebre por otro cabo. *Ie pensois guerir par vn costé, & se rompis par vn autre bout.*

Perdiz ay que hueua, solo que al perdigon vea. *Il y a telle perdrix qui fait des œufs, en voyant seulement le perdreau. i. le maste.*

Pelean los ladrones, y descubrense los hurtos. *Les larrons s'entre-battent, & les larcins se descouurent.*

Pescador de anzuelo, a su casa va con duelo. *Le pescheur à la ligne, s'en retourne au logis tout dolent. Anzuelo, c'est l'haim ou hameçon, & la ligne se dit* vara.

Pescado cecial, ni haze bien ni mal. *Poisson de saline, ne fait bien ni mal.* Cecial, *c'est du merlu ou stocfiche.*

Perro que lobos mata, lobos le matan. *Vn chien qui tuë les loups, les loups le tuent en fin.*

Perro lanudo, muerto de hambre, y no creydo

L iiij

de ninguno. *Chien velu ou barbet, meurt de faim, & personne ne le croit.*

Perdido es, quien tras perdido anda. *Celuy-là est perdu, qui suit vn autre perdu. i. desbauché.*

Pelea de hermanos, alheña en manos. *Combat de freres, de l'any entre les mains.* Alheña, *c'est la couleur dequoy on teint les crins & queuës des cheuaux, qui s'appelle de l'any : & parce qu'il est rouge, il veut icy dire du sang, à cause que l'inimitié des freres est fort cruelle & sanglante.*

Pescador de vara, mas come que gana. *Pescheur à la ligne, mange plus qu'il ne gaigne.*

Penso llegar à mirabilia, y quedose en defecit. *Il a pensé arriuer à mirabilia, & il est demeuré à defecit. Allusion sur deux Pseaumes qui commencent ainsi, & veut dire d'vn qui promet merueille, & n'effectue rien.*

Pellejo de oueja, tiene la barua queda. *Peau de brebis, tient le menton coy. i. la fourrure garde de trembler de froid.*

Peras de vino, y del durazno el vino. *Les poires vineuses. i. qui ont trempé dans le vin, & le vin de la pesche. i. où la pesche a esté.*

Pedir sobrado, por salir con lo mediano. *Faut demander excessiuement, pour en remporter mediocrement.*

Perdido ha la rucia los saltos. *La iument a perdu ses saults. La vieillesse dompte la furie des animaux.*

Piensan los enamorados, que tienen los otros los ojos quebrados. *Les amoureux pensent, que les autres ayent les yeux creuez.*

Piensa el ladron, que todos sean de su con-

dicion. *Le larron pense, que tous soient de sa condition*
.i. que chascun luy ressemble.

Pierde el que va y viene, y mas el que los mã-
teles tiende. *Celuy qui va & vient perd, mais plus*
perd celuy qui met la nappe. Voyez le Prouerbe Mucho gasta el que va y viene.

Pierde se lo bien ganado, &c. *Voyez* Lo bien
ganado, &c.

Pies que son duchos de andar, no pueden que-
dos estar. *Les pieds qui sont accoustumez d'aller, ne*
se peuuent tenir à repos.

Piedra mouediza, nunca moho la cobija. Le
Fr. Pierre qui se remue n'accueille point de mousse.
Cobijar *signifie couurir.*

Piensa se mi madre, que me tiene muy guar-
dada, otro da me cantonada. *Ma mere pense qu'elle*
me garde fort bien, & vn autre me fait faire vne esca-
pade.i. me desbauche.

Pleyto y orinal, lleuan el hombre al hospital
Procez & vrinal, menent l'homme à l'hospital. Orinal, *veut dire icy vne femme desbordee.*

Pierna y pico, no hazen vn delito. *La iambe &*
le bec, ne sont pas vne mesme faute.

Plazera à Dios, y tiempo verna, quales son
los amigos por el tiẽpo parecera. *Il plaira à Dieu,*
& le temps viendra, quels sont les amis auec le temps
il paroistra.

Pleyto bueno pleyto malo, el escriuano de tu
mano. *Procez bon, procez mauuais, le greffier soit fait*
de ta main.i. soit pour toy.

Planta muchas vezes traspuesta ni crece ni
medra. *Vne plante plusieurs fois transplantee, ne croist*

ni ne profite.

Pleyto y orinal, en caſa de quien quiſieres mal. *Procez & vrinal, en la maiſon de celuy à qui tu voudras du mal.* Orinal, *ceſt vne concubine & femme desbordee, qui eſt la ruyne d'vn homme.*

Por no gaſtar lo que baſta, lo que era eſcuſado ſe gaſta. *Pour ne vouloir deſpendre à ſuffiſance l'on deſpend ce dont on ſe ſuſt bien paſſé, où ce que l'on euſt bien peu eſpargner.*

Por agua del cielo, no dexes tu riego. *Pour eau du ciel, ne laiſſes ton arroſoir.*

Por hazienda agena, nadie pierda cena. *Pour affaire d'autruy, que perſonne ne perde ſon ſouper.*

Poco daño eſpanta, y mucho amanſa. *Peu de dommage eſtonne, & beaucoup addoucit l'homme.*

Por ſan Franciſco, ſe ſiembra el trigo, la vieja que lo dezia, ya ſembrado lo tenia. *A la ſainct François l'on ſeme le bled, la vieille qui le diſoit, l'auoit deſia ſemé.*

Por ſan Mathia, yguala la noche con el dia. *A la ſainct Mathias, la nuict egale le iour.*

Por ſant Andres, todo el tiempo noche es. *A la ſainct André, tout le temps eſt nuict. A cauſe des courts iours.*

Por ſan Iuan, veremos quien tiene caſa. *A la ſainct Iean, nous verrons qui a maiſon: parce que c'eſt le temps qu'on deſmeſnage, & qui eſt logé chez ſoy n'eſt pas en ceſte peine, chez ſoy veut dire, ſur le sien.*

Poco vino vende vino, mucho vino guarda
vino.   *Peu de vin vends du vin, beaucoup de vin
gardes du vin. Parce qu'en estant peu il est cher, & a-
pres l'abondance vient la cherté.*

Por mas ayna, con aguja sale el espina. *Pour le
plus tost, auec l'esguille se tire l'espine. i. plus aisé-
ment: estant l'esguille l'instrument le plus propre, encor
qu'elle face vn peu de mal.*

Por temor, no pierdas honor. *Pour crainte, ne
perds ton honneur.*

Por vn ladron, pierden ciento meson. *Pour vn
larron, cent perdent le logis. Le Fran. Les bons perdent ou patissent pour les mauuais.*

Poco a poco, hila la viejo el copo. *Peu à peu
la vieille file sa quenouillee. Copo, c'est vne poupee de
lin ou de filace.*

Pocas vezes escardar, pocas espigas al segar.
*Peu souuent sarcler, peu d'espics au sier. i. au moisson-
ner.*

Por buscar mas contento, tornose tu tiempo
viento. *Pour chercher plus de contentemēt, ton temps
s'est tourné en vent.*

Por Sol que haga, no dexes tu capa en casa.
*Pour Soleil qu'il face, ne laisses ton manteau à la mai-
son.*

Por san Lucas, mata tus puercos, y atapa tus
cubas. *A la sainct Luc, tue tes pourceaux, & bondon-
ne tes tonneaux.*

Por codicia de florin, no te cases con ruyn.
Pour connoitise de florin. i. de l'argēt, ne te maries auec

vn mefchant.

Por fer Rey, fe quiebra toda ley. *Pour eftre Roy, s'enfreint toute loy.*

Por demas es la citola al molino, fi el moline-ro es fordo. *Pour neant eft le traquet au moulin, fi le menfnier eft fourd.*

Por effo es vno cornudo, porque pueden mas dos que vno. *C'eft pour cela qu' vn homme eft cor-nard, que deux peuuent plus qu' vn feul. Contre les femmes qui ne fe contentent de leurs maris.*

Por fant Vrban, en la mano el gauilan. *A la fainct Vrbain, l'efperuier en la main, ou fur le poing.*

Por mucho que defmienta cada qual, fiempre buelue al natural. *Pour beaucoup qu' vn chafcun fe defmente, toufiours il reuient à fon naturel. Se def-mentir, c'eft à dire, fe contraindre, & diffimuler fon naturel.*

Por todos fantos, fiembra trigo y coge car-dos. *A la Touffaincts, femes du bled, & cueilles des chardons. Ce font des cardes à man-ger.*

Por el dinero, bayla el perro. *Pour de l'argent, le chien danfe.*

Pon tu auer en concejo, vno dira que es blan-co, otro que es bermejo, *Mets ton auoir en confeil, l'vn dira qu'il eft blanc, l'autre qu'il eft vermeil. Con-cejo, c'eft vne affemblee de gens pour tenir confeil: ton auoir. i. ton faict. Bermejo c'eft la couleur rouf-fe & rouge. En matiere d'aduis, iamais tous ne font d'accord.*

Por la candelera mide tu puchera, y guarda

tu ciuera. *A la chandeleur mesures ton pot, & gardes
ton froment.* Puchera, *c'est vn pot ou poisson à faire
de la bouillie. Autre disent,* nanta tu ciuera: nanta
veut dire acrecienta, *accroist: Aussi seroit-il mieux*
muda, *que* mide, *parce que les iours croissent, & sans
d'aduantage de nourriture.*

Por marido Reyna , y por marido mezqui-
na. *Par mary Royne, & par mary malheureuse. La
femme suit la fortune de son mary.*

Poco os duelen Don Ximeno , estocadas en
cuerpo ageno. *Peu vous deulent Don Ximenes , les
estocades au corps d'autruy.*

Ponedme en ronda, si quereys que os respon-
da. *Mettez moy à la ronde, si vous voulez que ie vous
responde.*

Por Nauidad Sol, y por Pasqua carbon. *A Noel
du Soleil, & à Pasques du charbon. Le Fr. A Noel au
perron, à Pasques au tison.*

Porfiat, mas no apostar. *Debatre ou s'opinia-
strer, mais non pas gaiger.*

Por ser conocida , la yglesia quemaria. *Pour
estre cogneuë ie brustlerois l'Eglise, comme fit Costratus
le temple de Diane en Ephese.*

Por soto, no vayas tras otro. *Par le bois ne vas
apres vn autre. A cause des branches qui frappent
en arriere.*

Por el hilo sacaras el ouillo, y por lo passado lo
no venido. *Par le fil tu tireras le peloton, & par le
passé ce qui est à venir.*

Por su mal le busca engaño, el simple al sabio.
*Pour son mal , cherche le simple de tromper le sage. La
tromperie retourne au trompeur.*

Pon tu cabeça entre mil, lo que fuere de los otros fera de ti. *Mets ta tefte entre mille, ce qu'il adniendra des autres aduiendra de toy.*

Por no perder el vfo, lleua la rueca y el hufo. *Pour ne perdre couftume, porte la quenouille & le fufeau.*

Por Nauidad foleja, por Pafqua fobeja. *A Noel au Soleil, & à Pafques tiens toy à couuert. Le Fran. A Noel au perron, & à Pafques au tifon.*

Por falta de gato, efta la carne enel garabato. *Par faute de chat, la chair eft au crochet.*

Poco y en paz, mucho fe me haz. *Peu & en paix, ce m'eft beaucoup.*

Por fer humano con el que poco puede, antes fe gana que fe pierde. *Pour eftre humain à l'endroit de celuy qui eft foible, l'on gaigne pluftoft que l'on ne perd.*

Por viejo que fea el varco, paffa vna vez el vado. *Pour vieil que foit le bateau, il paffe encor vne fois l'eau. Vado, c'eft vn gue.*

Por las obras no por el veftido, el hypocrita es conocido. *Par les œuures & non par le veftement, l'hypocrite eft recognen.*

Poca fciencia, y mucha confciencia. *Peu de fcience, & bonne confcience.*

Por cobrar mejoria, mi cafa dexaria. *Pour mieux auoir, ie quitterois ma maifon.* Ibi patria vbi benè.

Por mucho madrugar, no amanece mas ayna. *Pour matin qu'on fe leue, le iour n'en vient pas pluftoft.*

Por nueuas no peneys, hazerfe han viejas, y faber las heys. Ne vous tourmentez pour des nouuelles, car elles deuiendront vieilles, & vous les sçaurez.

Por todo Abril, no te descubrir. Pour tout A-uril, ne te desconures pas.

Porque no juega Pedro? porque no tiene dinero. Pourquoy ne iouë Pierre? parce qu'il n'a point d'argent.

Por quartanas, no doblan campanas. Pour les fiebures quartes, les clocbes ne redoublent pas, sup. de sonner: parce qu'elles ne sont mortelles.

Por casa ni por viña, no tomes muger parida. Pour maison ny pour vigne, ne prends femme qui soit nouuellement accouchee: C'est à dire, que pour aucune commodité qu'elle ait ne la prens pas: car tu seras char-gé de l'enfant, & si tu en receuras d'autres incommodi-tez.

Poderoso esta el Sacristan, con maxcara del Soldan. Il est puissant le Sacristain, auec le masque du Souldan. Sacristain c'est vn qui sert le Curé comme de Marguillier de Village: ce sont ces questeurs à Paris qui ont vne robbe my-partie. Ce prouerbe veut dire, qu'vn pauure coquin fait le braue, quand il est vn peu paré, de ce qui ne luy appartient pas.

Por mucha cena, nunca noche buena. Pour beaucoup souper, iamais la nuict n'en fut bône. A cause de la difficile digestion de la nuict.

Poner la capa, como viniere el viento. Mettre la cape, du costé que vient le vent.

Por el alabado dexe el conocido, y vime ar-repentido. Pour le loué i'ay laissé le cogneu, & ie m'en suis repenti.

Por esso se come toda la vaca, porque vno

quiere pierna, otro espalda. *Et pourtant se mange toute la vache, car l'vn veut la iambe, & l'autre l'espaule. Le Fr. L'Vn veut du dur, l'autre du mol, & par ainsi tout se mange.*

Poner aguja, y sacar reja. *Mettre vne aiguille & en tirer vn soc. Reja, signifie vn soc de charruë, & vn barreau de fer.*

Poca lana y tendida en çarça. *Vn peu de laine & estendue sur vne ronce ou buisson. i. bien dispersee & malaisee à ramasser.*

Por las haldas del vicario, sube el diablo al campanario. *Par les pans de la robbe du Vicaire, le diable monte au clocher.*

Por rurbia que estè, no digas, desta agua no beuere. *Pour trouble qu'elle soit, ne dis point, ie ne beiray pas de ceste eau.*

Pobreza, nunca alça cabeça. *Pauureté iamais ne leue la teste.* Pauper vbique iacet.

Por hazer plazer al sueño, ni saya ni camisa tengo. *Pour faire plaisir au sommeil, ie n'ay ni cotte ni chemise. i. pour trop dormir.*

Poco à poco van à lexos, y corriendo a mal lugar. *Peu à peu on va bien loing, & en courant on va à vn mauuais lieu.*

Presto me pondre galan, y en breue boluere a ganapan. *Promptement ie me feray braue, & tout court ie redeuiendray crocheteur.*

Por ningun tempero, no dexes el camino real por el sendero. *Pour quelque temps qu'il face, ne laisses le chemin royal pour le sentier. Le chemin royal, c'est le grand chemin.*

Poco mal y bien gemido. *Peu de mal & bien plaint.*

plaint.

Presto es dicho, lo que es bien dicho. *Assez
tost est dit, ce qui est bien dit.* Sat cito si sat bene.

Prometen marido, y quitan vestido. *Ils pro-
mettent vn mary, & despouillent l'habit. i. font de belles promesses pour tromper.*

Preguntaldo à Muñoz, que miente mas que
vos. *Demandez-le à Mugnoz, qui ment plus que
vous. Autres disent, dos au lieu de vos. Le Fr. Demandez-le à mon compagnon, qui est aussi menteur
que moy.*

Prenda que come, ninguno la tome. *Vn gage
qui mange, que nul ne le prenne. i. qui despend.*

Prudencia es dissimular no querer la cosa, no
pudiendola alcançar. *C'est prudence de dissimuler
ne vouloir la chose, ne la pouuant obtenir.*

Presto se passa la gala, mas no la falta que haze en casa. *Bien tost se passe la brauerie, mais non pas
la necessité qu'elle cause en la maison.*

Preguntaldo a vuestro padre, que vuestro a-
buelo no lo sabe. *Demandez-le à vostre pere, car
vostre grandpere ne le sçait pas. Prouerbe Ironique.*

Puta me veas, y tu que lo seas. *Pute tu me voyes,
& toy que tu le sois. Souhait de meschante personne.*

Punto de fiesta, dure poco, y bien parezca.
*Que le temps de la feste, soit de peu de duree, & que
bien il paroisse. i. peu & bon.*

Principio quieren las cosas. *Les choses veulent
ou requierent vn commencement. Le François. Il y a
commencement par tout, Ou, A tout il y a commencement.*

M

Puteria ni hurto, nunca se encubre mucho. *Putasserie ni larcin, iamais ne se celent long temps.*

Puta la madre, puta la hija, puta la manta que las cobija. *Putain la mere, putain la fille, & putain la couuerture qui les couure.*

Putas y alcahuetas, todas son tretas: que estan trauadas vnas de ottas como las trechas del axedrez. *Putains & maquerelles, ce sont toutes des traicts & rases: car elles sont attachees l'vne à l'autre, & s'entretiennent, comme les traicts du ieu des eschetz.*

Putas en vētana, y rufianes en la plaça. *Putains aux fenestres, & rufiens en la place.*

Puerta abierta, al santo tienta. *La porte ouuerte, tente le sainct. Le Fr. L'occasion fait le larron. Voyez,* En arca abierta, &c.

Pues me days el consejo, dadme el vencejo. *Puis que vous me donnez le conseil, donnez moy aussi le lien. i. le moyen de faire ce que vous me conseillez.*

Puesto esta el castillo, ciertos son los toros. *La chose est toute asseuree.*

Pues ara el rocin, ensillemos el buey. *Puis que le roussin laboure, sellons le bœuf.*

Puercos con frio, y hombres con vino, hazen gran ruydo. *Les pourceaux auec le froid, & les hommes auec du vin, font grand bruit.*

Pues començastes el cantar, aueysle de acabar. *Puis que vous auez commencé la chanson, il vous la faut acheuer. i. il faut sortir d'vn affaire, quand on l'a commencé.*

Putas en sobrado, galapagos en charco, y agujas en costal, no se pueden dissimular. *Putains*

fur vn plancher, tortues en vne mare, & des aiguilles
en vn fac, ne fe peuuent diffimuler. i. celer.

Pues todo lo fabeys vos, y yo no nada, dezime
lo que foñaua efta mañana. *Puis que vous fçauez*
tout, & moy rien, dites moy ce que ie fongeois ce ma-
tin.

Puerta de villa, puerta de vida. *Porte de ville,*
porte de vie. Que en los poblados, ay los aparejos
para la conferuacion de la vida, no en lo defpo-
blado. *Parce qu'és lieux habitez, on y trouue les cho-*
fes neceffaires à la vie, & non pas en lieu defert.

Q

QVal pregunta haras, tal refpuefta auras.
Quelle demande tu feras, telle refponfe tu au-
ras.

Quales baruas, tales touajas. *Telles barbes, telles*
touailles ou feruiettes.

Qual te hallo, tal te juzgo. *Quel ie te trouue, tel*
ie te iuge.

Qual el año, tal el jarro. *Quelle eft l'annee, tel*
doit eftre le pot.

Qual es la campana, tal la badajada. *Quelle eft*
la cloche, tel en eft le fon. Badajada, *c'eft vn coup de*
batan de cloche: & auffi vne fottife, qui eft ce qu'il veut
dire icy, car badaio, *fignifie par metaphore, vn lour-*
daut.

Qual el dueño, tal el perro. *Tel le maiftre, tel le*
chien. Le Fr. Tel maiftre tel valet.

Qual hilamos, tal andamos. *Tel que nous le fi-*
lons, tel nous le veftons. i. allons veftus.

Quales palabras te dizen, tal coraçon te ponen. *Quelles paroles l'on te dit, tel cœur on te met au*
ventre.

Qual el tiempo, tal el tiento. *Quel est le temps,*
tel doit estre le iugement ou discretion.

Quales palabras te dixe, tal coraçon te hize.
Quelles paroles ie t'ay dites, tel cœur ie t'ay fait.

Quando el viejo no puede beuer, la huessa le
pueden hazer. *Quand le vieillard ne peut plus boi-*
re, on luy peut bien sa fosse faire.

Quando Dios quiere, con todos vientos llueue. *Quand Dieu veut, à tous vents il pleut.*

Quando el diablo reza, engañar te quiere.
Quand le diable dit ses prieres, il te veut tromper. Re-
zar, c'est dire des oraisons, & murmurer ou gromme-
ler, & parler entre ses dents.

Quando las hauas son en grano, vna higa para
nuestro amo. *Quand les febues sont en grain, figue*
pour nostre maistre.

Quando en vérano es inuierno, y en inuierno
verano, nunca buen año. *Quand en esté, il fait hi-*
uer, & en hiuer esté, iamais l'année n'est bonne.

Quando el necio es acordado, el mercado es
ya passado. *Quand le sot est aduisé, le marché est*
desia passé.

Quando vn lobo come a otro, no ay que
comer enel soto. *Quand vn loup mange l'autre, il*
n'y a que manger au bois. Le Franç. La guerre est bien
cruelle, quand les loups se mangent l'vn l'autre.

Quando os pedimos, dueña os dezimos,
quando os tenemos, como queremos. *Quand*
nous vous demandons, dame vous appellons, mais

quand nous vous tenons, c'est comme nous voulons.

Quando ay vuas y higos, adereça tus vestidos. *Quand il est des raisins & des figues, accoustres tes habillemens.*

Quando pudieres trabajar no lo dexes, aun, que no te den lo que mereces. *Quand tu pourras trauailler, ne laisses de le faire, encor qu'on ne te done ce que tu merites.*

Quando vino el orinal, muerto era Iuan Pasqual. *Lors que vint l'vrinal, mort estoit Iean Pasqual. Le Fr. Apres la mort le medecin.* Orinal *se prend icy pour le Medecin.*

Quando llueue y haze Sol, alegre esta el pastor. *Quand il pleut & fait Soleil, le berger se resiouyt.*

Quando atruena en Março, apareja las cubas, y'el maço. *Quand il tonne en Mars, apprestes les cuues & le maillet. Le François tient le tonnerre en Mars pour mauuais signe, car il dit: Quand il tonne au mois de Mars, nous pouuons bien dire helas!*

Quando el hombre mea las botas, no es bueno para las moças. *Quand l'homme pisse sur ses bottes, il n'est pas propre aux ieunes filles.*

Quando en casa engorda la moça, y al cuerpo el baço, y al Rey la bolsa, con mal anda la cosa. *Quand la fille engraisse à la maison, & la rate au corps, & au Roy la bourse, l'affaire va mal.*

Quando vno no quiere, dos no barajan. *Quand l'vn ne veut pas, deux ne ioüent point. Barajar signifie mesler les cartes, & en ioüer.* Vna baraja de naypes, *vn ieu de cartes.* Barajar,

c'est auſſi noiſer & quereller, conteſter ſur quelque
choſe.

Quando te dieren la cochinilla, accorre con
la ſoguilla. *Quand l'on te donnera la ieune coche, ac-*
cours y auec la cordelette.

Quando fueres al roço , no vayas ſin calago-
ço. *Quand tu iras eſſarter, n'y vas pas ſans ſerpe.*

Quando con ſal , quando ſin ſal. *Tantoſt auec*
du ſel, & tantoſt ſans ſel. Tantoſt bien, tantoſt mal.

Quando fueres por camino, no digas mal de
tu enemigo. *Quand tu iras par pays , ne dis mal de*
ton ennemy.

Quando fueres à caſa agena, llama a de fuera.
Quand tu iras à la maiſon d'autruy , appelles de de-
hors.

Quando el vil eſtà rico , no tiene pariente ni
amigo. *Quand le vilain eſt riche, il n'a parent ni ami.*

Quando el villano eſtà enel mulo, ni conoce
a Dios ni al mundo. *Quand le vilain eſt ſur le mu-*
let, il ne cognoiſt ni Dieu ni le monde.

Quando Dios no quiere, el ſanto no puede.
Quand Dieu ne veut, le ſainct ne peut.

Quando a tu hija le viniere ſu hado, no aguar-
des que venga ſu padre del mercado. *Quand à ta*
fille viendra ſa bonne deſtinee, n'attends pas que ſon
pere reuienne du marché. Deſtinee, c'eſt à dire vn bon
party.

Quando llueue de Cierço, llueue de cierto.
Quand il pleut de la Biſe, il pleut pour tout certain. i.
tout à bon.

Quando todos te dixeren que eres aſno, rebuzna. *Si tous te diſent que tu es vn aſne, brays.*

Quando menguare la Luna, no fiembres co-
fa alguna. *Quand la Lune defcroiftra, ne femes chofe*
aucune.

Quando fueres yunque, fufre como yunque,
quando fueres martillo, hiere como martillo.
Quand tu feras enclume, fouffres comme enclu-
me, quand tu feras marteau, frappes comme mar-
teau.

Quando el hierro eftà encendido, entonces
ha de fer batido. *Quand le fer eft embrazé, alors il le*
faut batre. Le Fr. Il faut batre le fer, tandis qu'il eft
chaud.

Quando pobre franco, quando rico auaro.
Franc eftant pauure, & auare eftant riche.

Quando el Guardian juega a los naypes, que
haran los frayles? *Quand le Gardien ioue aux car-*
tes, que feront les moines?

Quando llueue o haze Sol, dexa el perro a fu
paftor. *Quand il pleut ou fait Soleil, le chien laiffe fon*
berger. Ainfi font les amis de Fortune.

Quando llueue, llueue: quando nieua, nieua:
quando llueue y haze viento, entonces haze
mal tiempo. *Quand il pleut, il pleut: quand il neige,*
il neige: quand il pleut & fait vent, alors il fait man-
uais temps.

Quando vieres tu cafa quemar, llegate a ef-
calentar. *Quand tu verras brufler ta maifon, appro-*
che toy, pour t'y chauffer. i. prens en patience le mal,
où il n'y a point de remede.

Quando tuuieres vn pelo mas que el, pela te
con el. *Quand tu auras vn poil plus que luy, peles toy*

auec luy. i. ne t'attaques à plus fort que toy.

Quando pienſes meter el diente en ſeguro, toparas en duro. *Quand tu penſeras mettre la dent au ſeur, tu rencontreras du dur.*

Quando duermo canſo, que me harà quando ando? *Quand ie dors ie me laſſe, que ſera ce quand ie marche?*

Quando Solano llueue, las piedras mueue. *Quand Solerre pleut, pierres il eſmeut.*

Quando el coſſario promete Miſſas y cera, con mal anda la galera. *Quand le corſaire promet des Meſſes & de la cire, il va mal pour la galere.*

Quando la mala ventura ſe duerme, nadie la deſpierte. *Quand la mauuaiſe fortune dort, que perſonne ne l'eſueille.*

Quando la puta hila, y el ruſian deuana, y el eſcriuano pregunta quantos ſon del mes, con mal andan todos tres. *Quand la putain file, & le ruſien deuide, & le greſſier demäde, le quätieſme nous auons du mois, ils ſont mal à cheual tous trois.*

Quando el pece ſe vee fuera del garlito larga huyda tiene por el rio. *Quand le poiſſon ſe void hors de la naſſe, il a vne belle & longue ſuite par la riuiere.*

Quando el baço crece, el cuerpo emmagrece. *Quand la rate croit, le corps s'amaigrit.*

Quando topares con el loco, finge negocio. *Quand tu rencontreras vn fol, feins auoir affaire.*

Quando çuga el abeja miel torna, y quando el araña ponçoña. *Quandl'abeille ſucce, elle tourne en miel, & l'araigne en venin.*

Quando lo buſco nunca lo veo, quando no

lo buſco he te lo aqui luego. *Quand ie le cherche*
ie ne le voy iamais, & quand ie ne le cherche pas, le voi-
là tout incontinent.

Quando la criatura dienta, muerte la tienta.
Quand la creature fait des dents, la mort la tente. La
creature, c'eſt le petit enfant de mammelle.

Quanto mayor es la ventura, tanto es menos
ſegura. *Tant plus eſt grande la fortune, tant moins el-*
le eſt ſeure.

Quanto ſabes no diras, quanto vees no juzga-
ras, ſi quieres biuir en paz. *Tout ce que tu ſçais ne*
diras, tout ce que tu vois ne iugeras, ſi tu veux viure
en paix.

Que bonita es la verguença, mucho vale, y
poco cueſta. *O que la honte eſt bien iolie, elle vaut*
beaucoup & couſte peu.

Que quiera que digan las gentes, à ti miſmo
para mientes. *Quoy que diſent les gens, prens garde*
à toy-meſme. Conſcientia mille teſtes.

Queredme por lo que os quiero, no me ha-
bleys en dinero. *Aimez moy pour-autãt que ie vous*
aime, & ne me parlez point d'argent.

Quien mal padece, mal parece. *Qui endure mal,*
paroiſt mal. i. fait piteuſe mine.

Quien tarde ſe leuanta, todo el dia trota. *Qui*
ſe leue tard, tout le iour trotte. i. eſt tout le iour en
chaſſe.

Quien todo lo da, todo lo niega. *Qui donne tout,*
refuſe tout. Qui donne tout. i. qui promet tout.

Quien pobreza tien, de ſus deudos es deſden,
y el rico ſin ſerlo, de todos es deudo. *Qui a pau-*
ureté eſt en meſpris à ſes parens, & le riche eſt parens

de tous sans l'estre.

Quien mala cama haze, en ella se yaze. *Qui fait vn mauuais lict, il se couche en iceluy.*

Quien tiene abeja y oueja, y molino que trebeja, no te pongas con el a la conseja. *Qui a des abeilles & des brebis, & vn moulin qui iouë. i. qui va, ne te mets auec luy en la fable. i. ne te prens pas à luy, ou ne te fais pair & compagnon auec luy.*

Quien trabaja, tiene alhaja. *Qui trauaille a du mesnage. i. a dequoy s'accommoder.*

Quien no sabe pedir, no sabe biuir. *Qui ne sçait demander, ne sçait viure.*

Quien prende el anguila por la cola, y la muger por la palabra, bien puede dezir que no tiene nada. *Qui prend l'anguille par la queuë, & la femme par la parole, il peut bien dire qu'il ne tient rien.*

Quien mucho habla y poco entiende, por asno le venden en san Vincente. *Qui beaucoup parle & peu entend, on le vend pour asne à sainct Vincent.*

Quien mucho habla, en algo acierta. *Celuy qui parle beaucoup, rencontre en quelque chose.*

Quien mucho abarca, poco aprieta. Abarca .i. abraça. *Le Fran. Qui trop embrasse, mal estreint.*

Querer y no querer, no está en vn ser. *Vouloir & ne vouloir, ne sont pas en vn estre. i. ne peuuent estre ensemble.*

Quien pesca vn pez, pescador es. *Qui pesche vn poisson, est pescheur.*

Quien bien está y mal busca, si bien le viene Dios le ayuda. *Qui est bien & cherche mal, si bien luy vient Dieu luy aide.*

Quien bien está y mal escoge, por mal que le

venga no se enoje. *Qui est bien & choisit le mal,*
pour mal qui luy vienne qu'il ne s'en fasche point.

Quien compra y vende, lo que gasta no sien-
te. *Qui achete & vend, ne sent pas ce qu'il despend. i.*
le marchand vit du gain de sa marchandise, & ne di-
minue rien de son principal.

Quien bien come y bien beue, bien haze lo
que deue. *Qui bien mange & bien boit, il fait bien ce*
qu'il doit.

Quien quisiere plazer y pesar, comiencese a
rascar. *Qui voudra auoir plaisir & desplaisir, qu'il se*
commence à galer.

Quien dize mal de la yegua, esse la merca. *Qui*
dit mal de la iumment, c'est celuy qui l'achete.

Quien mea y no pee, va a la Corte y no vee al
Re. *Qui pisse & ne pette, il va à la Court & ne voit*
le Roy.

Quien se casa por amores, malos dias y buenas noches. *Qui se marie par amours, a de bonnes*
nuicts & maunais iours.

Quien puede ser libre, no se cautiue. *Qui peut*
estre libre, qu'il ne se rende captif. Non bene pro toto libertas venditur auro. Item, Alterius non sit
qui suus esse potest.

Quieres que te siga el can, da le pan. *Veux-tu*
que le chien te suiue, donne luy du pain.

Quien mal tiene enel trasero, no puede estar
quedo. *Qui a mal au derriere, ne se peut tenir à re-*
pos.

Quien su tiempo gasta en cosas vanas, no vee
la muerte que está sobre sus espaldas. *Qui em-*
ploye son temps en choses vaines, ne voit pas la mort

qui eſt ſur ſes eſpaules. i. prochaine.

Quien bien ama, tarde oluida. *Qui bien aime,
tard oublie.*

Quien ha de beſar al perro enel culo, beſele
luego. *Qui doit baiſer le chien au cul, qu'il le face incontinent. i. qui a vne choſe difficile ou peu honneſte
à faire, qu'il s'en acquite bien toſt ſans trop y ſonger.*

Quien tiene ganado, no deſſea mal año. *Qui
a vn troupeau, il ne deſire pas mauuaiſe annee.*

Quien come de empreſtado, come de ſu ſaco. *Qui mange de l'emprunté, mange de ſon ſac.*

Quien ara y cria, oro hila. *Qui laboure & nourrit, file de l'or. i. en tire bien du profit.*

Quien lo guſta lo tuſa, quien no lo guſta lo
muſa. *Qui le gouſte s'en ſaoule, & qui ne le gouſte s'en
moque.*

Quien bien oye, bien reſponde. *Qui oit bien,
reſpond bien. i. à propos.*

Quien no tiene mas de vna camiſa, cada Sabado tiene mal dia. *Qui n'a qu'vne chemiſe, a tous les
Samedis vne mauuaiſe iournee.*

Quien ſiembra enel camino, canſa los bueyes
y pierde el trigo. *Qui ſeme au chemin, il laſſe les
bœufs, & perd ſon bled.*

Quien quiſiere muger hermoſa, el Sabado la
eſcoja, que no el Domingo en la boda. *Qui voudra femme belle, qu'il la choiſiſſe le Samedy, & non pas
le Dimanche à la nopce. Parce qu'eſtant paree elle paroiſt plus belle qu'elle n'eſt.*

Quien en vn año quiere ſer rico, al medio le
ahorcan. *Qui en vn an veut eſtre riche, à la moitié on
le pend.*

Quien no se auentura, no anda à cauallo ni a mula. *Qui ne s'auanture, ne va à cheual ni sur mule. Le Fran. Qui ne s'auanture, n'a cheual ni mule: & qui trop s'auanture, perd cheual & mule.*

Quien lexos se va à casar, o va engañado, o va a engañar. *Qui loing se va marier, ou il est trompé, ou bien il va pour tromper.*

Quien de todos es amigo, o es muy pobre, o muy rico. *Qui de tous est amy, ou il est fort pauure, ou fort riche.*

Quien dize lo suyo, mal callara lo ageno. *Qui dit le sien, mal taira celuy d'autruy. Le sien, c'est à dire son secret.*

Quien siembra, en Dios espera. *Celuy qui seme, en Dieu espere. Le Fran. On seme les bleds à l'auanture.*

Quien endura, cauallero va en buena mula. *Celuy qui endure, est monté sur vne bonne mule. Le Fr. Endurer faut pour durer, il faut souffrir pour paruenir.*

Quien te hizo rico ? quien me hizo el pico. *Qui est-ce qui t'a fait riche ? celuy qui m'a fait le bec.*

Quien ramo pone, su vino quiere vender. *Celuy qui met vn bouchon, veut vendre son vin.*

Quię mucho duerme, lo suyo y lo ageno pierde. *Qui dort trop, perd le sien & celuy d'autruy.*

Quien su rabo alquila, no se sienta quando quiere. *Qui baille son derriere à louage, ne se sied pas quand il veut .i. qui se met en seruice, ne fait pas ce qu'il veut.*

Quien no se osa auenturar, no passa la mar. *Qui ne s'ose hazarder, ne passe la mer.*

Quien el afno alaba, tal hijo le nazca. *Qui
loüe l'afne, tel fils luy puiffe naiftre.*

Quien fia el dinero, pierde el dinero y el ve-
zero. *Qui prefte fon argent, perd fon argët & fon cha-
land.*

Quien eftà en ventura, hafta la hormiga le
ayuda. *Qui eft en heur, iufqu'à la fourmi tout luy aide.*

Quien hijos tiene, razon es que allegue. *Qui
a des enfans, c'eft raifon qu'il amaffe du bien.*

Quien dexa el camino real por la vereda, piëfa
atajar y rodea. *Qui laiffe le chemin royal. i. le grand
chemin pour le fentier, il penfe abreger & il tournoye.
Parce qu'il y a toufiours des empefchemens, és fentiers
qui trauerfent les champs.*

Quien come y canta, de locura fe leuanta.
Qui mange & chante tout enfemble, s'accufe de folie.

Quien con muertos fe fueña, con viuos fe
halla. *Qui fonge eftre auec les morts, fe trouue auec les
viuans.*

Quien deue ciento y tiene ciento y vno, no
ha miedo ninguno: Quien tiene ciento y vno y
deue ciento y dos, encomiendole a Diòs. *Qui en
dois cent & en a cent & vn, n'a peur aucune. Qui en a
cent & vn, & en dois cent & deux, ie le recommande
à Dieu.*

Quien con perros fe echa, con pulgas fe leuanta. *Qui fe couche auec les chiens, fe leue auec des
pulces.*

Quien amaga y no da, miedo ha. *Qui menace
& ne frape, il a peur. Le Fr. Tel menace qui a peur.*

Quien haze por comun, haze por ningun.
Qui fait pour commun, ne fait pour neffun. i. pour nul.

Neſſun n'eſt gueres en Vſage, mais il peut s'accommo-
der auec commun pour la rime.

Quien no caſtiga culito, no caſtiga culazo.
Qui ne chaſtie culot, ne chaſtie gros cul. i. il faut cha-
ſtier en ieuneſſe.

Quien quiere tomar, conuiene le dar. *Qui*
veut prendre, il faut qu'il donne.

Quien las coſas mucho apura, no viue vida
ſegura. *Qui trop eſpluche les choſes, n'a pas vne vie*
aſſuree.

Quieres hazer del ladron fiel ? fia te del. *Veux*
tu rendre le larron fidele? fies toy en luy.

Quieres hazer de tu pleyto coxo ſano ? contenta al eſcriuano. *Veux-tu faire droit ton procez*
boiteux? contente le Greffier. Voyez Pleyto bueno,
pleyto malo, &c.

Quien canta, ſus males eſpanta. *Qui chante,*
ſes maux eſpouuente.

Quien no adoba gotera, adoba caſa entera.
Qui n'adoube vne goutiere, adoube la maiſon entiere.
Adouber, c'eſt r'accouſtrer.

Quien a buen arbol ſe arrima, buena ſombra
le cobija. *Qui s'appuye à vn bon arbre, vn bon ombre*
le couure.

Quien malas mañas ha en la cuna, o las pierde tarde o nunca. *Qui a de mauuaiſes accouſtuman-*
ces au berceau, il les laiſſe tard, ou iamais.

Quien en mal anda, en mal acaba. *Qui verſe*
mal, finit mal.

Quien bien te hara, o ſe te yra, o ſe morira. *Qui*
bien te fera, ou il s'en ira, ou bien il mourra.

Quien bien me haze, eſſe es mi compadre.

Qui bien me fait, celuy là est mon compere.

Quien clauo no quita, cuelga mas ayna: *Qui n'oste le clou, pend plus promptement. Cela s'entend des cloux, où l'on pend la tapisserie contre les murailles.*

Quien no oye razon, no haze razon. *Qui n'escoute raison, ne fait point de raison.*

Quien raftrea, algo hotea. *Qui cherche à la trace, espie où guette quelque chose.*

Quien te moſtro remendar? hijos menudos y poco pan. *Qui t'a monſtré à rapieceter? beaucoup d'enfans & peu de pain.* Magiſter artis ingeniíque largitor venter.

Quien no pone y fiempre faca, fuelo halla. *Qui ne met rien & tousiours tire, trouue le fond.*

Quien tiene tienda y no vende, necio es fi la ſoſtiene. *Qui a boutique & ne vend, eſt bien ſot s'il la tient. i. s'ill'entretient & garde, parce qu'il y mangera enfin tout ce qu'il a.*

Quien bien hila, larga trae la camiſa. *Qui bien file, porte longue chemiſe. i. qui trauaille bien, gaigne dequoy ſe veſtir.*

Quien quiere el ojo ſano, ateſe la mano. *Qui veut guerir ſon œil, qu'il ſe lie la main.*

Quiē come las duras, comera las maduras. *Qui mange les dures, mangera les meures. i. qui aura trauaillé, il eſt raiſon qu'il en gouſte le fruict.*

Quien no tiene contento, no halla buen aſfiento. *Qui n'a contentement ne trouue point d'aſſieſte, c'eſt à dire, d'arreſt ou repos.*

Quien guarda ſu puridad, eſcuſa mucho mal. *Qui garde ſon ſecret, euite beaucoup de mal.*

Quien

Quien el Sabado va al aceña, el Domingo tiene mala huelga. *Qui va le Samedy au moulin, il a mauuais repos le Dimanche. Parce qu'il aura à faire, ce qu'il euſt fait le Samedy.*

Quien no tiene calças en Enero, no fies del tu dinero. *Qui n'a point de chauſſes en Ianuier, ne luy preſtes pas ton denier. i. ton argent. Car c'eſt ſigne qu'il eſt bien pauure.*

Quien la miel trata, ſiempre ſe le apega della. *Qui manie le miel, il s'en attache touſiours quelque choſe à ſes doigts. Il fait bon manier de l'argent.*

Quien en la plaça a labrar ſe mete, muchos adeſtradores tiene. *Qui en la place ſe met à trauailler, il a pluſieurs conducteurs ou monſtreurs: d'autant que chaſcun luy veut enſeigner quelque choſe.*

Quien delante me dize ſeñor y de tras necio, o me ha verguença, o miedo. *Qui deuant moy me dit Monſieur, & en derriere m'appelle ſot, ou il eſt honteux, ou il a peur de moy.*

Quien en la pared pone mote, viento pone en cocote. *Qui met vne deuiſe en la muraille, il met du vent en ſa teſte. Cocote ou cogote, c'eſt le derriere de la teſte.*

Quien a la tauernera cree, en ſu caſa lo vee. *Qui à la tauerniere croit, en ſa maiſon il le voit.* Entiende, al prouar del vino, *c'eſt à dire, au taſter du vin, car il n'y a point de meilleur teſmoing que la langue meſme.*

Quiē a ſolas ſe aconſeja, a ſolas ſe remeſſa. *Qui ſeul ſe conſeille, ſeul il s'arrache le poil. i. ſe repent tout ſeulet, ſi ſes affaires ne ſuccedent bien.*

Quien calla, piedras apaña. *Qui ne dit mot, em-*

N

poigne des pierres. Garde toy d'vn qui ne dit mot.

Quien guarda, halla. *Qui garde il trouue. On ad-*
iouste, y guardaua la caxcaria, & gardoit les ordu-
res de la maison.

Quien ha officio, ha beneficio. *Qui a mestier, a*
benefice.

Quien come y dexa, dos vezes pone mesa. *qui*
disne & laisse, deux fois met la nappe: laisse, c'est à dire,
garde quelque chose.

Quien desparte, lleua la peor parte. *Qui fait les*
pars, en a la pire pour soy.

Quien de mucho mal es ducho, poco bien le
abasta. *Qui est duit à beaucoup de mal, peu de bien luy*
suffit. Qui est duit .i. qui est accoustumé d'auoir.

Quien mal enhorna, saca los panes tuertos. *Qui*
mal enfourne, tire les pains cornus.

Quien antes nasce, antes pasce. *Qui premier,*
naist, premier paist. Toutesfois nous disons en Fran-
çois, que les derniers venus sont les maistres.

Quien mucho mira, poco hila. *Qui beaucoup*
muse, peu file.

quien de los suyos se alexa, Dios le dexa. *Qui*
des siens s'esloigne, Dieu l'abandonne.

quien a treynta no tiene seso, y a quarenta no
es rico, rapalde del libro. *Qui a trente ans n'a*
du sens, & à quarante n'est riche, effacez-le du
liure.

quien a veynte no es galan, ni a treynta tiene fuerça, ni a quarenta riqueza, ni a cinquen-
ta esperiencia, ni sera galan, ni fuerte, ni rico, ni
prudente. *Qui à vingt ans n'est mignon, ni à tren-*
te n'a de la force, ni à quarente richesse, ni à cinquan-

te experience,il ne sera ni mignon,ni vaillant, ni riche
aussi,ni prudent.

Quien al cielo escupe, en la cara le cae. *Qui*
crache contre le ciel, il luy retombe sur la face. Il ne se
faut pas prendre à Dieu.

Quien bien quiere a Beltran, quiere bien a su
can. *Qui aime bien Bertrand,aime bien son chien.*

Quien ha buen vezino,ha buen amigo. *Qui a*
bon voisin,a bon amy. Le Fr. Qui a bon voisin , a bon
matin.

Quien burla al burlador, cien dias gana de
perdon. *Qui moque le moqueur,gaigne cent iours de*
pardon.

Quien da lo suyo antes de su muerte, que le
den con vn maço en la frente. *Qui donne le sien*
denant sa mort, qu'on luy donne d'vn maillet au front.
i. sur la teste.

Quien tras otro caualga , no ensilla quando
quiere. *Qui est monté en croupe, ne se met en la selle*
quand il veut.

Quien tiene alforjas y asno , quando quiere
va al mercado. *Qui a vn bissac & vn asne, il va au*
marché quand il veut.

Quien poco sabe, presto lo reza. *Qui ne sçait*
gueres,l'a bien tost dit.

Quien estropieça,si no cae el camino adelan-
ta.*Celuy qui bronche ou choppe,s'il ne tombe il aduan-*
ce chemin. i. qui fait vne faute,s'il ne se ruine du tout,
il se rend plus aduisé pour vne autrefois.

Quien se cree de ligero.*Voyez Agua coge con*
harnero,*qui est le mesme prouerbe transposé.*

Quien a su enemigo popa , a sus manos viene

à morir. *Qui à son ennemi pardonne vient à mourir entre ses mains.*

Quien adelante no mira, atras se halla. *Qui ne regarde deuant soy, se trouue en arriere.*

Quien compra y miente, en su bolsa lo siente. *Qui achepte & ment, en sa bourse il le sent.*

Quien dinero tiene, alcança lo que quiere. *Qui a de l'argent, vient à bout de tout ce qu'il veut.* Alcança, *veut dire obtient, attaint.*

Quien debaxo de la hoja se posa, dos vezes se moja. *Qui se garre dessoubs la feuille, deux fois se mouille.* Se garre. i. *se met à couuert.*

Quien vna vez hurta, fiel nunca. *Qui vne fois desrobe, iamais n'est fidelle.*

Quien lengua ha, a Roma va. Fe Fr. *Qui langue a, à Rome va.*

Quien no cria, siempre pia. *Qui ne nourrit, tousiours piolle.* i. *tousiours est pauure & contraint d'en demander aux autres.* Criar, *c'est nourrir du bestail.*

Quien presto da, dos vezes da. *Qui tost donne, deux fois donne.*

Quien se viste de ruin paño, dos vezes se viste el año. *Qui s'habille de meschant drap, s'habille deux fois l'annee. Parce qu'il ne dure gueres.*

Quien estropieça y no cae, en su passo añade. *Qui choppe & ne tombe, adiouste à son pas.*

Quien come y condesa, dos vezes pone mesa. Condesa *veut dire* guarda. *Voyez cy deuant.* Quien come y dexa.

Quien presta no cobra, y si cobra no todo, y si todo no tal, y si tal enemigo mortal. *Qui preste ne recouure, & s'il recouure non tous, & si tout non tel,*

& ſi tel ennemy mortel. Le Fr. Qui preſte non r'a, & s'il r'a non toſt, ſi toſt, non tout, ſi tout non tel, ſi tel non grè : or regarde donc de preſter: Car au preſter couſin germain, & au rendre fils de putain.

Quien de preſto ſe determina, de eſpacio ſe arrepiente. *Qui ſe reſoult tout à la haſte, tout à loiſir ſe repent.*

Quien te haze fieſta que no te ſuele hazer, o te quiere engañar, o te ha meneſter. *Qui te fait la feſte qu'il n'a accouſtumé de faire, ou il te veut tromper, ou il a beſoin de toy.*

Quien no ſabe de abuelo, no ſabe de bueno. *Qui ne ſçait du pere grand, il ne ſçait rien du bon tẽps. D'autãt qu'il iouyt de double careſſe, à ſçauoir du pere & du pere grand, & ſouuent auſſi de deux ſucceſſions.*

Quien no va a caraua, no ſabe nada. *Qui ne va à l'aſſemblee ne ſçait rien. Caraua c'eſt l'aſſemblee des payſans és iours de feſte pour deuiſer.*

Quien no cree à buena madre, crea à mala madraſtra. *Qui ne croit à la bonne mere, qu'il croye à la mauuaiſe maraſtre.*

Quien ſolo come ſu gallo, ſolo enſille ſu cauallo. *Qui ſeul mange ſon coq, qu'il ſelle ſon cheual tout ſeul.*

Quien enferma de locura, o ſana tarde, o nunca. *Qui eſt malade de folie, en guerit tard, ou iamais.*

Quien tiene boca, no diga a otro ſopla. *Qui a vne bouche, ne diſe à vn autre qu'il ſouffle.*

Quien come la vaca del Rey, à cien años paga los hueſſos. *Qui mange la vache du Roy, à cent ans de là il en paye les os.*

Quien a su perro quiere matar, rauia le ha de leuantar. *Qui veut tuer son chien, il luy faut mettre sus qu'il est enragé.*

Quien no sabe de mal, no sabe de bien. *Qui ne sçait de mal, ne sçait de bien. i. qui ne sçait que c'est de mal, ne peut gouster le bien.*

Quien feo ama, hermoso le parece. *Qui aime vn laid, il luy semble beau. Le Fran. Il n'y a point de belle prison, ny de laides amours.*

Quien ruyn es en su tierra, ruyn es fuera della. *Qui est meschant en son pays, il est meschant hors d'iceluy.* Coelum no animum mutãt, qui trans mare currunt.

Quien el azeyte mesura, las manos se vnta. *Qui mesure l'huile, il s'en oingt les mains.*

Quien su carro vnta, sus bueyes ayuda. *Qui graisse son chariot, il aide à ses bœufs.*

Quien tiene quarto y gasta cinco, no ha menester bolsa ni bolsico. *Qui en a quatre & en despend cinq, il n'a besoin de bourse ny de boursillon. Le Fran. dit: Qui bien gaigne & bien despend, n'a que faire de bourse à mettre son argent.*

Quien quando puede no quiere, bien es que quando quiera no pueda. *Qui ne veut quand il peut, il est bon que quand il voudra il ne puisse.*

Quien todo lo miro, con bueyes no aro. *Qui a regardé à tout, n'a labouré auec des bœufs, c'est à dire qu'vn homme de trop pres regardant, trouue à redire & de la difficulté à toute chose.*

Quien echa agua en la garrafa de golpe, mas derrama que ella coge. *Qui verse de l'eau en vn bocal tout à coup, il en respand plus qu'il n'y en entre dedans.*

Quien haze lo que quiere, no haze lo que deue. *Qui fait ce qu'il veut, ne fait ce qu'il doit.*

Quien no habla, no le oye Dios. *Qui ne parle, Dieu ne l'oit pas. Dieu veut eftre prié & importu-
né.*

Quien a otro firue, no es libre. *Qui fert à autruy, n'eft pas libre.*

Quien no diere de fus peras, no efpere de las
agenas. *Qui ne donnera de fes poires, qu'il n'attende
de celles d'autruy.*

Quien fe leuanta tarde, no oye miffa ni toma
carne. *Qui fe leue tard, n'oit Meffe, ni n'a de la chair. i.
ne trouue plus de chair à la boucherie.*

Quien va al molino, y no madruga, los otros
muelen y el fe efpulga. *Qui va au moulin & n'eft
matineux, les autres meulent & luy s'efpluche:en at-
tendant qu'ils ayent moulu.*

Quien affecha por agujero, vee fu duelo. *Qui
efpie par vn trou, oid fon mal.*

Quien la rapofa ha de engañar, cumple le madrugar. *Qui veut tromper le renard, il faut qu'il fe leue du matin.*

Quien fe echa fin cena, toda la noche deua-
nea. *Qui fe couche fans fouper, toute la nuict ne fait
que refuer.*

Quien dineros ha de cobrar, muchas bueltas
ha de dar. *Qui a de l'argent à recouurer, il a plufieurs
tours à faire.*

Quien lleua las obladas, que taña las campanas. *Qui emporte les offrandes, qu'il fonne les clo-
ches.*

Quien es amigo del vino, enemigo es de fi

mifmo. *Qui du vin eſt bien amy, de ſoy-meſme eſt en-nemy. D'autant que le vin eſt ſouuent cauſe de beau-coup de mal.*

Quien compra lo que no puede, vende lo que le duele. *Qui achepte ce qu'il ne peut, il vēd ce qui luy deult. Ce qu'il ne peut, ſub. payer content.*

Quien poco tiene y eſſo da, preſto ſe arrepen-ta. *Qui a peu & le donne, toſt ſe repentira. Charité bien ordonnee commence à ſoy-meſme.*

Quien no tuuiere que hazer, arme nauio o to-me muger. *Qui n'aura que faire, qu'il equippe vn na-uire, où bien prenne femme.*

quien quiſiere medrar, biua en pie de ſierra, o en puerto de mar. *Qui voudra profiter, qu'il habi-te au pied d'vn mont, où en vn port de mer. A cauſe de l'affluence du peuple qui eſt ordinairement en ces lieux-là.*

quien no ſabe ſufrir, no ſabe regir. *Qui ne ſçait ſouffrir, ne ſçait regir. Qui ne ſçait diſsimuler, ne ſcait regner.*

Quien no te conoce, eſſe te compre. *Qui ne te cognoiſt, celuy-là t'achepte.*

Quien deſalaba, la coſa, eſſe la compra. *Qui meſpriſe la choſe, celuy-là l'achepte.*

Quien preſta, ſus baruas meſſa. *Celuy qui preſte, arrache ou couppe ſa barbe.*

Quien bien quiere, de lexos vee. *Qui bien ai-me, voit de loing.*

Quien yerra y ſe emienda, a Dios ſe enco-mienda. *Qui faut & s'amende, à Dieu ſe recom-mande.*

Quien à la poſtre viene, primero llora. *Qui*

vient au dernier, pleure le premier.

Quien te da vn huesso, no te querria ver muerto. *Qui te donne vn os, ne te voudroit voir mort.*

Quien no hereda, no medra. *Qui n'herite, ne profite.* Martial. Res non parta labore sed relicta.

Quien bien te hara, o se te muere, o se te ira. *Qui bien te fera, où il se mourra, où il s'en ira.*

Quieres vn buen bocado, el niespero despestañado. *Veux-tu vn bon morceau, prens la nesse espluchee.* Despestañar, *c'est oster le petit bord d'alentour, qui est comme les paupieres de l'œil, qui en Espagnol s'appellent* pestañas.

Quien haze casa o cuba, mas gasta que cuyda. *Qui fait maison ou cuue, despend plus qu'il ne cuide. Equiuoque sur bastiment, qui bastit ment.*

Quien del alacran esta picado, la sombra le espanta. *Qui est piqué du scorpion, a peur de l'ombre d'iceluy.*

Quien ha criados, ha enemigos no escusados. *Qui a des seruiteurs, a des ennemis ineuitables, i. dont il ne se peut passer.*

Quien va llorando, no va bien orando. *Qui va pleurant, ne va pas bien priant.*

Quien desdeña la pera, comer quiere della. *Qui desdaigne la poire, en veut manger.*

Quien da lo suyo antes de morir, aparejese a bien sufrir. *Qui donne le sien deuant que de mourir, qu'il s'appreste à bien souffrir.*

Quien abrojos siembra, espinas coge. *Qui seme des chardons, recueille des espines.*

Quien amenudo a las armas va, o dexa la piel,

o la dexara. *Qui souuent aux armes va, ou il laisse la peau, ou il la laissera. Le Fr. Tant va le pot à l'eau, qu'il brise.*

Quien callo venciò, y lo que quiso vio. Callo. i. sufrio. *Qui s'est teu a vaincu, & a veu ce qu'il a voulu.*

Quien no ha cayre, no ha donayre. Cayre. i. dinero. *Qui n'a point d'argent, n'a point de grace. Le Fr. dit, n'est qu'vn sot.*

Quien fia o promete, en deuda se mete. *Qui cautionne ou promet, en debte se met. Choses promises, sont choses deuës.*

Quien paxaro ha de tomar, no ha de oxear. *Qui veut prẽdre vn oiseau, il ne faut pas l'effaroucher.*

Quien entra en casa hecha, y se assiẽta a mesa puesta, no sabe lo que cuesta. *Qui entre en maison faite, & s'assied à table mise, ne sçait pas ce qu'il couste.*

Quien tunde el paño, quita la cresta al gallo. *Qui tond le drap, oste la creste au coq.*

Quien mucho duerme, poco aprende. *Qui beaucoup dort, peu apprend.* Non iacet in molli veneranda scientia lecto.

Quien tras ensalada no beue, no sabe lo que pierde. *Qui ne boit apres la salade, ne sçait pas ce qu'il perd.*

Quien come peces menudos, come mierda de muchos culos. *Qui mange des poissons menus, il mange la merde de plusieurs culs. C'est parce que les petits poissons vont au bord de l'eau, où les femmes lauent les drapeaux breneux.*

Quien ha de ser seruido, ha de ser sufrido. *Qui veut estre seruy, doit estre patient.*

Quien la fama ha perdida, muerto anda en la vida. *Qui a perdu la renommee, est mort au monde.*

Quien pregunta lo que no deuria, oye lo que no querria. *Qui demande ce qu'il ne deuroit, il oit ce qu'il ne voudroit. Contre les curieux.*

Quien en la cara me caga, tarde me la laua. *Qui me chie au visage, tard me le laue. Il ne faut pas esperer vn bien, de celuy qui nous a fait vn desplaisir.*

Quiebra la soga, por lo mas delgado. *La corde se rompt, par le plus delié.*

Quien guarda halla, y quien cria mata. *Qui garde trouue, & qui nourrit tue.* i. *a dequoy tuer pour faire bonne chere.*

Quien ha de passar barca, no cuente jornada. *Qui doit passer le basteau ou bac, qu'il ne conte point iournee.* Por muchos impedimiētos que acōtecē al passar de la barca, del esperar que otros passen, y otras cosas. *A cause de plusieurs empeschemens qui arriuent en passant la barque, a attendre que d'autres passent, ou autres choses.*

Quien no cree en dolor, crea en color. *Qui ne croit en douleur, qu'il croye en couleur.* Porque en la color del rostro, se parece la poca o mucha salud: *Parce qu'a la couleur du visage, paroist le peu ou beaucoup de santé.*

Quien haze la meaja vil, nunca las llega à mil. *Qui fait la maille vile, iamais n'en amasse mille. Contre les mauuais mesnagers.*

· Quien vno castiga, ciento hostiga. *Qui en chastie vn, en fustige cent.* i. *leur donne crainte. Il vaudroit mieux dire en Frāçois: Qui en punit vn, en chastie vn cent, car ces deux verbes sont conuertibles.*

Quien no tiene miel en la orça, tengalo en la boca. *Qui n'a point de miel en sa cruche, qu'il en ait en sa bouche. i. qui n'a dequoy bien faire, que pour le moins il donne de bonnes paroles.*

Quieres buen mercado, con el necio necessitado. *Veux-tu vn bon marché, fais-le auec vn sol necessiteux.*

Quien pregunta no yerra: si la pregunta no es necia. *Qui demande ne fault pas, si la demande n'est sotte.*

Quien no alça vn alfiler, no tiene en nada a su muger. *Qui ne ramasse de terre vne espingle, il n'estime rien sa femme. Le Fr. Qui voit vne espingle, & ne la prend, vient vn temps qu'il s'en repent.*

Quien mal pleyto tiene, a barato lo mete. *Qui a mauuais procés, a marché le met.*

Quien hizo el cogombro, que se lo traya enel hombro. *Qui a fait le concombre, qu'il le porte sur son col, ou sur son espaule.*

Quien nada no nos deue, y en las baruas no nos pee, merced es que nos haze. *Qui rien ne nous doit, & aunez ne nous pette, c'est grace qu'il nous fait.*

Quien neciamente peca, neciamente se va al infierno. *Qui sottement peche, sottement s'en va en enfer.*

Quien se ha de matar, enel coraçon se ha de dar. *Qui se veut tuer, il faut qu'il se frappe au cœur.* Primum viuens & vltimum moriens.

Quien muere de quajo, muere sin plazo. *Qui meurt de la mulette, meurt sans terme. Quajo c'est la mulette du veau, ou est la substance, de laquelle se fait la presure: c'est aussi le creux de l'estomach.*

Quien pan y vino compra, menester ha bolsa. *Qui achete pain & vin, il a besoin de bourse.*

Quien malas hadas no halla, de las buenas se enhada. *Qui ne trouue point de mauuaises fortunes ou destinees, il s'ennuye ou se saoule des bonnes.*

Quien paga deuda, haze caudal. *Qui paye vne debte, il fait fond. Le Fr. Qui s'acquitte s'enrichit.*

Quien quando puede no quiere, quãdo quiere no puede. *Qui quand il peut ne veut, quand il veut il ne peut.*

Quieres dezir al necio lo que es, dile bestia de dos pies. *Veux-tu dire à vn sot ce qu'il est, dis luy beste à deux pieds.*

Quien lazo me armo, enel cayo. *Qui m'a tendu vn laqs, est tombé en iceluy.*

Quien mas tiene, mas quiere. *Qui plus a, plus veut auoir.*

Quien a muchos ha de mantener, mucho ha de tener. *Qui a plusieurs d'entretenir, doit auoir bien dequoy.*

Quien pequeña heredad tiene, a passos la mide. *Qui a vne petite terre, la mesure auec les pas.*

Quien con mal anda, o se quiebra el pie o la çanca. *Qui mal verse, ou se rompt le pied, ou l'os de la iambe. çanca, c'est le gros os de la cuisse, & de la iambe.*

Quien no haze mas que otro, no vale mas que otro. *Qui ne fait point plus qu'vn autre, ne vaut pas mieux qu'vn autre.*

Quien a mano agena espera, mal yanta y peor cena. *Qui s'attend à la main d'autruy, disne mal, &*

foupe encor pis. Le Fr. *Qui s'attend à l'efcuelle d'autruy, il difne fouuent bien tard.*

Quien a mi hijo quita el moco, a mi befa enel
roftro. *Qui à mon enfant ofte le morueau, il me baife
au vifage.*

Quien calla, otorga. *Qui fe taift, concede ou con-
fent.* Qui tacet confentire videtur.

Quien primero viene, primero muele. Le Fr.
*Qui premier arriue au moulin, le premier doit moul-
dre fon grain.*

Quien a dos feñores ha de feruir, al vno ha de
mentir. *Qui a deux maiftres à feruir, il faut qu'il
mente à l'vn.i. qu'il manque.*

Quitemos las fofpechas, y dexen nos hazer las
hechas. *Oftons les foupçons, & qu'on nous laiffe faire
les affaires.*

Quien enfilla delantero, fe halla muy trafero.
*Qui felle fon cheual fur le deuant, fe trouue bien der-
riere les autres.*

Quien ruyn es en fu villa, ruyn es en Seuilla.
*Qui eft mefchant en fa ville, eft mefchant en Seuille.i.
par tout où il fe trouue.*

Quien a todos cree yerra, quien a ninguno
no acierta. *Qui croit à tous il erre, & qui ne croit à
nul ne rencontre pas bien.*

Quieres embaraçar al villano, ponle el candil
y hueuo en la mano. *Veux-tu bien empefcher le Vilain, mets luy la lampe, & vn œuf en la main.*

R

Racion de palacio, quien la pierde no le han
grado. *Portion de court, à qui la perd, on ne luy
en fçait gré.*

Raton que no sabe mas de vn horado, presto le toma el gato. *La souris qui ne sçait qu'vn trou, le chat la prend bien viste.*

Reniego de cuentas, con deudos y deudas. *Ie renie les comptes, auec parens & parentes.*

Rey por natura, y Papa por ventura. *Roy par nature, & Pape par auanture.*

Recebido ya el daño, atapar el horado. *Apres le dommage receu, estouper le trou. Le Fr. Fermer l'estable, apres que les cheuaux sont pris.*

Reniego de cauallo, que se enfrena por el rabo. *Ie renie le cheual, qui se bride par la queuë.* i. la nao, *le nauire.*

Reniego de Sermon, que acaba en daca. *Ie renie le Sermon qui finit par, donnes çà.*

Reniego del amigo, que cubre con las alas, y muerde con el pico. *Ie renie l'amy qui couure auec les aisles, & mord auec le bec.*

Reniego de grillos, aunque sean de oro. *Ie renie des ceps, encor qu'ils soiët d'or. Grillos, ce sont des fers qu'on met aux pieds des prisonniers.*

Reniego de bacin de oro, en que escupen sangre. *Ie renie le bacin d'or, auquel on crache du sang.* i. *quand la maladie est si dangereuse, que l'on crache le sang, ou les pommons.*

Relox de medio dia, nunca da menos de doze. *Horloge de midy, ne frappe iamais moins de douze heures.* Contra los que dizen muchos disparates: *Contre ceux qui disent plusieurs sottises.*

Resfriadas, duelen mas las llagas. *Les playes estans refroidies, sont plus de douleur.*

Rian de mi costura, no beuan de mi pecuña. *Qu'ils se rient de ma coußture, & ne boiuent de ma pecune, c'est à dire à mes despens.*

Rico fin par, rueda el majadero y no halla en que parar. *Riche fans per, le pilon roule, & ne trouue rien à quoy il s'arreste. i. qui n'a rien du tout.*

Riefe Mofe, y no fabe de que. *Moyfe fe rit, & ne fçait dequoy.*

Riñen las comadres, defcubrenfe las poridades. *Les commeres fe tancent, les fecrets fe defcouurent. Autres difent* Verdades, *au lieu de* Poridades.

Romeria de cerca, mucho vino y poca cera. *Pelerinage de pres, beaucoup de vin, & peu de cire.* Porque eftan cerca de fus cafas, y lleuã almuerços y meriendas.

Roftro ledo y el perdon, gran vengança es del baldon. *Ioyeux vifage, & le pardon, c'eft vne grande vengeance de l'opprobre.*

Robles y pinos, todos fon mis primos. *Chefnes & pins, tous font mes coufins.*

Romero hito, faca çatico. *Pelerin importun, emporte la bribe.*

Rogar al fanto, hafta paffar el tranco. *Prier le fainct, iufques apres le danger paffé.* Tranco, *fignifie le pas ou paffage, vn fault.*

Rocin de vn eftablo, que no tiene pariente ni hermano: porque es brauo y no fe compadece otro con el. *Cheual feul à vne eftable, qui n'a parent ni frere: parce qu'il eft furieux, & ne peut compatir auec vn autre.*

Ruyn feñor, cria ruyn feruidor. *Mauuais feigneur nourrit mauuais feruiteur. Le Fr. Tel maiftre, tel valet.*

Ruyn

Ruyn fea, quien por ruyn fe tiene. *Mefchant foit, qui mefchant s'eſtime.*

Ruegos de grande, fuerça es que te haze. *Prieres de grand, c'eſt force qu'il te fait.*

Ruego y derecho, hazen el hecho. *Priere & le droict, font le faict. Le Fran. Bon droict a bon befoin d'aide.*

S

SAngrarle y purgarle, fi fe muriere enterrarle. *Le faigner & le purger, s'il fe meurt, l'enterrer.* Contra los medicos que no faben curar, fino con eſtas dos cofas. *Contre les Medecins qui ne ſçauent penfer vn malade, finon auec ces deux chofes.*

Santa Lucia, mengua la noche y crefce el dia. *Sainƈte Lucie, diminue la nuiƈt, & croiſt le iour. Le Fr. A la fainƈte Luce, du fault d'vne puce: c'eſt à dire, le iour croiſt.*

Santa Lucia, que todas las fieſtas embia. *Sainƈte Lucie, qui toutes les feſtes enuoye.*

Santa Cruz, faca las fieſtas à luz. *Sainƈte Croix, mets les feſtes en lumiere.*

San Iuan es venido, mal aya quien bien nos hizo. *La fainƈt Iean eſt venuë, mal aduienne à qui bien nous a fait. Dire de perfonne ingrate.*

San Lucas porque no encucas? porque no tengo las bragas enxutas. Encucas. i. beues. *Sainƈt Luc, pourquoy ne chocailles-tu? Pource que ie n'ay pas mes brayes feiches.*

San Lorenzo calura, fan Vincente friura, lo

O

vno y lo otro poco dura. *A la sainct Laurens*
chaleur, & à la sainct Vincent froidure, l'vn & l'au-
tre fort peu dure.

San Vincente claro, pan harto: San Vincente
escuro pan ninguno. *Sainct Vincent clair, du bled*
à foison: Sainct Vincent obscur, point de bled du
tout.

Sacar aradores à pala y açadon. *Tirer des cirons*
auec la paesle & le hoyau. i. corgner le festu.

Sal vertida, nunca bien cogida. *Du sel respandu,*
n'est iamais bien ramassé.

Salime al Sol, dixe mal y oy peor. *Ie suis sorty*
au Soleil, i'ay dit du mal, & ay pis ouy.

Sacaldo de entre los cardos, sacaros lo hemos
de entre las manos. *Tirez-le d'entre les chardons,*
& nous vous le tirerons d'entre les mains.

Salio del lodo, y cayo enel arroyo. *Il est sorty*
de la fange, & est tombé au ruisseau. Le Fr. Il est ren-
tré de fieure en chaud mal.

Salir de lodaçales, y entrar en cenagales. *Sor-*
tir du bourbier, & entrer en lieu limonneux.

Salamanca, a vnos sana, y a otros manca. *Sa-*
lamanque guarit les vns, & estropie les autres.

Sabeldo vezinas, que doy de comer a mis
gallinas. *Sçachez-le voisines, que ie donne à manger*
à mes poules.

Salud y dineros, que no faltaran morteros.
Santé & des deniers, que nous n'aurons faute de mor-
tiers.

Salto la cabra en la viña, tambien saltara la
hija. *La cheure est sautee en la vigne, aussi y sautera sa*
fille. Patrem sequitur sua proles.

Secreto de oreja, no vale vna arueja. *Secret dit à l'oreille, ne vaut pas vne defce.*

Segun el natural de tu hijo, affi le da el confejo. *Selon le naturel de ton fils, donnes luy le confeil.*

Sea velado, y feafe vn palo. *Qu'il foit mary, & qu'il foit vn pau ou vn pieu.*

Seda y rafo, no dan eftado. *La foye & le fatin, ne donnent pas l'eftat. L'habit ne fait pas le moyne.*

Sea yo merino, fi quiera de vn molino. *Que ie fois officier, au moins d'vn moulin. Merino en Galice eft vn Iuge, & s'entend icy de mefme.*

Sea mi enemigo, y vaya a mi molino. *Qu'il foit mon ennemy, & qu'il voife à mon moulin.*

Setiembre o lleua las puētes, o feca las fuentes. *Septembre emporte les ponts, ou tarit les fontaines. i. Il eft tout humide, ou tout fec.*

Seco y no de hambre, huye del como de landre. *Sec & non de faim, fuys t'en de luy comme de la pefte. i. maigre de nature.*

Sey moço bien mandado, y comeras a la mefa con tu amo. *Sois feruiteur ou garfon bien appris, & tu mangeras à la table auec ton maiftre.*

Señal de mala beftia, fudar tras la oreja. *C'eft figne de mauuaife befte, que de fuer derriere l'oreille.*

Siembra y cria, y auras alegria. *Semes & nourris, & tu auras ioye.*

Si el cauallo tuuieffe baço y la paloma hiel, toda la gente fe auernia bien. *Si le cheual auoit vne rate, & le pigeon du fiel, tout le monde s'accorderoit bien.*

Si fecretos quieres faber, bufcalos enel pefar o enel plazer. *Si tu veux fçauoir des fecrets, cherches-les en la fafcherie, ou au plaifir.*

Sigue la hormiga, fi quieres biuir fin fatiga. *Enfui la fourmy, fi tu veux viure fans peine.*

Sirue al noble aunque fea pobre, que tiempo verna, que te lo pagara. *Sers au noble, encor qu'il foit pauure, car le temps viendra, qu'il te le payera.*

Si quieres fer polido, trae aguja y hilo. *Si tu veux eftre net & poly, portes vne aiguille & du fil.*

Si la locura fueffe dolores, en cada cafa darian bozes. *Si la folie eftoit douleurs, en chafque maifon y auroit des pleurs.* Stultorum plena funt omnia.

Si quieres bien cafar, cafa con tu ygual. *Si tu te veux bien marier, maries toy auec ton pareil.*

Si quieres biuir fano, haz te viejo temprano. *Si tu veux viure en fanté, fais toy vieil de bonne heure, i. traicte toy comme vn vieillard.*

Si tu no entraffes en mi fuego, no fabrias lo que cuego. *Si tu n'entrois iufques à mon feu, tu ne verrois pas ce que ie cuis.*

Si te dal el pobre, es porque mas tome. *Si le pauure te donne, c'eft afin qu'il reçoiue d'auantage de toy.*

Si fuera adeuino, no fuera mefquino. *Si i'eftois deuin, ie ne ferois miferable.* Fuera, c'eft proprement à dire, i'euffe efté. Le Fr. Qui fçauroit les auantures, il ne feroit iamais pauure.

Si quieres aprender a orar, entra en la mar. *Si tu veux apprendre à prier, va t'en fur mer.*

Sirue à señor, y sabras que es dolor. *Sers à vn seigneur, & tu scauras que c'est de douleur.* Alterius non sit qui suus esse potest.

Si de alguno te quieres vengar, has de callar. *Si tu veux te venger de quelqu'vn, il te faut taire.*

Si el villano supiesse el sabor de la gallina en Enero, no dexaria ninguna enel pollero. *Si le vilain scauoit le goust ou saueur de la poule en Iannier, il n'en laisseroit pas vne au poulailler.*

Si el necio no fuesse al mercado, no se venderia lo malo. *Si le sol n'alloit au marché, on ne vendroit pas la mauuaise denree.*

Siembra temprano, y poda tardio, cogeras pan y vino. *Semes de bonne heure, & tailles tard, & tu recueilleras pain & vin.*

Si no veo por los ojos, veo por los antojos. *Si ie ne voy par les yeux, ie voy par les lunettes.* Antojos, ce sont lunettes, & signifie aussi fantaisies.

Si assi corres como beues, vamonos a liebres. *Si tu cours comme tu bois, allons courre le lieure. Pour vn qui boit bien.*

Si el diablo dio en piedra, tal qual la dio la lleua. *Si le diable a donné contre la pierre, tel qu'il l'a donné il l'a receu. i. le choc ou heurt.*

Si quieres tener buen moço, antes que le nasca el boço. *Si tu veux auoir vn bon garson, prens-le deuant que la barbe luy vienne.* Boço, c'est le poil folet.

Si quieres comida mala, come la liebre assada. *Si tu veux faire vn mauuais repas, mange d'vn lieure rosty.*

Si me viste burleme, si no me viste calleme.
*Si tu m'as veu ie me moquois, si tu ne m'as veu, ie me
suis teu. Dire d'vn larron priué.*

Si quieres enemigos, haz de veſtir a niños. *Si
tu veux auoir des ennemis, fais des habits à des petits
enfans.*

Si el juramento es por nos, la burra es nueſtra. *Si on s'en rapporte à noſtre ſerment, l'aſneſſe eſt
noſtre.*

Si Marina baylo, tome lo que hallo. *Si Marine
a danſé, qu'elle prenne ce qu'elle a trouué.*

Si quieres la oueja, andate tras ella. *Si tu
veux la brebis, va-t'en apres elle.*

Sin clerigo y palomar, ternas limpio tu hogar. *Sans Preſtre & ſans Colombier, tu tiendras net
ton fouyer. Le Fr. Qui veut tenir nette ſa maiſon, il n'y
faut Preſtre ny pigeon.*

Si elare en Março, buſca cubas y maço, y ſi
en Abril torna las al cubil. *S'il gele en Mars, cher-
ches des cunes & le maillet, & ſi c'eſt en Auril, re-
mets-les en leur nid. i. reſerres-les, car tu n'en auras
que faire.*

Si quereys que bayle, ande el barril delante.
*Si vous voulez que ie danſe, que le baril marche de-
uant.*

Si quieres hazer buen teſtaméto, hazle eſtan-
do bueno. *Si tu veux faire bon teſlament, fais-le e-
ſtant en ſanté.*

Si quieres enfermar, lauate la cabeça, y vete
a echar. *Si tu veux deuenir malade, laues-toy la teſle,
& t'en vas coucher.*

Si el grande fueſſe valiente, y el pequeño pa-

ciente, y el bermejo leal, todo el mundo seria
ygual. *Si le grand estoit vaillant, & le petit patient,*
& le rousseau loyal, tout le monde seroit esgal.

Si quieres ser bien seruido, sirue te tu mismo.
Si tu veux estre bien seruy, sers toy toy-mesme. Il n'est
si bon seruiteur que soy-mesme.

Si quieres holgura, sufre amargura. *Si tu veux*
auoir du contentement, souffre de l'amertume. Le Fr.
Nul bien sans peine.

Si quieres cedo engordar, come con hambre,
y beue à vagar. *Si tu veux bien tost deuenir gras,*
manges auec faim, & bois tout à loisir.

Si el coraçon fuesse de azero, no lo venceria
el dinero. *Si le cœur estoit d'acier, il ne seroit vaincu*
par le denier. i. par l'argent.

Si como tiene orejas tuuiera boca, a muchos
llamara la picota. *Si le gibet auoit aussi bien vne*
bouche comme il a des oreilles, il appelleroit beaucoup
de gens. Picota, c'est vne potence, & vn pieu à empa-
ler, ou le posteau du pilory, auquel on attache les oreil-
les qu'on coupe aux larrons.

Si quieres saber quanto vale vn ducado, bus-
calo prestado. *Si tu veux sçauoir que vaut vn ducat,*
cherches-le à emprunter.

Si no ouiesse mas de ajos que de canela, quanto valen ellos valdria ella. *S'il n'y auoit non plus*
d'aux que de canelle, autant qu'ils valent vaudroit-
elle. Les choses sont cheres pour la rarité d'icelles.

Si te dieren la vaquilla, acude con la soguilla.
Si on te donne la vachette, accours auec la cordelette.

Si quieres que haga por ti, haz por mi. *Si tu*
veux que ie face pour toy, fais pour moy.

Si la vista no me agrada, no me aconsejedes nada. *Si la veüe ne me plaist, ne me donnez point de conseil.*

Si quieres dar de palos a tu muger, pidele al Sol a beuer. *Si tu veux donner des coups de baston à ta femme, demandes luy à boire au Soleil. D'autant que l'eau, ou autre bruuage, ne sçauroit estre si net, qu'il n'y paroisse au Soleil quelque petite ordure, surquoy en peut prendre subiet de batre celuy qui donne à boire, si on en a le pouuoir.*

Si embidia fuesse tiña, que pez le bastaria? *Si l'ennuie estoit tigne, quel poix luy suffiroit? i. tout le monde seroit tigneux, & n'y auroit pas assez de poix pour faire des emplastres.*

Siempre promete en duda, pues al dar nadie te ayuda. *Promets tousiours en doute, puis qu'au donner personne ne t'aide.*

Si estuuieres subido, no te desseen ver caydo. *Si tu es monté, qu'on ne te desire point voir tombé.*

Si supiesse la muger las virtudes de la ruda, buscalla ya de noche a la Luna. *Si la femme sçauoit la vertu de la rue, elle la chercheroit de nuict à la Lune.*

Si bien me quieres Iuan, tus obras me lo dirã. *Iean, si tu m'aimes bien, tes œuures me le diront.*

Si la moçuela fuere loca, anden las manos y calle la boca. *Si la ieune fille est folle, que les mains voisent, & la bouche se taise.*

Sigue razon, aunque a vnos agrada, y a otros non. *Suis la raison, encor qu'elle plaise aux vns, & aux autres non.*

Si Alexandre es cornudo, sepalo Dios y todo

el mundo. *Si Alexandre est coqu, Dieu le sçache & tout le monde aussi.* Los males de los grandes no pueden encubrirse. *Les maux des grands ne se peuuent celer.*

Siembra en poluo, y auras cogolmo. *Semes en pouldre, & tu auras au comble.*

Sientate en tu lugar, no te haran leuantar. *Assieds toy en ton lieu, & on ne t'en fera pas leuer.*

Si tuuieramos dinero para pan, carne y cebolla, nuestra vezina nos prestara vna olla. *Si nous eussions eu de l'argent pour auoir du pain, de la chair & des oignons, nostre voisine nous eust presté vne marmite.*

Si teneys la cabeça de vidro, no os tomeys a pedradas comigo. *Si vous auez la teste de verre, ne m'attaquez à coups de pierres.*

Si la pildora bien supiera, no la doraran por de fuera. *Si la pilulle auoit bon goust, on ne la doreroit pas par dehors.*

Si tu eres ajo, yo piedra que te majo. *Si tu es ail, ie suis la pierre qui t'escache.* Majar *signifie broyer & piler.* Le Fran. *A bon chat, bon rat.*

Sobre peras, vino beuas. *Apres poire, vin faut boire.* Pirum sine vino virus.

So vayna de oro, cuchillo de plomo. *Dans vne gaine d'or, vn cousteau de plomb.*

Soplando brasas se saca llama, y enojos de mala palabra. *Soufflant le charbon on excite la flamme, & de mauuaises paroles viennent les courroux & fascheries.*

Sol madruguero, no dura dia entero. *Soleil matineux, ne dure vn iour entier.*

So la fombra del nogal, no te pongas a recoftar. *Souz l'ombre du noyer, gardes-toy de coucher. Parce qu'il eft mal fain.*

Soldar el azogue. *Soulder le Vif-argent.i.coigner le feftu. Voyez,* Sacar aradores, &c. *Les Alquim.ftes difent, arrefter le Mercure, qui eft chofe impoffible.*

Sobre cuernos penitencia, y luego de palos encima. *Sur les cornes la penitence, & tout auffi toft des baftonnades. Voyez l'Hiftoire de Hennequin, lequel ayant befongné fa maiftreffe, alla tres-bien battre fon maiftre, qui l'attendoit au iardin, defguifé en habit de femme.*

Soplar y forber, no puede junto fer. *Souffler & humer, ne fe peuuent faire tout enfemble.*

Sorue y folla, que mas ay en la olla. *Humes & aualles, car il y en a encor au pot. Le Fr. Hume Guillot, il en y a encor au pot.*

Sufra quien penas tiene, que tras vn tiempo otro viene. *Endure qui eft en peine, car apres vn temps en vient vn autre.*

Sufre por faber, y trabaja por tener. *Endures pour fçauoir, & trauailles pour auoir.*

Suelas y vino, andan camino. *Semelles & du vin, paffent chemin: c'eft à dire, qu'il faut eftre bien chauffé & bien repeu.*

Sufrir cochura, por hermofura. *Souffrir de la douleur, pour auoir de la beauté.* Cochura, *c'eft la cuiffon que fait vne playe, quand on y met quelque chofe d'acre. Endurer pour eftre braue, c'eft eftre martyr du diable.*

Sufri te hija golofa y aluendera, mas no ventanera. *Ie souffriray ma fille friande & coureuse, mais non pas feneſtriere.*

Sueño ſoſſegado, no teme ñublado. *Sommeil tranquille, ne craint point le nuage.*

Suyos ſon los ojos, y mios ſon los olmos. *Les yeux ſont ſiens, & les ormes ſont miens.*

T

TAl la Ley, qual el Rey. *Telle eſt la Loy, quel eſt le Roy.*

Tarde madrugue, mas bien recaude. *Ie me ſuis leué tard, mais i'ay bien rencontré ce que ie ſouhaitois.*

Tanto pan como vn pulgar, torna el alma a ſu lugar. *Auſsi gros que le poulce de pain, remet l'ame en ſa place. Peu de choſe fait grand bien.*

Tan grande es el yerro, como el que yerra. *Auſsi grande eſt la faute, que celuy qui faute. ſup. eſt grand.*

Tales fuimos como vos, tales ſereys como nos. *Nous auons eſté comme vous, vous ſerez tels que nous. Dit des morts aux viuans.*

Tal dexa el caçador la caſa, como la caça la cama. *Le chaſſeur laiſſe ſa maiſon au meſme eſtat que la beſte laiſſe ſon giſte. Çaça, ſignifie la proye, ou la beſte que l'on chaſſe.*

Tantos cobres pierde el ajero, como dias paſſan de Enero. *Autant de bottes perd le planteur d'aulx, comme il ſe paſſe de iours de Ianuier.*

Tan contenta va vna gallina con vn pollo, como otra con ocho. *Vne poule eſt auſsi contente d'vn poulet, comme vne autre de huiƈt.*

Tal te veas entre enemigos , como paxaro entre niños. *Tel tu te voyes entre tes ennemis, comme vn passereau entre des petits enfans.* Paxaro *se dit de tout petit oiseau aussi bien que du passereau, qui est en François vn moineau.*

Tahur tahur, el nombre dize hurta fur. *Ce prouerbe ne se peut expliquer de mot à mot qu'il puisse auoir grace: car tahur signifie vn berlandier & ioüeur ordinaire, &* hurta fur *veut dire, desrobes larron:* Fur *est mot Latin.*

Tal tient, que saber no tiene, y tal ha tenido, que tener no ha sabido. *Tel a, qui sçauoir n'a,& tel a eu, qui auoir ou tenir n'a sceu. Le prémier est vn ignorant riche, & le second est vn qui a tout prodigné.*

Tal el yerno, como el sol del Ynuierno. *Tel est le gendre comme le soleil d'Hyuer. i. qui a peu d'amitié & de peu de durée.*

Tambien por do va, como por de vino, ay tres leguas de mal camino. *Aussi bien par où il va, comme par où il est venu, il y a trois lieües de mauuais chemin.*

Tal queda la casa de la dueña, ydo el escudero, como el fuego sin trashoguero. *Telle demeure la maison de la dame, l'escuyer estant parti, comme le feu sans contre-feu.*

Tanto es poco como no nada, que no aprouecha ni daña. *Autant est vn peu comme rien, qui ne profite ni ne fait dommage.*

Tal para tal, y Pedro para Iuan. *Tel pour tel, & Pierre pour Iean.*

Tanto quiere el diablo a su hijo, que le quiebra el ojo. *Le diable aime tant son enfant, qu'il luy* *creuc l'œil.*

Ten hazienda , y mira bien donde venga.
Ayes du bien, mais regardes, d'où il vient.

Ten te en tus pies , y comeras mas que tres.
Tiens toy en pieds , & tu mangeras plus que trois.

Ten cuydado de ganar, que tiempo queda
para el gaſtar. *Ayes ſoin de gaigner , car il y a du tēps
de reſte pour deſpendre.*

Tiempo tras tiempo, y lluuia tras viento. *Tēps
apres temps, & pluye apres vent.*

Tiempo ni hora , no ſe ata con ſoga. *Temps ni
heure ne ſe lie auec de la corde.*

Tirar la piedra , y eſconder la mano. *Ietter la
pierre, & cacher la main.*

Tienes en caſa el muerto, y vas a llorar el ageno. *Tu as le mort en ta maiſon , & tu vas pleurer celuy d' vn autre.*

Tiempo paſſado , ſiempre es membrado. *Le
temps paſſé eſt touſiours rememoré: nous diriōs proprement regretté.*

Todos los duelos, con pan ſon menos. *Toutes
les douleurs, auec le pain ſe diminuent.*

Todo ha meneſter maña, ſino el comer que
quiere gana. *Il faut par tout de l'addreſſe, horſmis au
manger, qui requiert la volonté ou l'appetit.*

Toda la coſa ha lugar, a quien la ſabe manear.
Toute la choſe a lieu, à qui la ſcait manier.

Todos querriamos ſer buenos, y alcançamos
los menos. *Nous voudrions tous eſtre bons, mais la
moindre partie de nous y paruient.*

Todo es nada, ſino trigo y ceuada. *Tout n'eſt
rien, fors le bled & l'orge.*

Todos a fus cabos, tienen putas y vellacos.
Chafcun de fon cofté , a des putains & des pol-
trons.

Todos van al muerto , y cada vno llora fu
duelo. *Tous ʒont au connoy du treſpaſſe, & chaſcun*
pleure fon dueil.

Todos fomos hijos de Adam y Eua, fino que
nos diferencia la feda. *Nous fommes tous enfans*
d'Adam & d'Eue , horſmit que la foye nous rend diſ-
ſemblables. i. les richeſſes & beaux habillemens.

Todo lo blanco , no es harina. *Tout ce qui eſt*
blanc, n'eſt pas farine. Le Fr. Tout ce qui reluit , n'eſt
pas or.

Todos fomos locos , los vnos de los otros.
Nous fommes tous fols, les vns des autres.

Todo es nada lo defte mundo , fino fe endereça al fegundo. *Tout ce qui eſt de ce monde n'eſt*
rien , s'il ne s'addreſſe & tend au fecond. i. à noſtre
falut.

Toma tu ygual, y vete a mendigar. *Prens ton*
pareil, & t'en ʒas mendier. S'entend du mariage.

Tomar fenderos nueuos , y dexar caminos
viejos. *Prendre des fentiers vonueaux , & laiſſer les*
vieux chemins.

Toma cafa con hogar , y muger que fepa
hilar. *Prens maifon auec vn fouyer, & vne femme*
qui ſcache filer.

Topan fe los hombres , y no los montes. *Les*
hommes fe rencontrent , & non pas les montaignes.

Topado ha Pedro, con fu compañero. *Pierre,*
à rencontré fon compagnon.

Topado ha Sancho, con fu rocin. *Sancho, a ren-*

contré son roussin.

Topo el Breton, con su compañon. *Le Breton, a rencontré son compagnon.*

Todo contrario, luze por su contrario. *Tout contraire, reluit ou paroist d'auantage opposé à son contraire.* Contraria contrariis opposita magis elucescunt.

Torcer pajas, y cubrir nalgas. *Tordre des pailles, & couurir les fesses.* Pajas entiende estopas pajosas. *Des estoupes pleines de cheneuottes, & de pailles. Cecy s'entend des femmes qui ont des chemises dont le bas est de toile d'estoupe & le hault est plus delié.*

Tras pared, ni tras seto, no digas tu secreto. *Derriere vne muraille, ni derriere vne haye, ne dis pas ton secret.*

Tribulacion hermanos, entre dos tres pollos. *Tribulation freres, trois poulets pour deux personnes.*

Tras este mundo, verna otro segundo. *Apres ce monde icy, il en viendra vn autre second.*

Tramontana no tiene trigo, ni el hombre pobre tiene amigo. *La Tramontane n'apporte point de bled, ni le pauure homme n'a point d'amis : la Tramontane c'est le vent de bise.*

Tras los dias, viene el seso. *Apres les iours, vient l'entendement.*

Tras el trabajo, viene el dinero y el descanso. *Apres le trauail, vient l'argent & le repos.*

Tras vna piedra perdida, mas pierde quien otra tira. *Apres vne pierre perduë, plus perd qui en iette encor vne autre.*

Traer los atabales. *Porter les atables : qui font tambours de guerre que l'on porte à cheual, c'est à dire : Estre bon cheual de trompette, ne s'espouuenter pas pour le bruit.*

Tres cosas hazen al hombre medrar, sciencia, y mar, y casa real. *Trois choses font profiter l'homme, la science, la mer, & la maison Royale.*

Tres muchos y tres pocos destruyen el hombre: mucho hablar y poco saber, mucho gastar y poco tener, mucho presumir y poco valer. *Trois beaucoup & trois peu destruisent l'hôme : Beaucoup parler & peu sçauoir, beaucoup despendre & peu auoir, beaucoup presumer & peu valoir.*

Tres vanas, y quatro horadadas. *Trois creuses, & trois trouees.*

Tres tocados a vn brasero, siempre andan al retortero. *Trois couure-chefs à vn braisier, toussiours vont à l'entour. Le Fran. Deux pots au feu signifient feste, & deux femmes font la tempeste.*

Trigo centenoso, pan prouechoso. *Bled où il y a du seigle, fait pain profitable : c'est du bled metail.*

Tres vezinos, y mal auenidos. *Trois habitans, & mal d'accord.*

Tres a vno, meten le la paja en el culo. *Trois contre vn, ils luy mettent la paille au cul.*

Tripa llena, ni bien huye, ni bien pelea. *Tripe pleine, ne fuit bien, ni ne combat bien.*

Trabajo sin prouecho, hazer lo que esta hecho. *Trauail sans profit, c'est faire ce qui est fait.*

Treynta trae Nouiembre, Abril y Iunio y Setiébre, veynte y ocho trae vno, los otros a treynta y vno. *Trente a Nouembre, Auril, Iuin & Septembre*

bre, *vingt-huiſt en a l'vn, les autres en ont trente & vn, c'eſt à dire de iours.*

Treynta monjes y vn Abad, no pueden hazer cagar vn aſno contra ſu voluntad. *Trente Moines & vn Abbé, ne ſçauroient faire chier vn aſne contre ſa volonté.*

Tu que mientes, que dixiſte para mientes. *Toy qui ments, prens garde à ce que tu as dit.* Oportet mendacem eſſe memorem.

Tu me raſcas, donde me comia. *Tu me grattes, où il me demangeoit.*

Tu dinero mudo, no le deſcubras a ninguno. *Ton denier muet, ne le deſcouures à perſonne. Denier muet. i. l'argent que tu as en reſerue.*

Tuerto y no de nuue, ſo la piel gran mal encubre. *Borgne & non de taye, ſoubs la peau couure beaucoup de mal.*

Tu duelo de muelo, el ageno de pelo. i. cuelga. *Ton mal pend à vn tas de bled, & celuy d'autruy à vn poil : c'eſt à dire, que noſtre mal nous importe beaucoup plus que celuy d'autruy.*

V

VAyaſe el diablo para ruyn, y quedeſe en caſa Martin. *Que le diable s'en aille pour meſchant qu'il eſt, & que Martin demeure à la maiſon.*

Vanſe los amores, y quedan los dolores. *Les amours s'en vont, & les douleurs demeurent.*

Vanſe los gatos, y eſtiendenſe los ratos. *Les chats s'en vont, & les rats s'eſtendent tout à leur aiſe.*

P

Van a Miſſa los çapateros , ruegan a Dios que mueran carneros. *Les bouchers vont à la Meſ-ſe, & prient Dieu qu'il meure force moutons.*

Va la palabra de boca en boca , como paxa-rilla de hoja en hoja. *La parole va de bouche en bouche, comme l'oiſillon de fueille en fueille.*

Va como va , mas no como deue. *Il va côme il va, mais non pas comme il doit.*

Vaſo malo , nunca cae de mano. *Vn meſchant vaiſſeau, iamais ne tombe de la main.*

Va y viene, quien de ſuyo tiene. *Il va & vient, qui a dequoy du ſien.*

Venga el bien , y venga por do quiſiere. *Vien-ne le bien, & vienne par où il voudra.*

Ve do vas , como vieres aſſi haz. *Va où tu vas, & fais comme tu verras.*

Vende en caſa , y compra en feria , ſi quieres ſalir de lazeria. *Vends à la maiſon, & achepte à la foire, ſi tu veux ſortir de miſere. i. de pauureté.*

Vendimia en enxuto , y cogeras vino puro. *Vendanges par le ſec, & tu recueilliras du vin pur.*

Venid piando , y boluereys cantando. *Venez piolant, & vous vous en retournerez chantant. i.* con las gallinas en las manos a los juezes. *Apportez des poules aux Iuges, & vous aurez bonne expedition, & à ſouhait.*

Vender miel , al colmenero. *Vendre du miel, à celuy qui a des ruches. i. vendre des coquilles, à ceux qui viennent de ſainct Michel.*

Virtudes vencen , que no cabellos que crecen. *Ce ſont les vertus qui vainqüet, & non pas les grands cheueux.*

Vides y hadas malas, como quiera van bien atadas. *Les vignes & mauuaises destinées, en quelque sorte qu'elles soient sont bien liees.*

Viene ventura , a quien la procura. *Il vient bonne auanture, à qui la procure*

Vida fin amigo , muerte fin teftigo. *Vie sans amy, mort sans tesmoin.*

Vino trafnochado, no vale vn cornado. *Vin qui se garde passe la nuict, ne vaut vn denier.* Cornado, *c'est vne monnoye de peu de valeur; selon aucuns elle vaut vn carolus.*

Viejo el pajar , malo de encender , y peor de apagar. *Le vieil paillier, est mal aisé à allumer, & pire à esteindre.*

Viene de la hueffa, y pregunta por la muerta. *Il vient de la fosse, & demande apres la morte.*

Vino de Março, nunca encubado. *Vin de Mars, n'est iamais entonné.* i. *Parce qu'il est en petite quantité, & ne faut point de tonneaux pour le mettre.*

Viña y niña, peral y hauar, malos fon de guardar. *La vigne & la fille, le poirier & la fauiere, sont mal-aisez à garder.*

Vifitacion que no tienes en cor, a la noche quando fe pone el Sol. *Visite que tu n'as pas à cœur, fais la au soir, quand le Soleil se couche.*

Viña entre viñas , y cafa entre vezinas. *Vigne entre vignes, & maison entre voisines.*

Vino de peras, ni lo beuas, ni lo des a quien bien quieres. *Vin de poires, ne le bois pas, ny ne le donnes à qui tu aymes bien.*

Vieja que bayla, mucho poluo leuanta. *Vieille qui danse, fait leuer force poussiere.*

Viejo amador, Ynuierno con flor. *Vn vieil a-*
moureux, c'est vn Hyuer auec des fleurs.

Viejo de hambre, y moço de landre. *Le vieil*
de faim, & le ieune de peste: c'est à dire, meurent.

Vinieron puercos de monte, a echarnos de
nuestra corte. *Il est venu des porcs de la montaigne,*
pour nous chasser de nostre court.

Vino le Dios a ver, sin campanilla. *Dieu l'est*
venu voir, sans sonnette ou clochette.

Vino vsado, y pan mudado. *Vin accoustumé,*
& pain changé.

Viose el cuco, en lo que no penso, quiso estor-
nudar y peyo. *Le coquu s'est veu où il ne pensoit pas,*
il a voulu esternuer, & il a peté.

Vistete en guerra, y armate en paz. *Vests toy*
en temps de guerre, & armes toy en temps de paix.

Vieneme el mal, que me suele venir, que despues de harto me suelo dormir. *Le mal me vient*
qui a accoustumé de me venir, c'est qu'apres estre bien
saoul, ie me mets à dormir.

Viña preciada, damela en solana. *Vigne bien*
estimée, donnes la moy à l'abry du Soleil

Vno piensa el vayo, y otro el que lo ensilla.
Le bayard pense vne chose, & celuy qui luy met la
selle, en pense vne autre.

Virtud procede, quando fuerça cede. *Vertu*
s'aduance, quand la force luy cede.

Vn hueuo, quiere sal y fuego. *Vn œuf, veut du*
sel & du feu.

Vn dia de ayunar, tres dias malos para el pan.
Vn iour de ieusne, ce sont trois iours mauuais pour
le pain.

Vno muere de atafea, y otro la deffea. *L'Vn meurt de faturité,& l'autre la defire.*

Vn cabello, haze fombra enel fuelo. *Vn cheueu, fait ombre fur la terre.*

Vna golondrina, no haze Verano. *Vne airondelle, ne fait pas l'Efté. D'autres eferiuent avondelle.*

Vna higa ay en Roma, para quien le dan y no toma. *Il y a vne figue à Rome, pour celuy à qui on donne, & ne prend pas. C'eft la figue que l'on fait auec les doigts, la figue Milanoife.*

Vna vez engaña al prudente, dos al inocente. *Vne fois trompe le prudent, & deux l'innocent.* i. *fe laiffent tromper.*

Virtudes, vencen feñales. *Les vertus furmontent les fignes.* i. *les influences.* Sapiens dominabitur aftris.

Vna efcafeza, dos gentileza, tres valentia, quatro vellaqueria. *Vne c'eft chicheté, deux c'eft gentilleffe, trois c'eft vaillantife, quatre c'eft vilainie. Le Fr. Vne fois n'eft rien, deux font grand bien, trois c'eft affez, quatre c'eft trop, cinq c'eft la mort: Les fémes difent: Vn œuf n'eft riē,&c. mais elles s'entēdēt bien.*

Vn romero, no quiere a otro por compañero. *Vn pelerin, n'en veut point vn autre pour cōpagnon.*

Vn dedo a otro, y todos al roftro. *Vn doigt gratte l'autre, & tous le vifage.*

Vn cauallo fobre ciento, y vn hombre fobre vn cuento. *Vn cheual fur cent, & vn homme fur vn millier.* i. *à peine fe trouue bon.*

Vn folo acto, no haze habito. *Vn feul acte, ne fait habitude.*

Vn mes antes, y otro defpues de Nauidad, es

Ynuierno de verdad. *Vn mois denant, & vn mois apres Noel, c'est l'Hyuer à bon escient.*

Vñas de gato, y habitos de beato. *Ongles de chat, & habits de beat. i. d'hermite.*

Vno tiene la fama, y otro laua la lana. *L'vn a le bruit, & l'autre laue la laine. i. l'vn a l'honneur, & l'autre la peine.*

Vno y ninguno, todo es vno. *Vn & nul, c'est tout vn. Vn homme seul est de peu d'effect.*

Vn asno entre muchas monas, cocan le todas. *Vn asne entre plusieurs singes, tous luy font la moue.*

Vn aguja para la bolsa, y dos para la boca. *Vne aiguille pour la bourse, & deux pour la bouche. Il faut bien penser, denant que parler.*

Vna fue, la que nunca erró. *Vnique est celle, qui n'a iamais failly.*

Vna cautela, con otra se quiebra. *Vne cautelle, se rompt par vne autre. Le Fr. Fin contre fin, n'est pas bon à faire doubleure.* Ars deluditur arte.

Vnas han ventura, y otras ventrada. *Les vnes ont auanture, & les autres ont ventree.*

Vn cuchillo mesmo, me parte el pan, y me corta el dedo. *Vn mesme couteau, me trenche le pain, & me coupe le doigt.* X.

XAbonar cabeça de asno, perdimiento de xabon. *Sauöner la teste d'vn asne, c'est perdre le sauon. Le Fran. A lauer la teste d'vn asne, on n'y pert que la lessiue.*

Xaquima de cauallo, no haze a la mona. *Vn licol de cheual, ne vient pas bien au singe.*

Xaramago y tocino, manjar de hombre mezquino. *Roquette & lard, c'est viande à mal-heureux.*

Y

YAntar tarde y cenar cedo, facan la meriẽda de en medio. *Difner tard, & fouper toft, oftent le goufter d'entre deux.*

YernoSol de Inuierno, fale tarde, y ponefe luego. *Le gendre eft le Soleil d'Hyuer, il fe leue tard, & fe couche incontinent.*

Yegua apreda, prado halla. *Iument qui eft lafchee, trouue le pré.*

Yo fe que me fe, mas deffo callarme he. *Ie fçay ce que ie fçay, mais de cela ie me tairay.*

Ya fe, como aprieta la trementina. *Ie fçay bien, comme la tourmentine preffe.*

Yelo de Hebrero, dale del pie, y vete alhero. *Gelee de Feurier, donnes luy pied, & t'en vas au labourage.*

Yerua mala, no la empece la elada. *A l'herbe mauuaife, la gelee ne nuit point. Le Fr. Mauuaife herbe croift toufiours.*

Yemas de Abril, pocas al barril. *Bourgeons d'Auril, peu au baril.*

Yglefia o mar, o cafa real. *Eglife ou mer, ou maifon de Roy.* i. *Vn benefice ou traffic fur mer, ou office chez le Roy, pour eftre riche.*

Yo a buenas vos a malas, no puede fer mas negro el cueruo que fus alas. *Moy aux bonnes, & vous aux mauuaifes, le corbeau ne peut eftre plus noir que fes ailes.*

Yo y mi cauallo, ambos tenemos vn cuydado. *Moy & mon cheual, auons tous deux vn mefme foin.*

Yo te perdono el mal que me hazes, por el bien que me fabes : Palabras fon del boracho al vino. *Ie te pardonne le mal que tu me fais, pour l'amour du bon goust ou saueur que tu as. Ce sont paroles de l'yurongne au vin.*

Yo podre poco, o diran que no foy loco. *Ie pourray peu, ou bien l'on dira que ie ne suis pas sol.*

Yo como tu y tu como yo, el diablo te me dio. *Moy comme toy, & toy comme moy, le diable t'a donné à moy.*

Yo me foy el Rey Palomo, yo me lo guifo yo me lo como. *Ie suis le Roy Palomo, ie me l'accouftre & le mange.*

Yo eftoy como perro con bexiga, que nunca falta vn Gil que me perfiga. *Ie suis côme vn chien auec vne veffie, que iamais il ne manque vn Gille qui me pourfuine.*

Yo molondron tu molondrona, cafate conmigo Antona. *Ie suis vn vauneant, & toy vn autre, maries toy auec moy Antoinette.*

Z

ZOrrilla que mucho tarda, caça aguarda. *Renard qui beaucoup tarde, attend la proye.*

Zorrilla tagarnillera, hazefe muerta por afir la prefa. *Renard rufé & fin, fait le mort pour attraper fa prife, ou fa proye. Tagarnillera fignifie, qui fe cache entre des ferules: parce que Tagarnillo en eft vne efpece.*

Zorros en zorrera, el humo los echa fuera. *Renards en renardiere, la fumee les chaffe hors.*

F I N.

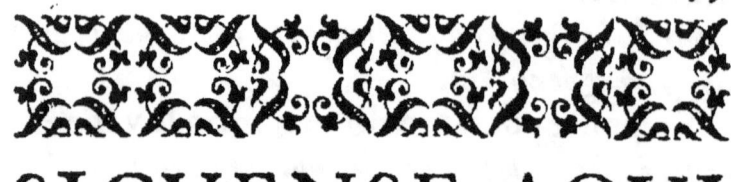

SIGVENSE AQVI

ALGVNOS PROVERBIOS

MORALES SACADOS DE LOS
de Alonſo Guajardo Fajardo : con algunos pocos diſticos, del juego de la
Fortuna.

I.

PRENDASE en lo criado
A tenerſe a Dios temor,
Que el es ſolo el ſabidor
De lo que tiene ordenado.

*Que l'on apprenne en ce monde, à auoir la crainte
de Dieu, car c'eſt luy ſeul qui ſçait ce qu'il a ordonné.*
Initium ſapientiæ timor domini.

II.

Riquezas no ſe deſeen
Que ſon malas de alcançar,
Y peores de guardar
Las vezes que ſe poſeen.

*Que l'on ne deſire point des richeſſes, parce que
elles ſont difficiles à acquerir, & pires à garder,
lors qu'on les poſſede.*

III.

Y quando las procuramos
Es tan larga su venida,
Y tan corta nuestra vida,
Que vienen quando nos vamos.

*Et quand nous les recherchons, leur venuë est si
longue, & nostre vie si courte, qu'elles arriuent quand
nous partons.*

IIII.

Donde la soberuia està
No puede faltar injuria,
La mansedumbre sin furia
Con solo el humilde va.

*Là où est l'orgueil, l'injure n'y manque iamais, la
douceur sans furie, accompagne l'humble seul.*

V.

De mas precio es el saber.
Que las fuerças enel hombre,
Y de prudencia el renombre
Mayor es que de poder.

*Le sçauoir est plus estimé en l'homme que les forces,
& le renom de Prudence est plus grand que de la puissance.*

VI.

Las verdades se conciertan
Vnas con otras do quiera,

Dichas de qualquier manera
En todos tiempos aciertan.

Les veritez s'accordent les vnes auec les autres, en
tout lieu, & de quelque sorte qu'elles soient dites, en
tout temps elles rencontrent bien.

VII.

Y por esso el mentiroso
Quando finge alguna historia,
Tenga de todo memoria
Que el mentir es peligroso.

Et partant, que le menteur, lors qu'il feint quelque
Histoire, aye bonne memoire de tout, car le mentir est
dangereux. Oportet mendacem esse memo-
rem.

VIII.

Quien acostumbra engañar
No sabe guardar secreto,
Por esso mire el discreto
Con quien se suelta a hablar.

Qui est accoustumé de tromper, ne sçait garder le se-
cret, & partant regarde le discret, auec qui il se licencie
de parler.

IX.

Por el mucho confiar
Se han visto mil desuenturas,
De las cosas mal figuras
La mas figura es dudar.

Par trop confier, se sont veuz mille inconueniens ou
malheurs, parquoy des choses mal asseurees, la plus seu-
re, c'est d'en douter.

X.

Todos tenemos oydos
Pocos queremos oyr,
Facil cofa es corregir
Muy graue fer corregidos.

*Nous auons tous des oreilles, & peu de nous
veulent ouyr, c'est chose facile de corriger, & fort
griefue d'estre corrigez.*

XI.

El coraçon de los Reyes
En mano de Dios eftà
Tanto tiempo quanto và
Encaminado a las Leyes.

*Le cœur des Roys est en la main de Dieu, tant
& si longuement qu'ils suiuent le train de ses Loix.*
Cor Regis in manu Dei eft.

XII.

Cada qual pienfa que va
Por el camino derecho,
Dios que entiende nueftro pecho
Sabe quien fe faluara.

*Chafcun penfe fuiure le droict chemin, mais Dieu
qui cognoist noftre cœur, sçait bien qui se sauuera.*
Deus fcrutatur corda & renes.

XIII.

La limpieza en exercicio
Con obras de caridad,

Tiene en mas su Magestad
Que otro ningun sacrificio.

La pureté en l'exercice, auec les œuures de chari-
té, estime plus sa Majesté (de Dieu sup.) que nul
autre sacrifice.

XIIII.

Por el frio del Inuierno
Dexa el floxo de sembrar,
Por fuerça le ha de faltar
Enel verano el gouierno.

Pour le froid de l'Hyuer, le paresseux & lasche
laisse de semer, mais par force il luy manquera nour-
riture en Esté.

XV.

Riqueza que mal se gana
Poco tiempo permanece,
Quien de locura adolece.
Nunca enteramente sana.

La richesse qui mal s'acquiert, peu de temps
dure, qui de folie deuient malade, iamais ne guerit
entierement. Malè parta, malè dilabuntur.

XVI.

El testigo virtuoso
No dize mas de lo que es,
Todo lo cuenta al reues
El que es falso y mentiroso.

Le tesmoing Vertueux ne dit pas plus que ce qu'il
y a, mais celuy qui est faulx & menteur, conte tout
à rebours.

XVII.

Bien dezir y mal obrar
Es manifiesta cautela,
El castillo que se vela
Malo sera de hurtar.

Bien dire, & mal faire, est vne cautelle manifeste, & le chasteau où l'on fait bonne garde, n'est pas facile à estre desrobé.

XVIII.

Quien procura casamiento
Mire el estado que toma,
Que si no tiene que coma
Nunca se vera contento.

Qui recherche le mariage, qu'il considere l'estat qu'il prend, car s'il n'a dequoy manger, iamais ne se verra content.

XIX.

Las plantas que son bien puestas
Produzen hermosas ramas,
La hermosura en las damas
Assienta bien sobre honestas.

Les plantes qui sont bien assises, produisent de belles branches, la beauté es Dames, sied bien à celles qui sont honnestes.

XX.

El coraçon generoso
Nunca se halla cansado,

Antes de lo bien obrado
Se haze mas cudicioso.

Le cœur genereux, iamais ne se trouue las, ains au
contraire est tousiours plus desireux de bien faire.

XXI.

El de sano coraçon
Siempre biue a su plazer,
Y la embidia y mal querer
Muy graues tristezas son.

Celuy qui a le cœur pur & net, vit tousiours auec
contentement, & l'enuie & mal-vueillance, sont de
grandes tristesses.

XXII.

Si el necio de rico falta
Que le puede aprouechar,
Pues que no puede comprar
La discrecion que le falta.

Si le sot saulte de richesse. i. s'esiouyt : dequoy luy
peut-il profiter, puis qu'il ne sçauroit acheter, la discre-
tion qui luy deffault.

XXIII.

El inorante callado
Algo tiene de saber,
Pues no se le puede ver
La falta de que es tocado.

L'ignorant qui se taist, a quelque peu de sçauoir, car
on ne peut apperceuoir, le deffault dont il est touché.

XXIIII.

No fe traten con el loco
Cofas graues ni de pefo,
Ni fe hable muy en fefo
Con hombre que fabe poco.

Que l'on ne traicte point auec vn fol, chofes gra-
ues, ni de poids, aufsi que l'on ne parle point à bon
efcient auec vn homme qui fçait peu. i. qui a peu
d'entendement & d'experience.

XXV.

Las dadiuas y prefentes
Hazen llanos los caminos,
Fauorables y beninos
A los Principes potentes.

Les dons & les prefens, font les chemins plains. i.
faciles, & rendent fauorables & benings les Princes
puiffans.

XXVI.

Conformidad entre hermanos
Es fortaleza figura,
Los rifcos y grande altura
Induftria los haze llanos.

La conformité & bon accord entre freres, eft vne
foreterreffe affeurce, les rochers & grandes haulteurs
font applanis par l'induftrie des hommes.

XXVII.

Poco aprouecha razen
Donde fuerça fe padece,

El que

El que trabaja merece
Su esti pendio y galardon.

*De peu sert la raison, là où l'on souffre la force. i. où
elle regne. Celuy qui trauaille, merite son salaire &
guerdon.*

XXVIII.

Aquesta regla se guarde
En el recebir y dar,
Que el dador a de oluidar
Y el que recibe muy tarde.

*Que l'on garde ceste reigle, à receuoir & donner,
qu'il faut que le dōneur onblie. i. ne reproche le don, &
que le receuant, soit longuemēt memoratif du bien qu'il
aura receu.*

XXIX.

La mejor mercaderia
Que el bueno puede hazer,
Es trabajar de vencer
A todos en cortesia.

*La meilleure marchandise ou traffic, que l'homme de
bien puisse faire, est de s'efforcer de vaincre tous les
autres en courtoisie.*

XXX.

De lo que esta por venir
Dexense a Dios los secretos,
Que Astrologos indiscretos
No saben mas que mentir.

*De ce qui est à aduenir, qu'on en laisse les secrets à
Dieu, car les Astrologues indiscrets, ne sçauent rien
que mentir.*

Ω.

XXXI.

Quien biue en simplicidad
Este va por buen camino,
Lo que tocare al vezino
Mirese con amistad.

*Celuy qui vit en simplicité, va par le bon chemin, &
ce qui touche à nostre voisin, se doit regarder auec a-
mitié.*

XXXII.

Mucho se deue loar
El varon fiel y bueno,
Enrriquecer con lo ageno
No se haze sin pecar.

*Il faut grandement loüer l'homme de bien & fide-
le, & s'enrichir du bien d'autruy, ne se peut faire sans
offenser.*

XXXIII.

Por cada cosa liuiana
Parecer ante el juez
Es cosa vil y raez
Do mas pierde quien mas gana.

*Pour chasque chose fort legere, paroistre deuant le
Iuge, c'est chose vile & abiecte, ou plus perd qui plus y
gaigne.*

XXXIIII.

No tengo por cosa sana
Enrriquecer con presteza,

Menos loo la pereza
Del que duerme en tierra llana.

*Ie ne tiens pas pour chose saine. i. honneste, de s'en-
richir promptement, moins aussi se loue la paresse, de
celuy qui dort en terre plaine. i. qui est negligent.*

XXXV.

Encaminar al errado
Es obra que bien parece,
Y solo el bueno merece
Ser de sus obras loado.

*De redresser celuy qui erre. i. qui est esgaré, c'est vn
acte qui sied bien, aussi le seul homme de bien, merite
pour ses œuures d'estre loüé.*

XXXVI.

Quien se quiere conocer
A si mismo lo pregunte,
Con el malo no se junte
Quien no lo quisiere ser.

*Celuy qui se voudra cognoistre, qu'il le demande a
soy mesme, & que ne s'accoste du meschant, qui ne le
voudra pas estre. Nosce te ipsum.*

XXXVII.

Donde el Rey es virtuoso
Tales seran los sujetos,

Que virtudes y defetos
Se aprenden del poderoso.

Là où le Roy est vertueux, tels seront les subjetts,
car les vertus & les deffaults, s'apprennent de celuy
qui est puissant. Regis ad exemplum totus com-
ponitur orbis.

XXXVIII.

Lo que a los pobres se da
Nunca se hallara menos,
Quien se llegare a los buenos
Vno de aquellos sera.

Ce qui se donne aux pauures, iamais ne se trouue à
dire. i. defaute, celuy qui s'accostera des gens de bien,
il en sera du nombre.

XXXIX.

Nunca el justo se vera
Ser de Dios desamparado,
Ni su hijo auergonçado
Buscando que comera.

Iamais le iuste ne se verra abandonné de Dieu, ny
son enfant auec honte, cherchant ce qu'il mangera.

XL.

Al que desprecia el castigo
Triste muerte le amenaza,

Y tarde se desenlaza
El bueno del mal amigo.

Celuy qui mesprise le chastiment, vne triste mort
le menace, & bien tard se desembarace, le bon amy du
mauuais.

XLI.

Contentese cada qual
Con la suerte que le cabe,
Y calle el que poco sabe
Que es mejor que hablar mal.

Qu'vn chascun se contente du sort qui luy eschet,
& se taise celuy qui peu sçait, car il vaut mieux que
mal parler.

XLII.

Nunca se muestre el poder
Contra los que pueden poco,
Ni se de lugar al loco
A que salga con su querer.

Que iamais l'on ne monstre la puissance, contre ceux
qui en ont peu, aussi que l'on ne donne le moyen au fol,
de mettre en effect sa volonté.

XLIII.

Donde el soberuio se effuerça
Contrastarle es valentia,

Q iiij

Y con esto se desuia
La fuerça con otra .fuerça.

Là où le superbe s'efforce, sup. de malfaire, luy re-
sister c'est vaillance, & par ce moyen se repousse la for-
ce par vne autre force. Clauus clauo pellitur.

XLIIII.

Tenga la noche por dia
Quien quisiere ser perfeto,
Y aquello haga en secreto
Que en lo publico haria.

Quiconque voudra estre parfaict, qu'il tienne la
nuict pour le iour, & face en secret tout de mesme qu'il
seroit en public.

XLV.

Nunca hallara el plazer
Quien le buscare enel vicio,
Porque esta enel exercicio
Que en virtud se ha de hazer.

Iamais ne trouuera le plaisir, qui le cherchera au vi-
ce, d'autant qu'il est en l'exercice, qui en la vertu se
doit faire.

XLVI.

No sabe hazer injuria
Quien no la sabe sufrir,

El hombre presto a reñir
Presto le falta la furia.

Celuy ne sçait faire iniure, qui ne la sçait souffrir, &
l'homme prompt à quereller, bien tost luy manque la
furie. i. l'homme impatient n'est pas d'ordinaire inju-
rieux, & le colere est bien tost appaisé.

XLVII.

Mucho conuiene al señor
Ser para todos humano,
Cortes, apazible, llano,.
Dadiuoso y honrrador.

Il conuient bien à vn Seigneur, estre enuers tous hu-
main, courtois, paisible, rond, liberal, & qui honore les
personnes.

XLVIII.

Las palabras amorosas
Acrecientan los amigos,
Y tambien los enemigos
Las que son iujuriosas.

Les paroles amiables, accroissent les amis : & font
des ennemis, celles qui sont injurieuses.

XLIX.

La verdad nunca se muda
Firme esta en qualquier cosa,

Q iiij

Y como nacio hermosa
Preciase de andar desnuda.

*La verité iamais ne se change, ains est ferme en toute
chose, & comme elle nasquit belle, elle se prise d'aller
toute nuë. i. elle en fait estat, & s'y plaist.*

L.

Biuamos pues de tal arte
Que a nadie escandalizemos,
Pues de lo que bien hazemos
Es nuestra la mayor parte.

*Viuons donc de telle sorte, que nous n'apportions
point de scandale à personne, car du bien que nous fai-
sons, la plus grande partie est nostre.*

FIN.

LOS DISTICOS

DEL IVEGO DE
LA FORTVNA.

I.

 O puede el hijo de Adan
Sin trabajo comer pan.

*Le fils d'Adam, ne peut sans trauail
manger pain.*

II.

A los pies mira razon
Y a la rueda la opinion.

Aux pieds regarde la raison, & à la rouë l'opinion.

III.

Nunca se siente el trabajo
Sino quando el premio es baxo.

*Iamais ne se sent le trauail, sinon quand la recom-
pense est petite.*

IIII.

Frutos del trabajo justo
Son honrra, prouecho, y gusto.

*Les fruicts du iuste trauail, sont, honneur, profit &
contentement.*

V

Del ocio nace pobreza
Y del trabajo riqueza.

*De l'oisiueté naist la panureté, & du trauail la
richesse.*

VI.

Nos es grande trabajo aquel
Que basta a sacarnos del.

*Celuy-là n'est pas grand trauail, qui est suffisant
pour nous en tirer. i. de trauail.*

VII.

Al fin se rinde Fortuna
Si el trabajo la importuna.

*A la fin se rend la Fortune, si le trauail l'im-
portune.*

VIII.

El fruto de la esperança
Por el trabajo se alcança.

Le fruict de l'esperance, s'obtient par le trauail.

IX.

Trabajo es no le tener
El que del a de comer.

*C'est vn trauail de n'en auoir point, à celuy qui en
doit viure. i. c'est vne peine à celuy qui vit de son labeur, de n'auoir à quoy s'employer.*

X.

Aunque Fortuna es mudable
Al trabajo es fauorable.

Encor que la Fortune soit muable, elle est au tra-
uail fauorable.

XI.

El trabajo gana palma
Y quita el orin del alma.

Le trauail gaigne la palme, & oste le roüille de
l'ame.

XII.

Ninguna esperança es buena
Que esta en voluntad agena.

Nulle esperance n'est bonne, qui consiste en la vo-
lonté d'autruy.

XIII.

No pidas la mano agena
Si la tuya no va llena.

Ne demandes la main d'autruy, si la tienne ne va
pleine.

XIIII.

El ingrato echa en oluido
Quanto bien ha recebido.

L'ingrat met en oubli, tout le bien qu'il a re-
ceu.

XV.

El que firue al que diran,
Tome el pago que le dan.

*Celuy qui fert, à que dira-on, qu'il prenne la
paye qu'on luy donne. i. celuy qui laiffera de faire
quelque chofe licite, pour crainte du dire des hommes,
verra comme il s'en trouuera.*

XVI.

Si no ay dicha en negociar,
La fuerte fe buelue azar.

*S'il n'y a point d'heur au negotier, la chanfe fe tour-
ne en hazard.*

XVII.

Dando gracias por agrauios
Negocian los hombres fabios.

*En rendant graces pour les injures, les fages font
leurs affaires.*

XVIII.

El prodigo tiene amigos
Quanto come con teftigos.

*Le prodigue a des amis, autant qu'il mange auec
tefmoins. Ce font amis de table. Le prodigue mange
fans tefmoins, lors qu'il n'a plus rien.*

XIX.

Quien limita su esperança
Sufra el golpe de mudança.

Qui limite son esperance, qu'il souffre le coup du changement.

XX.

Muesta fina y paño falso
Vende adulacion y engaño.

La monstre fine & meschant drap, vend l'adulation & la fraude.

XXI.

El hombre que en hombre fia
Queda qual ciego sin guia.

L'homme qui en homme se fie, demeure comme vn aueugle sans guide.

XXII.

Todo esta a disposicion
De Fortuna y permission.

Tout est à la disposition & permission de la Fortune.

XXIII.

Del penseque huye ventura
Y la que tiene no dura.

Du ie pensois que, s'enfuyt l'auenture, & celle qu'il a ne dure. Sapientis non est dicere non putaram.

XXIIII.

Quanto trabaja y procura
El mundo, todo es vasura.
Tout ce que le monde trauaille & procure, ce n'est qu'ordure.

XXV.

Pobreza seca el humor
De la rayz del fauor.
Panureté desseiche l'humeur de la racine de la faueur.

XXVI.

En la casa do ay pobreza
Qualquier suerte es de tristeza.
En la maison où est panureté, il y a toute sorte de tristesse.

XXVII.

Quando tengas mas Fortuna
Mira que es como la Luna.
Quand tu auras plus de Fortune, regarde qu'elle est comme la Lune.

XXVIII.

Nunca subira gran cuesta
Quien mirare lo que cuesta.
Iamais ne montera grande coste, celuy qui regardera ce qu'il couste.

XXIX.

Quien pretende ha de sufrir
Como quien nace morir.

Celuy qui pretend, doit souffrir, comme celuy qui
naist pour mourir.

XXX.

No seria Fortuna,
Si fuesse siempre vna.

Ce ne seroit pas Fortune, si tousiours elle estoit
vne. i. semblable.

AVISO.

PAra no ser engañado
Del que no trata verdad,
Es vestir muy acertado
De picaro la mitad
Y la mitad de hombre honrrado.

Pour n'estre point trompé de celuy qui ne procede
auec verité, il est fort à propos de se vestir la moitié en
belistre, & l'autre moitié comme vn homme d'hon-
neur : car ce sera laisser vn doute, si on a moyen ou
non.

EPITAHPIO DE
LA VERDAD.

AQui yaze la Verdad,
A quien el Mundo cruel
Mato fin enfermedad,
Porque no reynaffe en el
Sino mentira y maldad.

CY gift la Verité morte & enfeuelie,
Que le Monde peruers, & plein de cruauté,
Tua (ô le malheur!) bien que fans maladie,
Afin qu'en luy regnaft toute defloyauté.

FIN.

L A V S   D E O.